तेजज्ञान ग्लोबल फाउण्डेशन

ध्यान नियम

ध्यान करने के सरल उपाय

सरश्री – अल्प परिचय

(स्वीकार मुद्रा)

सरश्री की आध्यात्मिक खोज का सफर उनके बचपन से प्रारंभ हो गया था। इस खोज के दौरान उन्होंने अनेक प्रकार की पुस्तकों का अध्ययन किया। इसके साथ ही अपने आध्यात्मिक अनुसंधान के दौरान अनेक ध्यान पद्धतियों का अभ्यास किया। उनकी इसी खोज ने उन्हें कई वैचारिक और शैक्षणिक संस्थानों की ओर बढ़ाया। इसके बावजूद भी वे अंतिम सत्य से दूर रहे।

उन्होंने अपने तत्कालीन अध्यापन कार्य को भी विराम लगाया ताकि वे अपना अधिक से अधिक समय सत्य की खोज में लगा सकें। जीवन का रहस्य समझने के लिए उन्होंने एक लंबी अवधि तक मनन करते हुए अपनी खोज जारी रखी। जिसके अंत में उन्हें आत्मबोध प्राप्त हुआ। **आत्मसाक्षात्कार के बाद उन्होंने जाना कि अध्यात्म का हर मार्ग जिस कड़ी से जुड़ा है वह है– समझ (अंडरस्टैण्डिंग)।**

सरश्री कहते हैं कि 'सत्य के सभी मार्गों की शुरुआत अलग-अलग प्रकार से होती है लेकिन सभी के अंत में एक ही समझ प्राप्त होती है। **'समझ' ही सब कुछ है और यह 'समझ' अपने आपमें पूर्ण है।** आध्यात्मिक ज्ञान प्राप्ति के लिए इस 'समझ' का श्रवण ही पर्याप्त है।'

सरश्री ने ढाई हज़ार से अधिक प्रवचन दिए हैं और सौ से अधिक पुस्तकों की रचना की हैं। ये पुस्तकें दस से अधिक भाषाओं में अनुवादित की जा चुकी हैं और प्रमुख प्रकाशकों द्वारा प्रकाशित की गई हैं, जैसे पेंगुइन बुक्स, जैको बुक्स, मंजुल पब्लिशिंग हाऊस, प्रभात प्रकाशन, राजपाल ॲण्ड सन्स, पेंटागॉन प्रेस, सकाळ पेपर्स इत्यादि।

सरश्री द्वारा रचित श्रेष्ठ पुस्तकें

१. इन पुस्तकों द्वारा आध्यात्मिक विकास करें
- विचार नियम – आपकी कामयाबी का रहस्य
- ली गीता ला – लीला और गीता का अनोखा संगम और प्रारंभ
- गीता यज्ञ – कर्मफल और सफल फल रहस्य
- गीता संन्यास – कर्मसंन्यासयोग
- मन को वश में करने की संयम गीता – सत् चित्त मन युक्ति
- ज्ञान विज्ञान अक्षर गीता – अज्ञान के लिए सद्गति युक्ति
- जीवन–जन्म के उद्देश्य की तलाश – खाली होने का महासुख कैसे प्राप्त करें
- आध्यात्मिक उपनिषद् – सत्य की उपस्थिति में जन्मी 24 कहानियाँ
- संत एकनाथ – जीवन चरित्र और बहुमूल्य शिक्षाएँ
- समर्पण का अद्भुत राजमार्ग – पूर्ण त्याग और अर्पण शक्ति का जादू
- सत् चित्त आनंद – आपके 60 सवाल और 24 घंटे

२. इन पुस्तकों द्वारा स्वमदद करें
- डर नाम की कोई चीज़ नहीं – अपने मस्तिष्क में विकास के नए रास्ते कैसे बनाएँ
- नींव नाइन्टी – नैतिक मूल्यों की संपत्ति
- सुखी जीवन के पासवर्ड – कैसे खोलें दुःख, अशांति और परेशानी का ताला
- वर्तमान का जादू – उज्ज्वल भविष्य का निर्माण और हर समस्या का समाधान
- नास्तिकता से मुक्ति – उलटा विश्वास सीधा कैसे करें
- निराशा से मुक्ति – Freedom From Depreesion
- इमोशन्स पर जीत – दुःखद भावनाओं से मुलाकात कैसे करें
- मन का विज्ञान – मन के बुद्ध कैसे बनें
- सरल उपाय बदलें अपनी किस्मत – स्वमत, लोकमत या ईशमत

३. इन पुस्तकों द्वारा हर समस्या का समाधान पाएँ
- स्वास्थ्य त्रिकोण – स्वास्थ्य संपन्न
- खुशी का रहस्य – सुख पाएँ, दुःख भगाएँ : ३० दिन में

४. इन आध्यात्मिक उपन्यासों द्वारा जीवन के गहरे सत्य जानें
- मृत्यु पर विजय – मृत्युंजय
- स्वयं का सामना – हरक्युलिस की आंतरिक खोज
- बड़ों के लिए गर्भ संस्कार – १० अवतार का जन्म आपके अंदर
- सन ऑफ बुद्धा – जागृति का सूरज

ध्यान रहस्य

सरश्री

ध्यान नियम

ध्यान करने के सरल उपाय

Laws of Meditation

अपनी आँखें सदा खुली रखने के लिए
कुछ देर आँखें बंद रखने की कला सीखें...

ध्यान नियम - ध्यान करने के सरल उपाय

© Tejgyan Global Foundation
All Rights Reserved 2013
Tejgyan Global Foundation is a charitable organization with its headquarters in Pune, India.

© सर्वाधिकार सुरक्षित

वॉव पब्लिशिंग्ज् प्रा. लि. द्वारा प्रकाशित यह पुस्तक इस शर्त पर विक्रय की जा रही है कि प्रकाशक की लिखित पूर्वानुमति के बिना इसे व्यावसायिक अथवा अन्य किसी भी रूप में उपयोग नहीं किया जा सकता। इसे पुनः प्रकाशित कर बेचा या किराए पर नहीं दिया जा सकता तथा जिल्दबंद या खुले किसी भी अन्य रूप में पाठकों के मध्य इसका परिचालन नहीं किया जा सकता। ये सभी शर्तें पुस्तक के खरीददार पर भी लागू होंगी। इस संदर्भ में सभी प्रकाशनाधिकार सुरक्षित हैं। इस पुस्तक का आंशिक रूप में पुनः प्रकाशन या पुनः प्रकाशनार्थ अपने रिकॉर्ड में सुरक्षित रखने, इसे पुनः प्रस्तुत करने की प्रति अपनाने, इसका अनूदित रूप तैयार करने अथवा इलेक्ट्रॉनिक, मैकेनिकल, फोटोकॉपी और रिकॉर्डिंग आदि किसी भी पद्धति से इसका उपयोग करने हेतु समस्त प्रकाशनाधिकार रखनेवाले अधिकारी तथा पुस्तक के प्रकाशक की पूर्वानुमति लेना अनिवार्य है।

First Edition	: Jan 2013
second Edition	: July 2014
Reprint	: Jan 2017
Reprint	: Dec 2017
Reprint	: July 2018
Publisher	: WOW Publishings Pvt. Ltd., Pune

Dhyan Niyam Dhyan Karne Ke Saral Upay
by **Sirshree** Tejparkhi

अपूर्व मौन की पूर्व तैयारी

यह पुस्तक समर्पित है
ध्यान से जुड़े नए साधकों को
जिन्होंने ध्यान करने का फैसला किया है और
समर्पित है उन्हें जो अपने जीवन में
प्रेम, आनंद और मौन लाना चाहते हैं।

विषय सूची

प्रस्तावना

मुद्दा १	ध्यान नियम	१३
खण्ड १	**राम राज्य में प्रवेश**	१५
मुद्दा २	पंच इंद्रियों का प्रशिक्षण ध्यान की शुरुआत	१७
मुद्दा ३	सत्य की सीता बाहर आए	२०
मुद्दा ४	पंच इंद्रियों का संपूर्ण ध्यान	२४
खण्ड २	**सच्चे ध्यान की शुरुआत**	३१
मुद्दा ५	सच्चा ध्यान क्या है?	३३
मुद्दा ६	ध्यान क्या है और क्या नहीं	३५
मुद्दा ७	ध्यान का असली अर्थ	३६
मुद्दा ८	ध्यान की मान्यताएँ	३७
मुद्दा ९	मन	३८
मुद्दा १०	ध्यान द्वारा इंद्रियों पर नियंत्रण	३९
मुद्दा ११	ध्यान द्वारा मन दिनभर शांत रहे	४२
मुद्दा १२	ध्यान करने से आनेवाले परिवर्तन	४४
मुद्दा १३	ध्यान से सही चाहत रखें	४६
मुद्दा १४	ध्यान के लाभ	४७
मुद्दा १५	ध्यान का तीसरा लाभ	४८
मुद्दा १६	ध्यान का पाँचवाँ लाभ	५०
मुद्दा १७	ध्यान साधना के लिए महत्वपूर्ण कदम	५२
मुद्दा १८	ध्यान साधना का दूसरा महत्वपूर्ण कदम	५२
मुद्दा १९	ध्यान और निर्विचार अवस्था में समानता	५४
मुद्दा २०	ध्यान में होनेवाली गलतियाँ	५५
मुद्दा २१	ध्यान का असली लक्ष्य और बाधाएँ	५६

मुद्दा २२	मौन	५८
मुद्दा २३	ध्यान में समझ का महत्त्व	५८
मुद्दा २४	ध्यान का पहला दुश्मन	५९
मुद्दा २५	ध्यान का दूसरा दुश्मन	६०
मुद्दा २६	ध्यान का तीसरा दुश्मन	६१
मुद्दा २७	ध्यान में विधियों का महत्त्व और उद्देश्य	६१
मुद्दा २८	भगवान की मूर्तियों के आविष्कार की आवश्यकता	६३
मुद्दा २९	ध्यान हमारा असली धर्म	६४
मुद्दा ३०	समाधि	६५
मुद्दा ३१	नींद और समाधि में अंतर	६६
मुद्दा ३२	माया और तेजस्थान	६७
मुद्दा ३३	ध्यान की तैयारी	६८
मुद्दा ३४	ध्यान के लिए आवश्यक आसन और मुद्रा	६९
मुद्दा ३५	ध्यान में उपयुक्त समय और स्थान	७१
मुद्दा ३६	ध्यान में खयाल रखने योग्य बातें	७२
मुद्दा ३७	बंद आँखें और ध्यान का संबंध	७३
मुद्दा ३८	ध्यान में प्रार्थना का महत्वपूर्ण स्थान	७४
मुद्दा ३९	मनन और ध्यान	७५
मुद्दा ४०	विचारों को रोकने की कला	७६
मुद्दा ४१	ए.बी.सी.डी. ध्यान की विधि	७७
मुद्दा ४२	विचारों के चिपकाव से मुक्ति	७९
मुद्दा ४३	ध्यान कहाँ हो	८२
मुद्दा ४४	असली आनंद की प्राप्ति	८३
मुद्दा ४५	ध्यान की सही दिशा	८४
मुद्दा ४६	ध्यान में दो मुख्य इंद्रियों का प्रशिक्षण	८६
मुद्दा ४७	माया और स्वयं पर ध्यान	८७
मुद्दा ४८	ध्यान का सही प्रशिक्षण	८९
मुद्दा ४९	व्यवधान	९०

मुद्दा ५०	माया की अंधी दौड़	९०
मुद्दा ५१	ध्यान में निरंतरता	९१
मुद्दा ५२	ध्यान में सफलता की मान्यता	९२
मुद्दा ५३	बुरी भावनाओं को रोक पाना	९३
मुद्दा ५४	ध्यान का महत्त्व	९४
मुद्दा ५५	अदोष ध्यान	९६
मुद्दा ५६	जाने दो ध्यान	९७
मुद्दा ५७	स्वीकार ध्यान	१०४
मुद्दा ५८	ध्यान दर्शन	१०७
मुद्दा ५९	मन और शरीर की वृत्तियाँ	१०८
मुद्दा ६०	मन की वृत्तियों की जानकारी	१०९
मुद्दा ६१	शिकायत शून्य जीवन	१११
मुद्दा ६२	आंतरिक मौन की अवस्था	११४
मुद्दा ६३	पिरामिड ध्यान के मुख्य कदम	११७
मुद्दा ६४	प्रार्थना और ध्यान का संबंध	११८
मुद्दा ६५	पिरामिड ध्यान की विधि	११८
खण्ड ३ -	**ध्यान की उच्चतम अवस्था**	१२३
मुद्दा ६६	ध्यान में आगे कैसे बढ़े	१२५
मुद्दा ६७	तीसरा तेजलाभ	१२८
मुद्दा ६८	पाँचवाँ तेजलाभ	१२९
मुद्दा ६९	ध्यान लक्ष्य	१३०
मुद्दा ७०	ध्यान में शरीर का हलन-चलन	१३१
मुद्दा ७१	ध्यान की दृढ़ता	१३२
मुद्दा ७२	ध्यान का उच्चतम बिंदू	१३३
मुद्दा ७३	ध्यान में सबसे बड़ी बाधा	१३४
मुद्दा ७४	ध्यान की जरूरत	१३५
मुद्दा ७५	ध्यान और समय	१३६
मुद्दा ७६	विचार और ध्यान की अवस्था	१३७

मुद्दा ७७	शरीर की बड़बड़	१३८
मुद्दा ७८	शरीर से ध्यान हटाने की कला	१३९
मुद्दा ७९	ध्यान में विकास	१४१
मुद्दा ८०	होश	१४३
मुद्दा ८१	ध्यान में असफलता	१४४
मुद्दा ८२	ध्यान में गहराई तक जाना	१४५
मुद्दा ८३	स्वअनुभव में स्थापित होना	१४७
मुद्दा ८४	माया से बाहर निकलना	१४९
मुद्दा ८५	मैं कौन हूँ? 'हूँ', खुली आँखों से ध्यान	१५२
मुद्दा ८६	शरीर और सेल्फ के वियोग को समझने का तरीका	१५५
मुद्दा ८७	वियोग ध्यान की विधि	१५७
मुद्दा ८८	जाग्रति ध्यान	१५८
मुद्दा ८९	विचारों का वास्तविक स्रोत	१६०
मुद्दा ९०	निर्विचार अवस्था	१६३

परिशिष्ट
तेजज्ञान फाउण्डेशन की जानकारी   १६६-१७६

ध्यान नियम का लाभ कैसे लें

१. इस पुस्तक का पहला खण्ड पहले पढ़ें, फिर बाकी मुद्दों को आप बीच से भी पढ़ सकते हैं।

२. यदि आप ध्यान के निरंतर साधक हैं तो आप पहले खण्ड के बाद तीसरा खण्ड पढ़ सकते हैं।

३. इस पुस्तक में कुल नब्बे मुद्दे हैं। हर रोज तीन मुद्दे पढ़कर महीनेभर में इस पुस्तक का सेल्फ शिविर पूर्ण करें।

४. ध्यान के लाभ जानने से ध्यान में बैठना आसान होगा इसलिए जिन्हें ध्यान में बैठने में कठिनाई महसूस होती है वे ध्यान के लाभ (मुद्दा १४, १५ और १६) और तेजलाभ (मुद्दा ६६, ६७ और ६८) पहले पढ़ें।

५. इस पुस्तक के साथ दी गई डी.वी.डी. का भी लाभ लें। डी.वी.डी. में इन बातों पर मार्गदर्शन दिया गया है :

- ✳ आपका ध्यान स्वध्यान बने – ध्यान   २० मिनट
- ✳ आपका जिन्न, जिनके पाँच बच्चे   २१ मिनट
- ✳ ध्यान के छ: लाभ   २१ मिनट
- ✳ ध्यान के छ: तेजलाभ   २५ मिनट
- ✳ निर्विचार ध्यान   ३० मिनट

मुद्दा 1

ध्यान नियम

ध्यान नियम : एक लकड़ी काटनेवाले इंसान को रास्ते में एक चमकता हुआ पत्थर मिल गया। लकड़ी काटनेवाला उस पत्थर को उठाकर देख ही रहा था कि वहाँ से एक जमीनदार गुजरा। उसने उस पत्थर को देखा और तुरंत पहचान गया कि वह हीरा है। उसने लकड़ी काटनेवाले को भोला समझकर उससे पत्थर का सौदा करना चाहा। जमीनदार ने लकड़हार से कहा, 'यह पत्थर तुम मुझे बेच दो, मैं तुम्हें इसके दस रुपए देता हूँ।'

लकड़हार बोला, 'मैं इसे नहीं दूँगा।'

जमीनदार ने उसे और पैसों की लालच देते हुए कहा, 'अच्छा पच्चीस रुपए देता हूँ, इससे ज्यादा एक रुपया भी नहीं दूँगा, अब तो दे दो।'

लकड़हार ने थोड़ा सोचा और कहा, 'नहीं-नहीं, मैं पहले सोचूँगा, फिर तय करूँगा।'

इस पर जमीनदार ने लकड़हार से कहा, 'मैं शाम तक गाँव में वापस आ जाऊँगा, तुम तब तक सोचकर रखना।'

शाम को जमीनदार वापस गाँव में आया और उस लकड़हार से मिला,

'बोलो, तुमने क्या सोचा? पच्चीस रुपए में यह पत्थर मुझे दे रहे हो न!'

लकड़हार ने उसे बताया, 'मैंने तो वह पत्थर सौ रुपए में किसी और को बेच दिया।'

जमीनदार यह सुनकर दंग रह गया, उसने गुस्से में कहा, 'अरे मूर्ख! वह पत्थर

मामूली पत्थर नहीं था, वह तो हीरा था। उसकी कीमत एक हजार रुपए थी और तुमने इतनी कम कीमत में उसे बेच दिया।'

यह सुनकर लकड़हार मुस्कुराया और उसने कहा, 'आपको तो हीरे की परख थी तो फिर इतनी कम कीमत क्यों लगाई, मैं मूर्ख नहीं हूँ क्योंकि मैंने उस पत्थर को अभी तक बेचा नहीं है, मुझे तो उसकी सही कीमत पता करनी थी।'

लकड़हार को भले ही हीरे की जानकारी नहीं थी परंतु उसके पास इतनी सामान्य बुद्धि थी कि उसने हीरे की सही कीमत जमीनदार से जानकर पता करवा ली।

क्या आप भी ध्यान की सही कीमत जानते हैं या उसे पत्थर की कीमत देते हैं? या जानकर भी ध्यान पर ध्यान नहीं देते?

जीवन का यह एक महत्वपूर्ण ध्यान नियम है कि 'जिस चीज पर आप ध्यान देते हैं वह फलती-फूलती है, बढ़ती है।' इस नियम का उपयोग करते हुए अब ध्यान पर ध्यान दें। यह पुस्तक आपका ध्यान, ध्यान पर ले जाएगी।

जब आप बच्चों पर सही तरीके से ध्यान देते हैं तो बच्चे अच्छे, सच्चे और स्वस्थ होने लगते हैं, उनमें सद्‌गुणों का विकास होता है। जिन बच्चों पर ध्यान नहीं दिया जाता, वे दूसरों का ध्यान खींचते हैं इसलिए आपने देखा होगा कि ऐसे बच्चे तोड़फोड़ ज्यादा करते हैं। लेकिन जैसे-जैसे बच्चों को सही और संतुलित मात्रा में ध्यान मिलता है, वे जिम्मेदार होकर बड़े होते हैं।

अगर आप खुद की तंदुरुस्ती बढ़ाना चाहते हैं तो स्वास्थ्य पर ध्यान देना शुरू करें यानी खान-पान, व्यायाम पर थोड़ा ही सही लेकिन निरंतर काम करें। ऐसा करने से आपका स्वास्थ्य अपने आप बेहतर होने लगेगा।

निरंतरता का रहस्य समझ में आने के बाद आपके जीवन में ऐसा समय आ जाना चाहिए कि आपका ध्यान नकारात्मक बातों से तुरंत हटकर सकारात्मक बातों की तरफ जाए। आपके जीवन में जो अच्छी बातें उपलब्ध हैं जैसे लक्ष्य, ज्ञान, भक्ति, प्रेम, आनंद, परिवार, घर, गुण, अच्छे दोस्त, सच्चे रिश्तेदार या अच्छी सेहत उन पर ध्यान रहे।

ध्यान की शुरुआत करनेवालों से लेकर निरंतर ध्यान करनेवालों तक यह पुस्तक मार्गदर्शन दे सकती है। इस पुस्तक में ध्यान के नब्बे मुद्दों द्वारा गहरी समझ प्रदान की गई है। ध्यान की इस शुभयात्रा में आप जिस भी स्तर पर हैं, उससे आगे बढ़ने में ध्यान नियम आपकी मदद करेगा। आइए लकड़हार की तरह हम भी ध्यान की सच्ची कीमत जानकर ज्ञान का कोहिनूर अपने अंदर ही प्राप्त करें।

... सरश्री

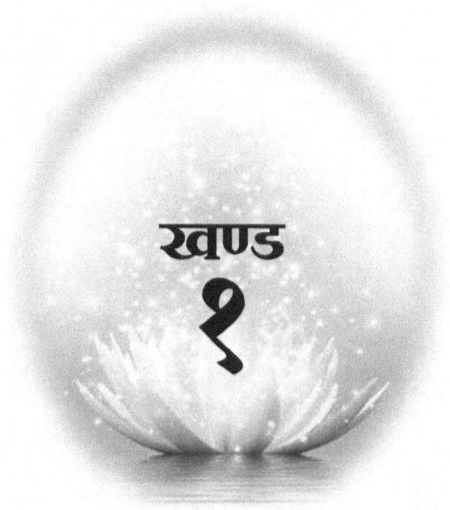

खण्ड १

राम राज्य में प्रवेश

मुद्दा 2

पंच इंद्रियों का प्रशिक्षण

ध्यान की शुरुआत

इंद्रियों का प्रशिक्षण : रामप्यारे नामक इंसान को अपनी नई नौकरी के कारण गाँव छोड़कर शहर आना पड़ा। नए शहर में प्रवेश किए हुए रामप्यारे ने अपने लिए एक किराये का फ्लैट ढूँढ़ लिया। फ्लैट का नाम था 'अयोध्या'। फ्लैट के मालिक ने रामप्यारे को इस शर्त पर फ्लैट दिया कि उसमें उसके साथ कुछ बच्चे भी रहेंगे। रामप्यारे के पास और कोई विकल्प न था, सो उसने मालिक की शर्त मान ली। अब नए फ्लैट में प्रवेश के साथ उसकी दिनचर्या शुरू हो गई।

पहले दिन रामप्यारे ऑफिस से अयोध्या में थका-हारा आता है और आते ही उसे नींद लग जाती है। दूसरे दिन सुबह उठते ही वह किचन से चाय लेने जाता है। चाय लेकर वह ड्रॉइंग रूम में यह सोचकर आता है कि टी.वी. देखते-देखते चाय का मजा लिया जाए। वहाँ वह कुछ बच्चों को देखता है, जो चित्र बना रहे थे। शुरू में उसे उनके चित्र देखते हुए बड़ा मजा आता है।

रामप्यारे को देखते ही बच्चे उसके पीछे पड़ जाते हैं कि 'पहले मेरा चित्र देखो... पहले मेरा चित्र देखो।' वह उन्हें शांत करते हुए कहता है कि पहले हर एक अपना-अपना नाम बताए। उन बच्चों के नाम थे- चिंपू, टिंगू, कन्नू, मन्नू, अक्की और नकुशा।

अपने नाम बताते ही वे फिर से झगड़ने लगते हैं और उसे परेशान करते हैं कि 'पहले मेरा चित्र देखो... देखो मुझे कितने अंक मिलने चाहिए... मेरा चित्र सबसे

अच्छा है...।' वह एक-एक करके उनके चित्र देखने की कोशिश करता है।

पहले बच्चे चिंपू ने रामप्यारे को अपना चित्र दिखाया, जो किसी इंसान का था। उसने रामप्यारे से कहा, 'मेरे मित्र से मिलो, इससे शेक हँड करो... हाथ मिलाओ।' वह चाय पीते-पीते चिंपू का चित्र देखने लगा।

चिंपू के बाद टिंगू आया। वह बीच में ही घुस आया कि 'अब मेरा चित्र देखो... मैंने दिवाली की मिठाइयाँ बनाई हैं।' रामप्यारे ने देखा कि उसने अलग-अलग व्यंजनों, मिठाइयों के चित्र बनाए हैं। टिंगू बहुत शोर मचाने लगा, सीटी बजाने लगा और पूरे कमरे में दौड़ता रहा। वह बच्चों में सबसे छोटा था पर सभी को सबसे ज्यादा परेशान करता था।

मन्नू बच्चों के बीच झगड़े लगवाता था। फिर रामप्यारे की नजर छोटी सी बच्ची नकुशा पर पड़ी। वह कोने में खड़ी अपने चित्र को निहार रही थी। रामप्यारे उसके पास गया और उसे अपना चित्र दिखाने के लिए कहा। रामप्यारे ने देखा कि नकुशा ने अलग-अलग रंगों के फूल बनाए हैं। वह उससे कहने लगी कि 'मेरे फूलों को सबसे ज्यादा अंक मिलने चाहिए... इनसे कितनी अच्छी सुगंध आती है।' वह नकुशा की बातों पर मुस्करा दिया।

इतने में अक्की दौड़ता हुआ आया। उसने रामप्यारे के हाथ में रंगों का डिब्बा थमाकर, अपना चित्र दिखाते हुए गर्व से कहने लगा, 'देखो, मैंने इंद्रधनुष बनाया है, मेरे पास सबसे ज्यादा रंग हैं, इतने रंग किसी के भी पास नहीं हैं।' रामप्यारे सारे बच्चों के चित्र देखते हुए चाय पी रहा था और परेशान भी हो रहा था।

अब बारी आई कन्नू की। वह अपनी पेन्सिल से अलग-अलग वाद्यों के चित्र बना रहा था। उसके चित्र में ढोलक, सारंगी, हार्मोनियम, बाँसुरी इत्यादि जैसे वाद्यों के चित्र थे। रामप्यारे ने उसका भी चित्र देखा।

अब सारे बच्चे रामप्यारे के पीछे पड़ गए कि 'बताओ किसका चित्र सबसे ज्यादा अच्छा है? किसे सबसे ज्यादा अंक मिलने चाहिए?' ऐसे में वह तय नहीं कर पा रहा था। उसने बच्चों को शांत करने के लिए कहा कि 'मैं आपको कल बताऊँगा कि किसकी तसवीर सबसे अच्छी है।'

दूसरे दिन भी बच्चे उसके पास गए, उसने निर्णय फिर से कल पर टाल दिया। इस तरह रोज वह बच्चों को कल पर टालता रहा। यह देखकर बच्चों ने उसका नाम ही 'अंकल' रख दिया। उन्होंने देखा कि रामप्यारे हमेशा चाय पीता रहता है इसलिए

वे उसे आँटी भी बुलाने लगे। आँटी का अर्थ लिविंग ऑन टी।

इस बीच मन्नू दूसरे बच्चों के बीच झगड़े लगा रहा था। वह दूसरों के चित्र चुराकर अपने बताता था। दूसरे बच्चों के चित्र बिगाड़ने के लिए वह उन पर रंग छिड़क देता था ताकि उन्हें अंक न मिले। वह रामप्यारे से उनकी चुगली भी करता था। कई बार रामप्यारे मन्नू की बातों में आ जाता और सब बच्चे दुःखी हो जाते थे। वे अपना दुःख कहाँ निकालें? इसलिए वे चीखते-चिल्लाते, ड्रॉइंग रूम में शोरगुल करते थे। कुछ देर बाद वे फिर से चित्र निकालने लग जाते थे। यह सब करते-करते रामप्यारे का पूरा दिन कैसे बीत जाता, यह उसे पता भी नहीं चलता था।

ऐनालॉजी पढ़कर आप सोच रहे होंगे, ये किनके बच्चे हैं? तो जवाब सुनकर चौंकिए मत कि ये आपके बच्चे हैं। यह ऐनालॉजी है आपकी। आप जो हकीकत में हैं, स्वयं को भूलकर, शरीर मानकर जी रहे हैं। जब आप स्वयं को शरीर मानकर जीने लगते हैं तो क्या होता है, यह इस ऐनालॉजी में स्पष्ट किया गया है। इस ऐनालॉजी में हर चीज प्रतीक है। आइए, समझें कि इस ऐनालॉजी द्वारा हमें कौन सा इशारा किया गया है।

प्रतीक	प्रतीकों की भाषा
♦ अंकल-आँटी	हम जो स्वयं को (स्त्री या पुरुष) मानकर जी रहे हैं
♦ फ्लैट (अयोध्या)	इंसान का शरीर
♦ रामप्यारे	आप (सेल्फ)
♦ सीता	सत्य
♦ छह बच्चे	हमारी पाँच इंद्रियाँ और मन
१. चिंपू	चमड़ी/त्वचा
२. टिंगू	टंग यानी जुबान
३. कन्नू	कान
४. मन्नू	मन
५. अक्की	आँखें
६. नकुशा	नाक

मुद्दा 3

सत्य की सीता बाहर आए : सत्य की सीता को कैसे और क्यों बाहर लाया जाना चाहिए? ऐनालॉजी में दिए गए इशारों को पढ़कर अब आप कुछ-कुछ बातें समझ गए होंगे कि किस तरफ संकेत किया जा रहा है। जब भी आपको कोई अंकल-आँटी कहकर बुलाए तो समझ जाएँ कि हमें कोई संकेत देकर, स्वअनुभव की याद दिला रहा है।

फ्लैट है आपके शरीर का प्रतीक और आप हैं रामप्यारे। इस शरीर में छह बच्चे यानी पाँच इंद्रियाँ और आपका मन आपके साथ रहते हैं। इस ऐनालॉजी में चिंपू, चमड़ी का प्रतीक है। वह अपना चित्र बनाता है और आपको कहता है कि आप इससे हाथ मिलाएँ यानी हमारी त्वचा, जो अच्छे स्पर्शों को महसूस करना चाहती है। टिंगू यानी टंग, जो जुबान का प्रतीक है। वह मिठाइयों के चित्र बनाता है। हमारी जुबान को लजीज खाना पसंद आता है। वह सीटी बजाता है यानी हमारी जुबान, जो दिनभर चलती है और हमें परेशान करती है।

कन्नू, कान का प्रतीक है। वह वाद्यों के चित्र बनाता है यानी हमारे कान जो अच्छा संगीत सुनना चाहते हैं। नकुशा, नाक का प्रतीक है। वह फूलों के चित्र बनाती है यानी हमारी नाक जिसे अच्छी सुगंधें पसंद हैं। अक्की, आँख का प्रतीक है। वह इंद्रधनुष बनाता है यानी हमारी आँख, जिसे रंग भाते हैं। यहाँ मन्नू है हमारे मन का प्रतीक। मन जो सबको परेशान करता है। दूसरों का श्रेय (क्रेडिट) खुद लेता है। उसके कारण हमारी बाकी इंद्रियों को भी तकलीफ होती है।

आप ध्यान में बैठते हैं तो ये सारे बच्चे आपको परेशान करते हैं। सभी इंद्रियों को ऐनालॉजी में बताया गया ताकि जब भी आप ध्यान में बैठें तो देख पाएँ कि कन्नू कहाँ गड़बड़ कर रहा है? टिंगू कहाँ बड़बड़ कर रहा है? मन्नू कहाँ खर्‌खर्‌ कर रहा है कि 'देखो इसने ऐसा किया... उसने वैसा किया..' और कहाँ आप उसकी बातों में आते हैं? यह सब आपको ध्यान में दिखाई देगा।

आप कभी मन की पूछताछ करते ही नहीं इसलिए वह सिर पर चढ़ता जाता है और आपको परेशान करता है। आप अपने पड़ोसियों को चाय पर बुलाते हैं और बताते हैं कि ये बच्चे बहुत परेशान करते हैं। आपके पड़ोसी भी आपसे यही कहते हैं कि 'हमारे घर के बच्चे भी ऐसा ही करते हैं। बेहतर यही होगा कि फिलहाल ये

जो माँगते हैं, उन्हें दे दो तो ये शांत हो जाएँगे।' आप देखते हैं, सभी फ्लैट के लोग ऐसे ही कर रहे हैं तो आप भी वैसे ही करने लगते हैं।

आपको यह समझ में नहीं आता कि बच्चों की सभी इच्छाएँ पूरी करने से वे सुधरते नहीं बल्कि और बिगड़ जाते हैं। ठीक इसी तरह इंद्रियों की सभी इच्छाएँ पूरी करने से वे और ज्यादा मजबूत हो जाती हैं। परिणामतः वे अपनी माँगे जिद से पूरी करवाने लगती हैं। इस तरह आप देखते हैं कि जिस फ्लैट में आप अभिव्यक्ति करने गए थे, उसमें आप उलझकर रह गए। आप इंद्रियों की दुनिया में ही फँसे रहे।

एक दिन आप अपने गुरु को फ्लैट पर, चाय पीने के बहाने बुलाते हैं। गुरु आते हैं और आपके फ्लैट की हालत देखते हैं। वे आपसे कहते हैं, 'रामप्यारे, राम राज्य कहाँ है?' आप उनकी बात को समझ नहीं पाते और पूछते हैं कि 'कौन सा रामराज्य... आप क्या कहना चाहते हैं?'

गुरुजी रामप्यारे की शंका का समाधान करते हुए कहते हैं, 'रामप्यारे, तुम्हारे फ्लैट का नाम अयोध्या है परंतु इसमें रामराज्य नहीं दिख रहा बल्कि रावण का राज्य दिख रहा है। तुम्हारे फ्लैट की हालत बहुत खराब है। तुम्हें इसे वाकई अयोध्या बनाना है तो पहले इन बच्चों को प्रशिक्षित करना होगा वरना वे अयोध्या को लंका बनाने में देर नहीं करेंगे।'

'परंतु गुरुजी, मैं इन बच्चों को सँभाल नहीं पाता, ये बड़े शैतान हैं। इनके रहते मेरा फ्लैट अयोध्या कैसे बन सकता है?' नाराजगी और असंभावना के स्वर में रामप्यारे जवाब देता है।

गुरुजी रामप्यारे की स्थिति भाँपते हुए कहते हैं, 'तुम्हारी मूल गलती के कारण ऐसा हो रहा है।'

रामप्यारे फिर से सवालों के कटघरे में खड़े कैदी समान पूछता है, 'कैसी मूल गलती गुरुजी?'

अब गुरुजी मूल मुद्दे की ओर इशारा करते हैं, 'यह बताओ कि तुमने सीता को कहाँ रखा है?'

'वह तो किचन में हमारे लिए चाय बना रही है।'

'यही तो मूल गलती है। सीता पूरा दिन तुम्हारे लिए चाय बनाती रहती है। तुमने उसे किचन में ही रखा है। उसे बाहर लाओ तो वह तुम्हारी मदद कर सकती है।'

'परंतु गुरुजी, मुझे बहुत नींद आती है और बच्चे भी परेशान करते हैं। इसलिए

मैंने सीता को अंदर चाय बनाने के लिए रखा है।'

'रामप्यारे, सीता बाहर आएगी तो बच्चों को माँ का प्यार मिलेगा। इससे वे आज्ञाकारी बनेंगे और जिद करना छोड़ देंगे।'

गुरुजी की बात रामप्यारे को सही लगती है और वह उनकी आज्ञा का पालन करता है।

अब तक आप इस उदाहरण में दिए गए प्रतीकों को तो समझ चुके हैं। आइए, अब इस ऐनालॉजी को आगे समझते हैं।

सीता, सत्य का प्रतीक है और आप राम का। रामराज्य लाने के लिए पहले राम को जागना होगा। आप हमेशा चाय पीते रहते हैं यानी आप हमेशा नींद में रहते हैं क्योंकि सत्य बाहर आया ही नहीं। उसे आपने अंदर ही रखा है। जब सत्य बाहर आएगा तब आप जाग्रत होंगे और इंद्रियाँ आपके वश में आएँगी।

आप शरीर की इंद्रियों में अटके हुए हैं कि आँख कौन से दृश्य देख रही है... जुबान को कौन सा स्वाद चाहिए... त्वचा किस तरह का स्पर्श चाहती है... नाक किस सुगंध की तलाश कर रही है... कान को कौन सा संगीत भाँता है इत्यादि। इसे वैज्ञानिक दृष्टिकोण से देखेंगे तो आपको समझ में आएगा कि असल में आँख जो रंग देख रही है, वे हैं ही नहीं। विज्ञान के अनुसार वस्तुएँ पूरा रंग ले लेती हैं और जो रंग वे नहीं लेतीं, उन्हें आँख की ओर फेंक देती हैं। ऐसे में हमें वस्तु का वही रंग दिखाई देता है, जो हमारी आँख हमें दिखाती है। इसका अर्थ यह हुआ कि इंद्रियाँ हमें पूर्ण सत्य नहीं दिखातीं। इस तरह रामप्यारे अधुरे सत्य में उलझकर, इंद्रियों के मायाजाल में फँसकर, सत्य से महरूम रह जाता है।

ऐसे में रामप्यारे का अयोध्या जाने का जो असली लक्ष्य था, वह पूर्ण नहीं हो पाता क्योंकि उसके साथ रहनेवाले बच्चे अप्रशिक्षित थे। उन्होंने रामप्यारे को अंकल, आँटी बना दिया। अब गुरु उसे वापस याद दिलाने आते हैं कि 'तुम अंकल-आँटी नहीं हो।' तब रामप्यारे ने गुरु की पहली आज्ञा का पालन किया और सीता को किचन से बाहर लाया।

अब गुरुजी ने उसे दूसरी आज्ञा दी कि 'सीता और सभी बच्चों को लेकर फ्लैट के टेरेस पर जाओ।' गुरुजी की आज्ञा मानकर रामप्यारे बच्चों को टेरेस पर लेकर गया। गुरुजी ने उसे आगे बताया कि 'वहाँ बैठकर, चिंपू का हाथ पकड़कर उसे अपने बाजू में बिठा दो। एक हाथ से टिंगू का मुँह बंद रखो। नकुशा को कहो कि

फूलों की खुशबू को छोड़कर, साँस पर ध्यान लगाओ। साँस कैसे अंदर और बाहर जा रही है, वह बैठकर देखो। अक्की को खाने के लिए नारंगी दो और दूसरे हाथ से कन्नू के कान बंद रखो। मन्नू को कहो कि तुम पटाखे जलाओ, हवाइयाँ चलाओ। इस तरह सब बच्चों के साथ सीता को भी बाजू में बिठाओ, सिर्फ मन्नू को टेरेस पर खुला छोड़ दो।'

गुरुजी की आज्ञा पर अमल कर, रामप्यारे ने देखा कि अब सारे बच्चे उसके नियंत्रण में हैं और वह मजे से साक्षी बनकर देख रहा है कि मन्नू कैसे टेरेस पर बॉम्ब जला रहा है, हवाइयाँ छोड़ रहा है कि 'मैं ग्रेट... मैंने तीली लगाई...।'

गुरुजी की दूसरी आज्ञा का अर्थ है कि आप अपनी इंद्रियों को नियंत्रण में लाएँ। आँख और कान को बंद करके, नाक द्वारा साँस पर ध्यान लगाएँ। हाथों की मुद्रा बनाकर, मन के विचारों को साक्षी बनकर देखें। इस तरह आप सभी इंद्रियों पर नियंत्रण ला पाएँगे।

जैसे ही मन में विचार की हवाई उठे, उसे मात्र देखें और चेहरे पर मुस्कुराहट लाएँ। आप मन को देखते रहें कि वह कितनी देर तक हवाइयाँ जलाएगा? आखिर वह थक जाएगा। उसे जो परिणाम चाहिए कि घर में झगड़े हों, परेशानियाँ आएँ और उसे मजा आए... ऐसा कुछ हो नहीं रहा तो वह सब करता रहेगा... अंततः शांत हो जाएगा।

जब मन शांत हो जाएगा तो आप सब बच्चों को खुला छोड़ देंगे। फिर चिंपू चित्र बनाएगा पर यह नहीं कहेगा कि 'इससे हाथ मिलाओ।' वह कहेगा, 'अब सबका हाथ बटाओ।' वह हाथ मिलाओ से आगे बढ़ेगा।

नकुशा अब फूल सूँघेगी नहीं बल्कि फूल बाँटेगी। अब उसके द्वारा बाँटने का काम चलेगा। अक्की अब नारंगी रंग का इस्तेमाल करना शुरू करेगा यानी वह भक्ति के रंग में सभी चित्र रंग डालेगा। टिंगू जो पहले मिठाइयों में रस ढूँढ़ रहा था, अब उसे भजन गाने में रस आएगा। अब कन्नू धन्यवाद की धुन बजाएगा। सभी इंद्रियों को कैसे काम मिल गया! मन्नू ने झगड़ा करना, श्रेय लेना बंद कर दिया तो सभी इंद्रियाँ काबू में आ गईं। इस तरह यदि ध्यान द्वारा मन को वश में किया जाए तो सभी इंद्रियों पर कुशलता पाई जा सकती हैं।

आइए, अब एक ध्यान द्वारा यह समझ प्राप्त करके देखते हैं कि 'आप इंद्रियों से अलग हैं'। यह ध्यान बहुत ही महत्वपूर्ण है इसलिए पहले इसे पढ़कर समझ लें, फिर करें।

मुद्दा 4

पंच इंद्रियों का संपूर्ण ध्यान

संपूर्ण ध्यान : संपूर्ण ध्यान, बाकी ध्यान विधियों को साथ में लाकर, आपको अपने अंदर जाना सिखाता है। यह स्वध्यान है। स्वध्यान में अनुभवकर्ता, अनुभवकर्ता का, अनुभव में, अनुभव करता है।

इस ध्यान को नीचे दी गई प्रक्रिया से शुरू करें। पहले बार-बार पढ़कर, इस ध्यान प्रणाली को मन में अच्छे से बिठा लें या टेप में सारी सूचनाएँ क्रमबद्ध तरीके से रिकॉर्ड कर लें और टेप चलाकर सूचनाओं के अनुसार ध्यान करें। आइए, जीवन के अंतिम अनुभव को जाननेवाले इस ध्यान की विधि जानते हैं।

१. अपनी चुनी हुई ध्यान अवस्था और मुद्रा में आँखें बंद करते हुए बैठें। ध्यान की शुरुआत में बिना किसी विशेष अनुभव की अपेक्षा रखते हुए, उत्तम परिणाम पाने के लिए प्रार्थना करें।

२. शरीर को स्थिर रखते हुए अपने चारों तरफ चल रही आवाजों को सुनें। अलग-अलग तरह की कम से कम पाँच आवाजों को पहचानें। पहचानने की प्रक्रिया में जल्दबाजी बिलकुल न दिखाएँ। शांत मन से अपना ध्यान एक आवाज को सुनकर, अगली आवाज की तरफ लगाएँ। किसी भी आवाज में अटककर उसे ही न सुनते रहें। केवल आवाज को पहचानें और आगे बढ़ें।

३. आवाजों के अलग-अलग प्रकार होते हैं, जैसे पंखे के चलने की

आवाज में भी अलग–अलग तरह की सूक्ष्म आवाजें छिपी होती हैं। इन सभी सूक्ष्म आवाजों को सुनने की कोशिश करें। लोगों की बातचीत, बरतनों के टकराने की आवाज, बच्चों के खेलने की आवाज, अलग–अलग वाहनों के हॉर्न एवं मोटर की आवाज, किसी चीज के गिरने की आवाज, चलने की आवाज, टी.वी., टेप, रेडियो की आवाज, पक्षियों की आवाज, कुत्तों के भौंकने या झगड़ने की आवाज, पानी के बहने की आवाज, सीटी की आवाज, हँसने या रोने की आवाज, इस तरह हर आवाज को पहचानें। जब कोई भी आवाज न हो तब मौन की आवाज को जानने की कोशिश करें, सन्नाटे का एहसास करें।

४. अपने चारों तरफ हर तरह की आवाज को पकड़ने की कोशिश करें। हवाई जहाज की आवाज में भी विभिन्नता होती है इसलिए सूक्ष्म से सूक्ष्म आवाज को पहचानें। अपना ध्यान चारों तरफ से आनेवाली आवाजों पर लगाएँ। कम से कम पाँच अलग–अलग आवाजें सुनें। चाहे वे स्थूल हों, मध्यम हों या सूक्ष्म।

५. पाँच अलग–अलग आवाजें सुनने के बाद स्वयं से पूछें, 'क्या मैं यह आवाज हूँ?' जवाब आएगा, 'नहीं, मैं यह आवाज नहीं हूँ, मैं आवाज को जाननेवाला हूँ' तो अंदर झाँककर देखें कि यह जाननेवाला कौन है? कान का कान कौन है? स्वयं से कहें, 'मैं आवाज नहीं हूँ।'

६. आवाजें सुनने के बाद अपना ध्यान वातावरण पर केंद्रित करें। आप जहाँ ध्यान के लिए बैठे हैं, वहाँ चारों तरफ के वातावरण को महसूस करें। जैसे वहाँ गरमाहट है, ठंढक है, सूखा है, गीला है, शरीर हलका है, वजनदार है या हवा में तेजी है या ताजगी है या हवा कम है। सभी बातों को महसूस करें।

७. अगर आपको हवा महसूस हो रही है, गरमाहट या सर्दी महसूस हो रही है तो स्वयं से पूछें, 'क्या मैं यह वातावरण हूँ?' जवाब आएगा, 'नहीं, मैं यह वातावरण नहीं हूँ, मैं इस वातावरण को जाननेवाला हूँ।' फिर स्वयं को 'पलट' कहकर उस जाननेवाले को जानें। स्वयं से कहें, 'मैं

यह वातावरण नहीं हूँ।'

८. अब अपना ध्यान शरीर पर केंद्रित करें। शरीर में आपको जहाँ अकड़न या दर्द महसूस हो रहा हो, उसे अनुभव से जानें। दर्द को जानते वक्त शरीर को किसी प्रकार से हिलने न दें।

९. पूरे शरीर में जहाँ हलकापन या भारीपन महसूस हो रहा है, जहाँ कपड़ा छू रहा है, हवा छू रही है, जहाँ खुजली या सूखापन महसूस हो रहा है, जहाँ पसीना आ रहा है, जहाँ जलन महसूस हो रही है, वह स्थान महसूस करें। इस तरह शरीर पर या शरीर के भीतर सभी जगह पर होनेवाली हर तरह की कठोर अथवा सूक्ष्म संवेदना को देखें।

१०. ध्यान में 'देखें' का अर्थ होता है 'जानना।' जानते वक्त किसी भी तरह की कोई कल्पना न करें बल्कि शरीर में या शरीर पर जो हो रहा है, उसे महसूस करें। जो वर्तमान में हो रहा है, उस एहसास को भगाएँ नहीं। वह एहसास न अच्छा है और न ही बुरा, वह जैसा है उसे वैसे ही महसूस करें। सभी संवेदनाओं को देखने और यह जानने के बाद कि पूरे शरीर में क्या हो रहा है, स्वयं से पूछें, 'क्या मैं ये संवेदनाएँ हूँ?' जवाब आएगा, 'नहीं, मैं ये संवेदनाएँ नहीं हूँ, मैं इन्हें जाननेवाला हूँ।' तब तुरंत पलटकर उस जाननेवाले पर शिफ्ट हो जाएँ, अपने अंदर पहुँच जाएँ। स्वयं से कहें, 'मैं यह संवेदना नहीं हूँ।'

११. अब अपना ध्यान साँस पर केंद्रित करें। सहजता से देखें कि साँस कैसे चल रही है। यह महसूस करें कि किस नासिका से साँस अंदर जा रही है और किस नासिका से बाहर आ रही है। जब साँस अंदर जा रही है तब आपको पता चल रहा है कि साँस अंदर जा रही है। जब साँस बाहर आ रही है तब भी आपको पता चल रहा है कि साँस बाहर आ रही है।

१२. जब साँस नासिका के द्वार पर टकराती है तब आपको साँस का टकराना महसूस होता है। अंदर जानेवाली और बाहर आनेवाली साँस गरम है या नहीं है, यह जितना गहराई में जान सकते हैं, जानते रहें।

१३. अगर आपका ध्यान बीच में भटक जाए तो उसे वापस साँस पर लेकर

आएँ। यह भी जानें कि साँस अंदर आवाज करते हुए गई या बिना आवाज के गई, बाहर आवाज करते हुए लौटी या बिना आवाज के लौटी। साँस सूक्ष्म है, गहरी है, उथली है या भारी है, जैसी भी है; उसे बिना कोई लेबल लगाए जानते रहें। शरीर को कम से कम हिलाते हुए साँस को जानें।

१४. साँस बाईं नासिका (चंद्र नाड़ी) से जा रही है या दाईं नासिका (सूर्य नाड़ी) से, यह जानते रहें। इस तरह आप ध्यान की तैयारी कर रहे हैं और स्वध्यान की ओर जा रहे हैं। निरीक्षण करते हुए इस पायदान पर स्वयं से पूछें, 'क्या मैं यह साँस हूँ?' जवाब आएगा, 'नहीं, मैं यह साँस नहीं हूँ, मैं साँस को जाननेवाला हूँ।' अब उस जाननेवाले को जानें और स्वयं से कहें, 'मैं साँस नहीं हूँ।'

१५. अब अपना ध्यान साँस से हटाकर अपने अंदर उठनेवाले विचारों को देखने में लगाएँ। इस वक्त मन में जो विचार उठ रहे हैं, उन्हें जानें। एक विचार को जानने के बाद मन में जो अगला विचार आएगा, उसे जानें। पहलेवाले विचार को जानने की कोई आवश्यकता नहीं है। एक विचार को देखने के बाद कहें, 'अगला (Next)।'

फिर यदि यह विचार आए कि 'कोई विचार ही नहीं आ रहा है।' तब यह समझ जाएँ कि यह भी एक विचार है। इसे देख लेने के बाद कहें, 'अगला (Next)।' जैसे-जैसे आप विचारों को देखते जाएँगे, वैसे-वैसे आप विचारों से अलगाव का आनंद भी ले पाएँगे। मन में जो भी विचार आ रहे हैं, उन्हें जानते हुए स्वयं से पूछें, 'क्या मैं यह विचार हूँ?' जवाब आएगा, 'नहीं, मैं यह विचार नहीं हूँ, मैं तो इस विचार को जाननेवाला हूँ।' अब उस जाननेवाले को जानें। बिना शरीर हिलाए विचारों को जानें और स्वयं से कहें, 'मैं यह विचार नहीं हूँ।'

१६. अब अपना ध्यान हाथों पर केंद्रित करें। यह जानें कि हाथों में कैसा महसूस हो रहा है। अपना ध्यान अपनी बाहों में ले जाएँ और वहाँ आपको कौन सा अनुभव महसूस हो रहा है, उसे जानें। जैसे आपको अपनी बाहें महसूस नहीं हो रही हैं या वजनदार महसूस हो रही हैं या

हो सकता है कि हलकी महसूस हो रही हैं। जो भी महसूस हो रहा है, उसे जानें। स्वयं से पूछें, 'क्या मैं ये हाथ हूँ?' जवाब आएगा, 'नहीं, मैं ये हाथ नहीं हूँ, मैं इन्हें जाननेवाला हूँ।' फिर तुरंत पलटकर उस जाननेवाले को जानें, जो इन हाथों को जान रहा है। यदि आप स्वयं को न भी जान पाएँ तो भी बिना निराश हुए ध्यान जारी रखें।

१७. यदि आप हाथ नहीं हैं तो आप कौन हैं, यह जानने के लिए अपना ध्यान पैरों में लेकर जाएँ। यह जानें कि आपको अपने पैर महसूस हो रहे हैं या नहीं, उसमें दबाव या हलकापन महसूस हो रहा है या नहीं। अच्छे-बुरे का लेबल न लगाते हुए स्वयं से पूछें, 'क्या मैं ये पैर हूँ?' जवाब आएगा, 'नहीं, मैं इन्हें जाननेवाला हूँ।' तब उस जाननेवाले को जानें। स्वयं से कहें कि 'मैं पैर नहीं हूँ।' स्वयं से यह सवाल जरूर पूछें कि यदि आप पाँव नहीं हैं तो कौन हैं?

१८. आप कौन हैं, इसका जवाब जानने के लिए ध्यान को अपनी पीठ में लेकर जाएँ। पीठ कैसी महसूस हो रही है, यह जानें। कंधे से लेकर कमर तक हलकी, वजनदार, दर्द या दबाव, जैसा भी महसूस हो रहा है, उसे जानें। स्वयं से पूछें, 'क्या मैं यह पीठ हूँ?' जवाब आएगा, 'नहीं, मैं इस पीठ को जाननेवाला हूँ।' पलटकर उस जाननेवाले को जानें और स्वयं से कहें, 'मैं पीठ नहीं हूँ।'

१९. अब अपना ध्यान धड़ में ले आएँ, हृदय पर ले आएँ और जानें कि पूरे हिस्से में कैसा महसूस हो रहा है। अपने आपसे पूछें, 'क्या मैं पेट हूँ? क्या मैं हृदय हूँ? क्या मैं गर्दन हूँ? क्या मैं कंधा हूँ? और अगर मैं ये सब नहीं हूँ तो मैं कौन हूँ?' जवाब आएगा, 'मैं इन सबको जाननेवाला हूँ' तो तुरंत पलटकर उस जाननेवाले को जानें।

२०. अब अपना ध्यान चेहरे पर केंद्रित करें। यदि आप धड़ नहीं हैं तो अपने चेहरे को महसूस करें। अपने चेहरे के चारों तरफ से जानें कि आपको अपना चेहरा महसूस हो रहा है या नहीं, चेहरे पर हलकापन या पसीना महसूस हो रहा है या नहीं। यह जानें कि आँखों पर दबाव है या आँखें हलकी महसूस हो रही हैं। फिर स्वयं से पूछें, 'क्या मैं यह

चेहरा हूँ?' जवाब आएगा, 'नहीं, मैं चेहरे को जाननेवाला हूँ।' पलटकर उस जाननेवाले को जानें।

२१. अपने आपसे पूछें, 'मैं यह चेहरा नहीं हूँ, मैं यह शरीर नहीं, शरीर के अंग मैं नहीं, शरीर में चलनेवाली साँस मैं नहीं, शरीर के अंदर का मन मैं नहीं, विचार मैं नहीं तो मैं कौन हूँ?' जवाब में पाओगे, 'मैं इन्हें जाननेवाला हूँ। मैं स्व का ध्यान करने और स्व को जानने के लिए शरीर के साथ जुड़ा हूँ।' जैसे ही आपको यह समझ मिलेगी तो आपका शरीर से चिपकाव टूट जाएगा। आप शरीर का इस्तेमाल करेंगे, न कि शरीर आपका। कुछ देर बाद इसी अवस्था में रहते हुए आँखें खोलें।

२२. आँखें खुली रखकर इसी अनुभव में बाहर टहलने जाएँ। शरीर को चलते हुए, काम करते हुए देखें।

इस अनुभव में हमें जो समझ मिली, जो ताजगी, आंतरिक शक्ति हमने प्राप्त की, जो शिफ्टिंग (बदलाहट) हमें मिली, उस पर जरूर मनन करें। संपूर्ण ध्यान के साथ जो सीखा, समझा उस पर भी मनन करें। यह प्रज्ञा आपको रूपांतरित करके स्वबोध में स्थापित करेगी।

संपूर्ण ध्यान हर इंसान के लिए स्नान की तरह आवश्यक है। रोज यह ध्यान करने से हमारे मन की स्लेट साफ होती जाएगी। मन को केवल विचारों से भरने से, स्लेट साफ न करने की वजह से, तनाव निर्मित होता है। यह ध्यान आपको तनाव से मुक्त करके स्वबोध का आनंद दिलाएगा।

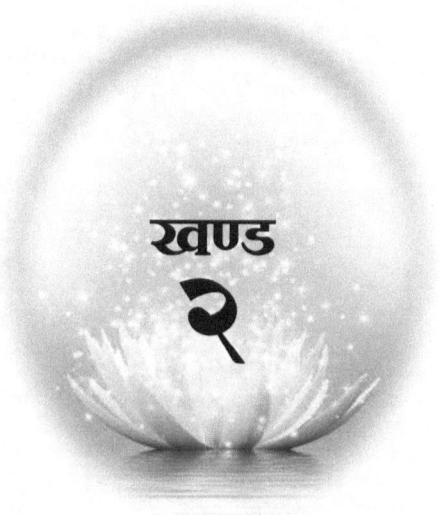

खण्ड २

सच्चे ध्यान की शुरुआत

मुद्दा 5

सच्चा ध्यान क्या है?

ध्यान में जिन्न अंदर : ध्यान क्या है यह जानने से पहले एक संदेश पढ़ें - 'जिन्होंने भी जिन्न को जाना वे जिंदा हो गए, चैतन्य हो गए, शिव हो गए वरना शव रह गए।' इस संदेश को पढ़कर आपको लगा होगा कि 'भला यह कैसा संदेश है!' दरअसल ऐसी बातें तब ही समझ में आएँगी, जब आप उपरोक्त शब्दों को नए ढंग से देखेंगे।

क्या कभी आपने किसी चलचित्र में ऐसा दृश्य देखा है, जिसमें चिराग से निकले हुए अलादिन के जिन्न को लोग जबरदस्ती अंदर डालने की कोशिश कर रहे हों? यह दृश्य आपने कभी न कभी जरूर देखा होगा। दरअसल जब भी आप ध्यान में बैठते हैं तब आप यही कर रहे होते हैं। कैसे? यह जानने के लिए पढ़ते रहें।

जब आप गहरी नींद में होते हैं तब यह जिन्न आपके अंदर होता है परंतु विलीन हो चुका होता है। सुबह जब आप गहरी नींद से उठते हैं तब यह जिन्न बाहर आता है। इसी गहरी नींद को जाग्रत अवस्था में लेने की कला 'ध्यान' कहलाती है।

यह ऐसा जिन्न है जिसे आप खाली नहीं बिठा सकते। यह बार-बार आपसे काम माँगता है। यदि आप इसे काम नहीं देते तो वह आपको परेशान कर देता है। जबकि दिनभर में आपके पास ऐसे थोड़े ही काम होते हैं, जो जिन्न से करवाए जा

सकते हैं। अब सवाल यह उठता है कि खाली समय में इस जिन्न से क्या करवाया जाए? ऐसे में आप उसे वे काम भी देते हैं, जो आप उस वक्त करना नहीं चाहते थे। अंत में जब आपके पास उसे देने के लिए कोई काम नहीं बचता तब आप उसे कहते हैं कि 'जाओ फलाँ इंसान की चुगली करके आओ'... 'जाओ फलाँ इंसान की चोटी खींचकर आओ'... 'जाओ उस इंसान की कुर्सी खींच लो जो उस पर बैठनेवाला है'... 'जाओ सड़क पर गाड़ी को ओवरटेक करो'... 'फलाँ इंसान से झगड़ा करो।'

अब आपको समझ में आ रहा होगा कि जिन्न किसे कहा जा रहा है। जिन्न है आपका मन। जब आप गहरी नींद में होते हैं तो यह मन विलीन हो जाता है और आपके उठते ही, यह बाहर आ जाता है। मन – जो कभी खाली नहीं बैठ सकता, जो आपको परेशान करता है। अकसर लोगों के पास जब खाली समय होता है यानी जब उनका मन उनसे काम माँगता है तो वे उससे ऐसे कार्य करवाते हैं, जिनसे लोगों को परेशानी होती है और वे मजा लेते हैं।

आपने देखा होगा कि जब रास्ते में कोई किसी की गाड़ी को ओवरटेक करने की कोशिश करता है तो कुछ लोग लड़ने-झगड़ने के लिए तुरंत तैयार हो जाते हैं। ऐसे लोगों को लगता है कि ओवरटेक करनेवाले को सबक सिखाया जाना चाहिए। लोगों ने मन रूपी जिन्न को यही काम दिया होता है। लोग जानबूझकर जिन्न को ऐसे काम नहीं देते परंतु केवल परेशानी से बचने के लिए ऐसे काम देते हैं।

सुबह जाग्रत हुआ जिन्न रात को ही वापस अंदर जाता है। दिनभर में वह माया में उलझता रहता है। ध्यान के साधक का काम यह है कि वह इस मन को दिन के बीच में भी अंदर ले जाए। दिनभर में जब आपके मन के पास करने लायक कोई काम न हो तो उस वक्त आप उसे अंदर यानी हृदयस्थान पर ले जाएँ। मन को अंदर कैसे ले जाएँ? यह जानने के लिए ही आप समझ प्राप्त कर रहे हैं।

इस जिन्न को बलपूर्वक अंदर नहीं भेजा जा सकता। ठीक वैसे ही जैसे आप ताकत का इस्तेमाल करके नींद नहीं ला सकते। गौर करेंगे तो पता चलेगा कि जब आप नींद लाने की कोशिश करते हैं तब नींद आने के बजाय और दूर भाग जाती है। ठीक इसी तरह जिन्न को बलपूर्वक भगाया नहीं जा सकता। उसे केवल अंदर भेजने की कोशिश करें। यह कोशिश ध्यान में बैठकर की जाती है और इसे समाधि कहा जाता है।

समाधि का अर्थ है, समय-आदि यानी समय के पहले। समय का पैमाना संसार बनने के बाद बना, तब तक समय नहीं था। इसलिए समाधि का अर्थ हुआ समय आदि यानी संसार बनने से पहले। जब इंसान का निर्माण नहीं हुआ था तब ईश्वर आराम की अवस्था में था। इसी को शिव अवस्था भी कहा जा सकता है। इंसान समाधि में जाता है यानी वह उस अवस्था में जाता है, जहाँ संसार का निर्माण नहीं हुआ था, जहाँ समय का पैमाना नहीं था, जहाँ ईश्वर आराम की अवस्था में था।

मुद्दा 6

ध्यान क्या है और क्या नहीं :

१. ध्यान देना (अटेन्शन) ध्यान नहीं है।
२. ध्यान 'एकाग्रता (concentration)' नहीं है।
३. ध्यान 'मनन (contemplation)' नहीं है।
४. ध्यान 'विधियाँ' नहीं है।
५. ध्यान हमसे अलग नहीं है।

'ध्यान' यह शब्द अध्यात्म से आया है। भारत में आध्यात्मिक खोज करनेवालों ने ध्यान की गहराइयों को जाना परंतु आज इस शब्द का इस्तेमाल बहुत ही साधारण (औसत दर्जे का) हो गया है। जैसे कोई कहे कि 'इधर ध्यान दें...', 'बच्चों की ओर ध्यान दें...', 'ध्यान से सुनें...', 'ध्यान लगाकर पढ़ें'... इत्यादि। इस तरह साधारण बोलचाल में इस्तेमाल करने की वजह से इसका मूल्य खो गया है। जिस कारण लोग 'ध्यान (अटेन्शन)' देने को ही ध्यान मानकर बैठ गए हैं।

ध्यान गुण है : हकीकत में ध्यान उस साक्षी का गुण है, जिसे लोगों ने अलग-अलग नाम दिए हैं- ईश्वर, अल्लाह, स्व-साक्षी, सेल्फ, स्वअनुभव। ध्यान वह स्रोत (source) है, जो गहरी नींद में भी जाग्रत है, बेहोशी में भी होश में है इसलिए सुबह उठकर हम यह कह पाते हैं कि 'रात मैंने अच्छी नींद ली।'

ध्यान रास्ता है, स्वध्यान मंजिल है : ध्यान की शुरुआत करने एवं एकाग्रता बढ़ाने के लिए जो विधियाँ बनी हैं, उन्हें 'ध्यान' यह नाम दे सकते हैं। यह 'ध्यान', 'स्वध्यान' की मंजिल तक पहुँचाने के लिए एक रास्ता है। स्व-ध्यान यानी 'स्व' का ध्यान, जो ध्यान का मूल लक्ष्य है, न कि केवल एकाग्रता बढ़ाना। एकाग्रता ध्यान के मार्ग की सीढ़ी है। ध्यान की वजह से एकाग्रता बढ़ती है परंतु कोई एकाग्रता बढ़ाने के लिए ही केवल ध्यान कर रहा है तो वह बहुत कम फायदा ले रहा है। कई बार ऐसा होता है कि कोई ध्यान मार्ग अपनाता है 'आत्मसाक्षात्कार' पाने के लिए लेकिन वह एकाग्रता से ही आनंदित होने लगता है। लाभ को ही लक्ष्य मान लेता है।

मुद्दा 7

ध्यान का असली अर्थ : ध्यान का सरल अर्थ है 'कुछ नहीं करना' परंतु कुछ लोगों के लिए 'कुछ न करना' भी बहुत कठिन हो जाता है। कैसे कुछ भी न करे? जैसे कोई कहे कि 'नींद आने के लिए क्या करना चाहिए, जिससे नींद जल्दी आए?' तो उसे यही बताया जाएगा कि 'नींद आने के लिए कुछ नहीं करना है, सिर्फ जाकर लेट जाएँ। नींद लाने की कोशिश करेंगे तो नींद भाग जाएगी वरना नींद बिना कोशिश किए आसानी से आ सकती है।' उसी तरह ध्यान भी एक कार्यरीति (process) है, जिसमें कुछ करने की जरूरत नहीं, मात्र उपस्थित होना है।

ध्यान को यौगिक अभ्यास भी कहा जाता है। जीवन के हर क्षेत्र में ध्यान होता ही है। कोई भी कार्य बिना ध्यान के नहीं हो सकता। जीवन की समस्त क्रियाओं के लिए ध्यान अनिवार्य है। ध्यान से शरीर को 'क्रिया की तरंग' (vibration) मिलती है। क्रियाओं के उपकरण हैं हमारे शरीर की पाँच इंद्रियाँ। (आँख, कान, नाक, जुबान और त्वचा)।

आँख का आकार इंद्रिय नहीं है, आँख के देखने की शक्ति इंद्रिय है। हमारी सभी इंद्रियों का असर हमारे शरीर पर होता है। साधारणतः जब भी इंद्रियाँ बाहर देखती हैं, बाहर की वस्तुओं में होती हैं तब हमारे मन की पूरी शक्ति बाहर के विषयों में खत्म हो जाती है। इसलिए जरूरी है कि इंद्रियों पर हमारा नियंत्रण हो, जो ध्यान द्वारा संभव है।

जो ऊर्जा बाहर के जगत में खत्म हो रही है, उसका कुछ हिस्सा अपने लिए इस्तेमाल करने के लिए 'ध्यान' आवश्यक है। मन को बाहर के विषयों से हटाकर, अंदर स्थिर करना ही ध्यान है।

मुद्दा 8

ध्यान की मान्यताएँ : जैसे ही हमारे सामने ध्यान शब्द आता है तो हमारे मन में अनेक मान्यताएँ प्रवेश कर जाती हैं, जैसेः

* ध्यान यानी घंटों आँखें बंद करके बैठना।
* ध्यान यानी कठिन विधियाँ।
* ध्यान यानी शरीर को तपाना, जलाना।
* ध्यान यानी पचास साल के बाद की जानेवाली विधि
* ध्यान यानी संसार से दूर हिमालय में जाकर बैठना

इस तरह इंसान कुछ शब्द या किसी विधि के बारे में सुनकर, अपने मन में कुछ मान्यताएँ पाल लेता है, जो शायद उसने सुनी हों, देखी हों, पढ़ी हों या फिर सोचकर रखी हों, जो सच नहीं हैं।

मान्यताएँ सभी की अलग-अलग हो सकती हैं या सभी की एक मान्यता भी हो सकती है। आप ध्यान के बारे में अलग-अलग लोगों से पूछेंगे तो हर कोई आपको उसके अनुभव के आधार पर जवाब देगा।

कुछ लोगों के मन में विधियों से संबंधित यह भी मान्यता होती है कि क्या ध्यान द्वारा हमें नौकरी मिल जाएगी, पैसों की वर्षा हो जाएगी? जिसका जवाब है- नहीं। ध्यान से बाहरी नहीं बल्कि आंतरिक समस्या सुलझेगी। वरना ऐसे कई तथाकथित पंडित, पुरोहित हैं जो विधियों के नाम पर लोगों को भ्रमित करते रहते हैं। परिणामतः बहुत से लोग गलत धारणाओं के कारण व्यर्थ ही विधियों में उलझे हुए, अपना समय नष्ट कर देते हैं। धन कमाने की हरेक की क्षमता भिन्न-भिन्न है। क्षमता बढ़ाने के लिए ध्यान सहायक हो सकता है मगर ध्यान से धन प्राप्ति की इच्छा रखना अज्ञानता है।

मुद्दा 9

मन : मन यानी विचारों का थैला। जहाँ पर भी ध्यान पहुँचता है, वहाँ मन के विचार शुरू हो जाते हैं। यदि आप बगीचे का ध्यान कर रहे हैं तो आपका मन वहीं पहुँच जाता है। इस तरह मन वहीं, जहाँ ध्यान (attention) है।

हमारे अंदर दो मन हैं (यह विभाजन केवल समझने के लिए किया गया है)। एक चेतन मन यानी कॉन्शियस माइंड दूसरा अर्धचेतन मन यानी सबकॉन्शियस माइंड। यही अर्धचेतन मन, अंतर्मन (सहज मन) कहलाता है। कोई अचेतन मन का अलग अस्तित्व मान सकता है। ये विभाजन मन को समझने के लिए हैं।

मन और अंतर्मन में फर्क वही है जो तूफान और हवा में है। मन का कार्य विचारों में दिखाई देता है, अंतर्मन का कार्य दिखाई नहीं देता। अंतर्मन खामोशी से कार्य करता रहता है, जबकि बाहरी मन हर कार्य, विचार, भाव को महसूस करके अनुमान लगाता है, शांत नहीं रहता, दुःख-सुख मनाता है।

अंतरात्मा (सेल्फ), मन और अंतर्मन में फर्क यह है कि अंतरात्मा मन को चलाती है, मन अंतर्मन को सूचनाएँ देकर तैयार (प्रोग्राम) करता है। अंतरात्मा बल्ब को जलानेवाली बिजली के बराबर है, बिना बिजली के बल्ब का कोई उपयोग नहीं। बल्ब है हमारा मनोशरीर यंत्र यानी हमारा शरीर।

इंसान के शरीर को चलाने के लिए दोनों मन जरूरी हैं। श्रेष्ठ, किसी के भी होने का सवाल नहीं आता। जैसे कोई पूछे, 'फूल और नारियल में श्रेष्ठ कौन?' तब जवाब यही होगा कि दोनों का अपना-अपना कार्य है, महत्व है, श्रेष्ठता का प्रश्न ही नहीं।

दुनिया के नाटक में मन का बड़ा रोल है। मन के नमन होते ही इस नाटक का उद्‌देश्य सामने आ जाता है। मन एक ऐसा अंश है, जिसे हम शरीर में दिखा नहीं सकते हैं लेकिन जिसका अस्तित्त्व हम हमेशा स्वीकार करते हैं। अभी आपसे पूछा जाए कि मन कहाँ है तो जवाब होगा, 'आँखों में' क्योंकि हम अभी आँखों से पढ़ रहे हैं लेकिन इस बीच मन दिमाग में जाकर आया क्योंकि उसने सवाल के बारे में सोचा परंतु वह इतना तेज था कि हमें पता ही नहीं चला। मन की गति बहुत तेज है, जिसकी वजह से हम उसे पकड़ नहीं पाते। हम २०० से ३०० शब्द एक मिनट में समझकर पढ़ सकते हैं परंतु मन की गति इतनी है कि वह ८०० शब्द सुन सकता

है इसलिए वह हमारे लिए बाकी ५०० शब्द अलग तरह के विचारों से लाता है तभी तो हम मन को एकाग्रित नहीं कर पाते हैं।

मन के 'न-मन' (no mind) होने के लिए जरूरी है कि पहले आपके विचार कम हो जाए। जहाँ पर मन एक मिनट में ८०० शब्द पकड़ सकता है, वहाँ पर मन एक या दो शब्द पकड़कर संतुष्ट हो जाए इसलिए प्रायः लोग किसी शब्द या मंत्र को लेकर ध्यान की शुरुआत करते हैं।

मुद्दा 10

ध्यान द्वारा इंद्रियों पर नियंत्रण : इसे एक ऐनालॉजी के जरिए समझते हैं। जिन्न है आपका मन जो सुबह-सुबह आपकी आँख खुलते ही बाहर आता है और साथ में अपने पाँच छोटे-छोटे बच्चों को भी लाता है। जिनमें से एक का नाम है कन्नू, दूसरे का नक्कू, तीसरे का अक्की, चौथे का टिंगू और पाँचवें का चिंपू। पहले खण्ड में आपने इन बच्चों के बारे में पढ़ा है इसलिए समझने में आसानी होगी।

सुबह उठते ही ये बच्चे उधम मचाने लगते हैं तो आप सोचने लगते हैं कि 'इनसे पीछा कैसे छुड़ाया जाए?' वे आपसे कहते हैं, 'मुझे कोई काम दो या फिर चॉकलेट दो।' कन्नू यानी कान। कन्नू कहता है, 'मुझे अच्छा म्यूजिक सुनाओ, मेरी तारीफ करो कि सारे शहर में आप सा कोई नहीं' यानी अच्छा सुनना ही उसके लिए चॉकलेट है।

जबकि नक्कू यानी नाक, जिसे सुगंध की चॉकलेट चाहिए। यदि थोड़ी सी भी दुर्गंध आई तो वह परेशान होने लगता है, डाँटने लगता है।

अगला है अक्की यानी आँख। उसे अच्छे-अच्छे दृश्य देखने होते हैं। अक्की कहता है, 'यदि आप मुझे अच्छे-अच्छे दृश्य दिखाएँगे तो मैं शांत रहूँगा वरना नाराज होकर चीजें पटकूँगा।'

इसके बाद है टिंगू यानी टंग, टंग यानी जुबान। टिंगू बिलकुल टिंगू सा, छोटा सा है लेकिन उसने सभी को परेशान करके रखा है। इसके साथ दो चीजें जुड़ी हैं, एक तो उसे अच्छा स्वाद भी चाहिए, दूसरा उसे बड़बड़ भी करनी है। वह चुप रहना जानता ही नहीं, हमेशा कुछ न कुछ बोलना चाहता है। वह कहता है कि 'मैं जो भी बोलूँ वह आपको सुनना ही है।'

अब आता है, चिंपू यानी चमड़ी। जिसका अर्थ है त्वचा। इसे हमेशा अच्छा स्पर्श चाहिए यानी गद्‌दी... सोफा हो, अच्छी हवा... ए.सी. हो। इसे हर वह चीज चाहिए, जिससे अच्छा स्पर्श मिले। ये हैं जिन्न के पाँच बच्चे। जबकि जिन्न है, मन्नू यानी आपका मन। यही इन पाँचों को लेकर आया है।

दिनभर आपके साथ ये बच्चे रहते हैं। आप हर रोज रात होने तक इंतजार करते हैं कि कब ये सब अंदर जाएँगे और थोड़ा चैन मिलेगा, आराम मिलेगा? इसी आराम के लिए लोग नींद की गोलियाँ भी खाते हैं क्योंकि नींद की अवस्था ही तो वास्तविक अवस्था है, आपका होना है। जब जिन्न (मन) वापस अंदर जाता है, तब आप स्वयं पर लौटते हैं, स्वअनुभव पर जा पाते हैं। इसीलिए हर किसी को नींद से इतना प्यार होता है। जब डरावने सपने आते हैं तब इंसान परेशान होता है और चाहता है कि ऐसे सपने न आएँ क्योंकि डरावने सपने की वजह से अकसर नींद खुल जाती है और वह उस अनुभव से बाहर आ जाता है। वह चाहता है कि ज्यादा से ज्यादा समय इस अवस्था में रहे, अपने आप पर रहे।

उपरोक्त उदाहरण से आपको समझ में आया होगा कि ध्यान ही एक ऐसी चीज है जो जिन्न को दिन के बीच में अंदर लेकर जा सकती है। एक बजकर एक मिनट... दो बजकर दो मिनट... तीन बजकर तीन मिनट... इस तरह जब आप हर घंटे में कुछ क्षणों के लिए ही सही ध्यान में बैठने का अभ्यास शुरू करते हैं, तब वास्तव में आप खुद से यही कह रहे होते हैं कि 'थोड़ा अंदर जाओ, थोड़ा तेजस्थान पर जाओ।' इस तरह आप तेजस्थान पर जाते हैं और फिर जब आप दोबारा कोई कार्य करते हैं तो उसे बेहतर ढंग से कर पाते हैं।

पहले आपको पता नहीं चलता कि कार्य इतने बढ़िया ढंग से कैसे पूर्ण हुआ। दरअसल आप बार-बार कुछ क्षणों के लिए तेजस्थान पर जाने का जो अभ्यास करते हैं, इस वजह से कार्य गुणवत्ता से पूर्ण होता है।

दरअसल जिस शब्द से सत्य की याद आए वही महत्वपूर्ण होता है और आखिर में वह मंत्र बन जाता है। उस नाम को मंत्र की ताकत, विश्वास की ताकत इंसान ही देता है। लोग पहाड़ों पर, गुफाओं में बने मंदिरों में तमाम कठिनाइयाँ झेलकर दर्शन के लिए जाते हैं। जब कठिनाइयों का सामना करते हुए लोग मंदिर में पहुँचते हैं तब उनका विश्वास बढ़ता है कि अब ईश्वर उनकी बात जरूर सुनेगा, उनकी इच्छाओं को पूर्ण करेगा। उसी विश्वास के साथ उनकी इच्छाएँ पूर्ण होती

भी हैं। दरअसल इंसान का विश्वास ही कार्य करता है। वही ताकत का निर्माण करता है। यह विश्वास सभी के अंदर होता है लेकिन उसे बाहर लाने के लिए लोग कठिनाइयों से गुजरते हैं तब जाकर उनका विश्वास प्रकट होता है।

विश्वास और प्रेम तभी प्रकट होता है, जब मन शांत होता है। ध्यान के द्वारा ही मन अंदर जाता है और सेल्फ प्रकट होता है। अकसर लोग मन को उलटे-सीधे काम दे देते हैं। जैसे आँख को लोगों में खोट देखने का काम, कान को चुगली सुनने का काम, जुबान को निंदा का और दूसरों पर इल्जाम लगाने का काम देते हैं। आपको अपनी इंद्रियों को ऐसे काम नहीं देने हैं।

आप इंद्र देव की कहानियाँ सुनते हैं। जब भी कोई राक्षस प्रकट होता है, तपस्या करता है, ईश्वर से वरदान माँगता है तो सबसे पहले इंद्र का आसन डोलने लगता है। फिर जब राक्षस मरता है तब इंद्र का आसन स्थिर होता है। आपने ऐसी कहानियाँ सुनी या देखी होंगी। दरअसल वे हमारी इंद्रियों की ही कहानियाँ हैं।

जब नवरात्रि होती है तब लोग दुर्गा के नौ रूपों की पूजा-अर्चना, उपवास, साधना करते हैं ताकि विजयादशमी मना पाएँ। दरअसल बाहर के राक्षस तो इंसान के अंदर के राक्षसों के प्रतीक हैं। इंसान के अंदर के राक्षस यानी उसकी वृत्तियाँ, गलत आदतें और पैटर्नस्, जिनसे मुक्त होकर ही सच्ची विजयादशमी मनाई जा सकती है।

आत्मसाक्षात्कार पा चुके महापुरूषों के द्वारा ये सब चीजें बनाई गईं लेकिन एक समय के बाद लोग असली बात को भूलकर सिर्फ कर्मकाण्ड तक सीमित रह गए। वे उसके आगे बढ़ ही नहीं पाए। ईश्वर द्वारा लोगों को कर्मकाण्ड रूपी पार्सल दिया गया ताकि वे पारस प्राप्त कर सकें लेकिन लोग पार्सल में ही उलझकर रह गए हैं। पारस वही है, जो पार्सल में डालकर भेजा गया। आपको उस पारस को प्राप्त करने के लिए समझ का मार्ग अपनाना है।

सरस्वती की पूजा करने का असली अर्थ है ज्ञान और समझ की देवी का आवाहन करना कि वह हमारे जीवन में उतरे। शक्ति, भक्ति के बाद आए। यदि भक्ति आएगी तो ही इंसान शक्ति को सँभाल पाएगा। कहने का अर्थ है कि ये सारे इशारे बहुत बढ़िया ढंग से किए गए हैं लेकिन लोग समझ नहीं पाए कि वास्तविक संदेश क्या था। इंद्रियों को जीतकर मन पर विजय प्राप्त करनी है। इसके लिए मन रूपी इस जिन्न को ध्यान द्वारा अंदर ले जाना होगा।

मुद्दा 11

ध्यान द्वारा मन दिनभर शांत रहे : जिन्न (मन) रोज सुबह–सुबह बाहर आ जाता है परंतु आपको यह जिद नहीं करनी है कि वह बाहर ही न आए बल्कि उसका आना स्वीकार करें। फिर यह देखें कि स्वीकार के साथ अगला कार्य क्या हो सकता है और आपको कैसे तैयार होना है। आप उसके बाहर आने के पहले जब यह होमवर्क करेंगे तभी बाहर आने के बाद उसे सँभाल पाएँगे। वरना जिन्न आकर खड़ा हो जाएगा कि 'मुझे काम दो' और आपने होमवर्क नहीं किया होगा तो आपको समझ में ही नहीं आएगा कि उसे कौन सा काम दिया जाए। फिर आप मजबूरी में उसे चुगली... निंदा... मनोरंजन इत्यादि जैसे काम देंगे।

सुबह उठकर पहले ही यह होमवर्क कर लें कि 'मुझे सुबह उठकर क्या करना है? कब ध्यान करना है? प्रेम आनंद और मौन की अभिव्यक्ति कब और कैसे करनी है? दिनभर के जो भी कार्य हैं, वे कैसे करने हैं?' यह सब सोचकर रखने से आपके लिए दिनभर का कार्य आसान हो जाएगा। होमवर्क करने से आपको यह भी समझ में आएगा कि कार्य के बीच में जब विकार आएँ, राक्षस आएँ, रावण के दस चेहरे आएँ तो उस वक्त मुझे हृदय (तेजस्थान) पर जाकर निर्णय लेने चाहिए। होमवर्क करते समय जल्दबाजी न करें, धीरज के साथ कार्य करें।

लोग माया में जाते हैं तो उन्हें रात तक यह याद ही नहीं आता कि 'मैं कौन हूँ' जबकि यह याद आना जरूरी है। यदि आप सिस्टम बनाएँगे तो आपको यह याद आएगा। जिन लोगों को सत्य से प्रेम हो जाता है, वे अपने जीवन में यह सिस्टम जरूर बनाते हैं। इसलिए सत्य के प्रति प्रेम और भक्ति बढ़नी चाहिए।

अब तक खुद को शरीर (सीमित) मानकर आप बंधनों में जी रहे थे। आपको लग रहा था कि शरीर ही सब कुछ है, चमड़ी के अंदर जो है, वही मैं हूँ, इसके बाहर कोई और है। आप समझ सकते हैं कि इस तरीके से आपने खुद को सीमित कर लिया था। जब आप खुद को किसी छोटे से आइने में देखते हैं तो क्या आप उसमें अपना छोटा सा अक्स देखकर दुःखी हो जाते हैं कि 'मैं इतना छोटा क्यों हूँ?' नहीं। आप ऐसा नहीं करते क्योंकि आप जानते हैं कि सिर्फ आइना छोटा है, आप नहीं। इसी तरह आप यह शरीर नहीं हैं बल्कि शरीर आपका आइना है। शरीर की सीमाएँ हैं लेकिन आपकी कोई सीमा नहीं है। जब यह बात आपको दृढ़ता और अनुभव से समझ में आ जाएगी तो सब बदल जाएगा।

आपको बस यही समझना है कि 'मैं वह है, जो शरीर के जरिए खुद को जान रहा है। उसकी कोई सीमा नहीं है, वह तो असीमित है।' यह बात जानने के बाद आपमें कोई चिंता या डर नहीं बचेगा। जब भी आप यह बात भूल जाएँगे तो डर और चिंताएँ आपको वापस आ घेरेंगी। जैसे ही यह बात फिर से आपको याद आ जाएगी तो आपकी सारी चिंताएँ खत्म हो जाएँगी। क्या इसका अर्थ यह है कि 'आपके कार्य नहीं होंगे?' नहीं, आपके सभी कार्य पूरे होंगे, जिन्हें आप अब तक करते आए हैं लेकिन अब आपको अपने अंदर बहुत फर्क महसूस होगा। आप पाएँगे कि पहले आप दुःखी होकर कार्य कर रहे थे इसलिए वे देरी से पूरे हो रहे थे। अब आप खुशी के साथ कार्य कर रहे हैं इसलिए वे जल्दी पूरे होने लगे हैं। आपके जीवन में सकारात्मक चीजों की बाढ़ आ जाएगी।

पूरे दिन में आपको सत्य याद नहीं आता चूँकि आपको कोई याद दिलानेवाला नहीं है। ध्यान का समय ही एक ऐसा समय है, जिसमें आप खुद को बता पाएँगे कि 'रामप्यारे, अल्ला के दुलारे, जीज़स के तारे, जरा याद करो कि तुम कौन हो', तब आप स्वयं को देख पाएँगे। जब आप ध्यान से उठेंगे तो देखेंगे कि सब कुछ वैसा ही है, जैसा पहले था। सास वही है, बहू वही है... बॉस, पड़ोसी, पिता, बेटा, बेटी, दुकानदार वही है... वही किचन, ऑफिस, स्कूल, कॉलेज, मित्र, सिर्फ आप बदल गए हैं। आप महसूस करेंगे कि अब आप आसानी से लोगों को समझ पा रहे हैं। यदि सामनेवाला कह रहा है कि 'यह ऐसे हो रहा है... ऐसा नहीं होना चाहिए... वह गलत है... मैं सही हूँ...', तो आप उससे कह पाएँगे कि 'हाँ मैं समझ सकता हूँ कि आप क्या कहना चाह रहे हैं। अब देखना है कि इस समस्या को कैसे सुलझाया जाए और इस बारे में निर्णय कैसे लिया जाए।'

ध्यान से लौटने के बाद आप चीजों को तेजस्थान पर रहते हुए देख पाएँगे और तेजस्थान से ही लोगों को सलाह दे पाएँगे। यह हो पाए इसीलिए आपको ध्यान में बैठने की आदत विकसित करनी है। इस तरह आपको ध्यान का तीसरा लाभ मिलता है। जिसमें आपकी एकाग्रता बढ़ती है, याददाश्त बेहतर हो जाती है और आपकी रचनात्मकता भी बढ़ जाती है। ध्यान में आपको इस बात का एहसास होगा कि आपका शरीर नई युक्तियों (आयडियाज) के लिए निमित्त मात्र है, तब और ज्यादा नई युक्तियाँ आपके तेजस्थान से आने लगेंगी। इस तरह ध्यान करने पर आपको ऐसी बहुत सी आश्चर्यजनक चीजें देखने को मिलेंगी, जिन्हें आपने पहले कभी नहीं जाना।

मुद्दा 12

ध्यान करने से आनेवाले परिवर्तन : इंसान ध्यान की दौलत पाकर चुंबक बन जाता है। अपनी इस चुंबकीय शक्ति से वह अपनी तरफ सकारात्मक चीजों को आकर्षित करता है। जबकि नकारात्मक विचारों में उलझा हुआ इंसान पीतल बन जाता है, जो सकारात्मक चीजों को अपने से दूर धकेल देता है तथा दुःख-दर्द व तकलीफों को अपनी ओर खींचता रहता है।

ध्यान करने से इंसान के अंदर होश जगने लगता है। ध्यान की रोशनी से वह अपने मन के अंधेरों को देख पाता है। उसके सामने कई सारे राज खुलने लगते हैं, जिनके बारे में वह पहले अनभिज्ञ था। जैसे, 'मेरे अंदर क्या चल क्या रहा है... कौन-कौनसे विचार आ रहे हैं...मैं कैसी-कैसी कथाएँ बना रहा हूँ... फलाँ इंसान मुझे ध्यान नहीं देता, मेरा आदर नहीं करता, मेरे साथ पक्षपात करता है...' इत्यादि।

इंसान अपनी काल्पनिक दुनिया में विहार करता रहता है। अपनी मनगढ़ंत कथाएँ बनाता है परंतु कथा बनाते समय उसे यह बोध नहीं होता कि 'मैं कैसे विचार कर रहा हूँ?'

ध्यान का यही लाभ है कि ध्यान में आप खुद को बता पाते हैं कि 'आपकी क्या कथाएँ बनती हैं?' अगर आप अपने मन को चुप रहना सिखा सकें कि 'तुम्हें पूरी बात पता नहीं है, इसलिए अपनी काल्पनिक दुनिया में विचरण करना, कथाएँ बनाना बंद करो।' यदि आप अपने मन से दृढ़तापूर्वक यह बोल पाए तो आपका मन भी चुप होता जाएगा और आपका जीवन आनंदमय बन जाएगा।

ध्यान में विचारों की अनसुलझी गुत्थी सुलझने लगती है क्योंकि वहाँ हमारी बेहोशी टूटती है, हम सजग होने लगते हैं। आइए एक लघु कथा के द्वारा इसे समझें।

एक इंसान अस्पताल में अपना इलाज करवा रहा था। उसे लीवर, हार्ट, कब्ज इत्यादि बीमारियाँ थीं। कुल मिलाकर उसे बारह विभिन्न प्रकार की बीमारियाँ हो गई थीं। वह इलाज के जरिए अपनी दो बीमारियाँ ठीक करवा चुका था। उसकी शेष बची बीमारियों का इलाज चल रहा था। बीमारियों की लंबी सूची में ब्रेन ट्यूमर की बीमारी भी शामिल थी, जिसका ऑपरेशन होने जा रहा था।

उसे बेहोशी का इंजेक्शन दिया गया था और वह ऑपरेशन टेबल पर

अपनी सपनों की दुनिया में खोया हुआ था। अचानक जब उस इंजेक्शन का असर खत्म हुआ तो वह अपनी सपनों की दुनिया से बाहर आया और जोर-जोर से हँसने लगा। पास खड़ी उसकी बीवी ने उससे पूछा, 'क्या हुआ? तुम हँस क्यों रहे हो?' तो उसने अपनी बीवी को बताया, 'सपने में मैं बहुत तकलीफ में था, मुझे बारह बीमारियाँ हो गईं थीं। मेरी दो बीमारियाँ तो पहले ही ठीक हो गई थीं, मैं बाकी बची बीमारियों की चिंता कर रहा था परंतु जैसे ही होश आया तो देखा कि मुझे तो केवल एक बीमारी थी। इसका अर्थ है कि मेरी सपने की दस बीमारियाँ स्वतः ही ठीक हो गईं क्योंकि अब मैं पूरी तरह से जाग गया हूँ। उन दस बीमारियों से छुटकारा पाने के लिए मुझे अब किसी ऑपरेशन की जरूरत नहीं है।'

कहानी में उस इंसान के साथ ऐसा क्या हुआ था कि वह जाग गया? दरअसल इस उदाहरण का अर्थ यह है कि हम अज्ञानवश अपनी ही बनाई हुई कथाओं, अवधारणाओं-मान्यताओं में फँसकर बेहोशी और दुःखभरा जीवन जीते रहते हैं। इनसे मुक्त होने के लिए जाग्रति ही एकमात्र उपाय है। जब आप अपने सपने से बाहर आ जाएँगे अर्थात जब आप अपने वास्तविक स्वरूप को जान जाएँगे तब उस क्षण में आपके भाव कैसे होंगे, तब आपको कैसी फीलिंग आएगी? तब आपके मुँह से बरबस ही निकल पड़ेगा 'आऽऽहा!' इसे ही यूरेका इफेक्ट कहा गया है।

ध्यान की गहराइयों में उतरकर, आपको अपने होने का अनुभव होगा, 'मैं कौन हूँ' का बोध होगा। जब आप बार-बार अपने आपसे यह सवाल पूछते रहेंगे तब हर घटना, हर विचार के पहले आपके अंदर यही सवाल आएगा।

उदाहरण, यदि आपको डर लग रहा हो तो आप खुद से पूछेंगे कि 'यह डर किसे लग रहा है?' जवाब आएगा 'मुझे'। फिर आप खुद से पूछेंगे कि 'यह 'मुझे' कौन है? मैं कौन हूँ?' इस प्रकार हर विचार पर प्रश्न उठाने से आप पाएँगे कि डर, दुःख-दर्द-पीड़ा इत्यादि जैसी तकलीफें आपको परेशान करना बंद कर देंगी। चमत्कारिक रूप से ध्यान के मिलनेवाले लाभ तथा तेजलाभ मिलने शुरू हो जाएँगे। अर्थात इनसे होनेवाले लाभों को समझकर इन्हें अपने जीवन का अंग बनाना ही उत्तम होगा।

मुद्दा 13

ध्यान से सही चाहत रखें : ध्यान करने से पहले आप स्वयं से पूछें कि 'आप ध्यान से क्या चाहते हैं?' कितनी गहराई में ध्यान के साथ जाना चाहते हैं? ध्यान से कौन सी बात हासिल करना चाहते हैं? क्योंकि ध्यान करने से जीवन के हर क्षेत्र में उन्नति हो सकती है।

अगर आप आत्मशक्ति पर काम कर रहे हैं तो ध्यान आपकी सहायता कर सकता है। आप अपने निर्णय समय पर ले पाते हैं और पूरे कर पाते हैं। निर्णय लेने में देरी होने का कारण है विचारों से चिपकाव।

ध्यान आपको विचारों से अलग (detach) होने का एहसास दिलाता है। विचार ही बाधा बन जाते हैं, जो आपके और निर्णय के बीच आते हैं या निर्णय से आपको दूर रखते हैं। ध्यान में आप विचारों से अलग होकर सोच पाते हैं, सूक्ष्म विचार भी पकड़ पाते हैं यानी आपकी संवेदनशीलता बढ़ जाती है और विचारों से बिना चिपके आप निर्णय ले पाते हैं।

ध्यान से शारीरिक लाभ भी होते हैं। हर डॉक्टर रोगी को दवाइयों के साथ आराम करने की सलाह देता है। कारण 'आराम' वह दवा है, जो हर रोग के इलाज में सहायक है लेकिन लोग आराम करना कहाँ जानते हैं? इसलिए ध्यान हर बीमारी मिटाने के लिए मददगार (कारगर) है। ध्यान के अभ्यास से अस्थमा, उच्च या निम्न रक्तचाप (Blood Pressure), लकवा इत्यादि बीमारियों में भी लाभ होते देखा गया है।

ध्यान से निश्चित रूप से इंसान की क्षमता बढ़ती है। इसके कई कारण हैं, जैसे कि शरीर जितना ज्यादा विश्रांति (Relax) में जा सकता है, उतना ही उसकी श्रम करने की क्षमता बढ़ सकती है। जितना ज्यादा श्रम करेगा, उतना ही वह सक्षम होगा। शांत मन नई दिशा में सोच सकता है। सृजनात्मक मन (Creative Mind) की क्षमता ज्यादा होती है और शांत मन ही सृजनात्मक हो सकता है इसलिए ध्यान विधि में शिथिल मन का इतना महत्त्व है। शिथिल मन शारीरिक स्वास्थ्य के लिए भी लाभकारी है।

ध्यान में चित्त एकाग्रित होता है। एकाग्र चित्त ही किसी भी चीज की गहराई तक पहुँच सकता है। बाहर के जगत में भी किसी वस्तु को प्राप्त करना हो तो मन की एकाग्रता अनिवार्य है। पढ़ने के लिए भी चित्त की एकाग्रता सहायक होती है।

एकाग्रता से स्मरणशक्ति बढ़ती है, मन का भटकना कम होता है। (मन का भटकना यानी अनुपस्थित मन (Absent-mindedness))।

एकाग्रता से होश (Awareness) जगेगा और होश के कारण बुद्धि तीव्र (Sharp brain) होगी। जिससे बाहर के जगत में सफलता पाना अत्यंत सरल होगा। ध्यान से इस तरह के कई लाभ संभव हैं।

क्षमता बढ़ने का वैज्ञानिक कारण : मन की यह आदत है कि वह बाहर के जगत में ही उलझकर स्वयं को थका देता है। अल्प ऊर्जा की वजह से जल्द ही थक जाता है। ध्यान इस थकावट को रोकता है। दरअसल मन की भी अपनी शक्तियाँ हैं। मन अपने आपमें बहुत बड़ा अजूबा (आश्चर्य) है। ध्यान उन शक्तियों को जगाने का मार्ग है। जैसे संकल्प शक्ति (Will power), आत्मसम्मोहन (Self Hypnotism) इत्यादि।

मुद्दा 14

ध्यान के लाभ : ध्यान के ६ लाभ हैं। आइए इन्हें जानकर ध्यान शुरू करें।

पहला लाभ : ध्यान द्वारा आप निर्णय लेने की कला सीखते हैं। यह समझ रखें कि आपका हर निर्णय आपके भविष्य को आकार दे रहा है तथा आपका वर्तमान आपके द्वारा लिए गए पिछले निर्णयों का परिणाम है।

जब हम अपने तेजस्थान (हृदय) से निर्णय ले रहे होते हैं तब हमें पता नहीं होता कि हमारे द्वारा लिए गए निर्णय हमारे कल को कैसा आकार देनेवाले हैं। लेकिन जब परिणाम आते हैं तब पता चलता है कि हमने बहुत अच्छा निर्णय लिया था। कहने का तात्पर्य यह है कि आपके सारे निर्णय तेजस्थान से ही आएँ। क्योंकि वे ईश्वरीय निर्णय होते हैं। दिव्य योजना के तहत इन निर्णयों से इंसान की उच्चतम संभावना खुलती है।

हमारे निर्णय सही कैसे हों यह कला सीखनी अनिवार्य है। किसी भी घटना के दौरान लिए गए निर्णय इसलिए उचित नहीं होते क्योंकि उस दौरान घटना से हमारा चिपकाव बना रहता है। निर्णय लेने से पूर्ण घटना से अलग होना जरूरी होता है इसलिए आपको अपने तेजस्थान पर जाना चाहिए।

जो लोग ध्यान करते हैं, उनके लिए यह बहुत आसान है क्योंकि उन्हें ध्यान करने की आदत होती है। दरअसल ध्यान में जाना उनके लिए हेड (मस्तिष्क) से हार्ट (हृदय) तक जाने का अभ्यास है। यही ध्यान का पहला लाभ है। ध्यान के अभ्यास द्वारा आप आसानी से तेजस्थान पर जा पाते हैं और आपको सही निर्णय लेने में आसानी होती है। इस तरह आपके भविष्य का आकार भी तय हो जाता है।

दूसरा लाभ : ध्यान द्वारा आपकी मानसिक सुस्ती खत्म होती है। लोगों को मनन-मंथन करने के बजाय चिंता करना ज्यादा सुविधाजनक लगता है। मानसिक सुस्ती की वजह से ऐसा होता है। जिस प्रकार लोग दूध-दही का मंथन कर, उसमें से मक्खन निकालते हैं, तत्पश्चात उसमें से घी प्राप्त करते हैं। ठीक वैसे ही आपको अपना घी अपने अंदर से ही निकालना है, जिसके लिए आपको मंथन करने की जरूरत है। जो चीज आपके अंदर है, उसे बाहर आना चाहिए। मनन-मंथन करने से आपकी गीता बनती है। मंथन करनेवाले अपनी गीता यानी अपने शरीर के स्वभाव को जान लेते हैं।

जो लोग ध्यान करते हैं, वे विषय की गहराई में जा पाते हैं। वरना सामान्य इंसान का मन थोड़ा ही सोचकर थक जाता है। ध्यान करने से सहज मन तीक्ष्ण बनकर किसी भी विषय की गहराई में जाने के लिए तैयार हो जाता है। ध्यान से आपके अंदर यह खूबी विकसित हो जाती है।

जैसे कुछ लोग शरीर से सुस्त होते हैं, वैसे ही बहुत से लोगों को मानसिक सुस्ती होती है। वे सोचने से बचते रहते हैं। ध्यान से मन की सुस्ती मिट जाती है।

मुद्दा 15

ध्यान का तीसरा लाभ : ध्यान के तीसरे लाभ में तीन बातों का समावेश है- १) एकाग्रता, २) स्मरणशक्ति और ३) रचनात्मकता।

नियमित रूप से ध्यान करने से एकाग्रता बढ़ती है। जो लोग हर दिन ध्यान करते हैं, वे लंबे समय तक एकाग्रचित होकर अपना कार्य पूर्ण कर पाते हैं। जो विद्यार्थी ध्यान नहीं करता, वह ज्यादा देर तक किसी भी एक विषय पर टिका नहीं रह पाता। थोड़ी-थोड़ी देर में उसका मन पढ़ाई से भटककर कहीं और चला जाता है। जबकि जो विद्यार्थी हर दिन ध्यान में बैठता है, वह एकाग्र चित्त होकर अपना

अभ्यास कर पाता है।

ध्यान करने से स्मरणशक्ति बढ़ती है। आप किसी भी चीज को दूसरों के मुकाबले बेहतर ढंग से याद कर पाते हैं।

ध्यान करने से इंसान में रचनात्मकता का गुण बढ़ता है। यह ईश्वर का सबसे बड़ा गुण है। युक्तियों का आदान-प्रदान, नई-नई चीजों का निर्माण ध्यान के जरिए संभव होता है। वास्तव में ये सारी युक्तियाँ किसी इंसान द्वारा सोची गई नहीं होतीं बल्कि सेल्फ (तेजस्थान) से आई होती हैं। वस्तुतः ये युक्तियाँ हमारे वातावरण में चारों तरफ घूमती रहती हैं। जो शरीर ग्रहणशील हो जाते हैं, उन्हीं के जरिए ज्यादातर युक्तियाँ प्रवाहित होती हैं।

अकसर इंसान को गलतफहमी हो जाती है, जब उसे लगता है कि यह आइडिया (उपाय, युक्ति) उसकी बुद्धि की उपज है। 'यह आइडिया मैंने सोची', यह कहते ही आगे की आइडियाज आनी बंद हो जाती हैं। इसलिए यदि वह ध्यान में समर्पित होकर इस सोच के साथ बैठे कि 'मैं उपस्थित हूँ, मैं बस निमित्त मात्र हूँ, जो भी आइडियाज आएँ, मैं उनके प्रति गहणशील हूँ।' तो वह देखेगा कि नवनिर्माण के नए-नए उपाय उसके जरिए प्रकट होने लग जाएँगे। ध्यान में इस तरह के सारे अवरोध-प्रतिरोध निकल जाते हैं। बिना समझ के सालों तक ध्यान करने पर भी लाभ नहीं मिलता लेकिन समझ के साथ कम समय तक ध्यान करके भी उत्तम लाभ, तेजलाभ मिलता है।

निरंतर ध्यान करने के लिए समझ चाहिए। यदि आप बिना समझ के ध्यान करेंगे तो आपको संपूर्ण लाभ नहीं मिलेगा। इसका उदाहरण हैं वे लोग, जो सालों से अलग-अलग विधियों के जरिए ध्यान कर रहे हैं परंतु उनका अहंकार अभी भी जीवित है।

चौथा लाभ : ध्यान से आपकी कार्यक्षमता बढ़ती है। निरंतरता से ध्यान करने पर आप देखेंगे कि पहले आप थोड़ा काम करके थक जाते थे, अब आप ज्यादा काम करने के बावजूद भी पहले की तरह थकेंगे नहीं क्योंकि आपकी कार्यक्षमता बढ़ चुकी होगी। साथ ही आपके द्वारा किए गए कार्य की गुणवत्ता भी बढ़ जाएगी।

मुद्दा 16

ध्यान का पाँचवाँ लाभ : ध्यान द्वारा आपमें 'निरंतरता' का गुण विकसित होगा। यदि आप कोई काम शुरू करते हैं लेकिन उसमें निरंतरता नहीं रख पाते तो आपको उसका लाभ नहीं मिलता। चूँकि इंसान जल्द ही हर चीज से बोर हो जाता है इसलिए वह काम को पूरा किए बिना ही छोड़ देता है, जबकि निरंतरता ही सफलता का रहस्य है। जब आप ठान लेते हैं कि 'मैं अपने कार्यों में निरंतरता रखूँगा और आगे भी इसी तरह जीऊँगा' तो सफलता निश्चित तौर पर मिलती ही है। यदि आप यह ठान लेते हैं कि 'मैं जिन्न को बीच-बीच में अंदर जरूर भेजूँगा और उसके लिए हर रोज कार्य करूँगा, उसमें निरंतरता रखूँगा और कार्य अवधि को हर रोज थोड़ा-थोड़ा बढ़ाऊँगा।' तो यह गुण आपके अंदर जल्द ही विकसित होगा। इस तरह आपको ध्यान का पाँचवाँ लाभ मिलेगा।

छठा लाभ : ध्यान द्वारा आप समस्याओं को सुलझाना सीख जाएँगे। इंसान की जिंदगी में छोटी-बड़ी कई तरह की समस्याएँ आती हैं। ध्यान करने से आप सीखेंगे कि उन्हें किस तरीके से सुलझाना चाहिए। फिर भले ही समस्याएँ अपने मनोशरीर यंत्र के साथ हों या लोगों के साथ। ध्यान करने से आप यह देखने के काबिल बन जाते हैं कि समस्या के पीछे क्या छिपा है? ध्यान करने से आप हर समस्या या घटना को एक अलग दृष्टिकोण से देखने की कला सीख जाते हैं। इसे कहते हैं ओ. एस.एस. (O.S.S.) यानी अदर साइड सीअर। रेगिस्तान में ओएसिस (Oasis) होता है। ओएसिस यानी वह स्थान जहाँ पानी होता है, जिससे खेती होती है। यही रेगिस्तान में महत्वपूर्ण हिस्सा होता है इसलिए इसे रेगिस्तान में खेतस्थान भी कहा जा सकता है। ठीक इसी तरह जब आप समस्याओं के रेगिस्तान में भटक रहे होते हैं तो ध्यान उस खेतस्थान यानी ओएसिस की तरह आपके काम आता है। ध्यान द्वारा आप समस्याओं के बावजूद भी तेजस्थान पर रहने की कला सीख पाते हैं इसलिए समस्याओं को सही ढंग से सुलझाना भी सीख पाते हैं।

उदाहरण के लिए आपने देखा होगा कि जादूगर स्टेज पर जादू दिखाता है। जादूगर एक लड़की को दो हिस्सों में काटकर, फिर से जोड़ देता है। आपको समझ में नहीं आता कि ऐसा कैसे हुआ क्योंकि आप उसे सामने से देख रहे होते हैं। यदि आप उसे पीछे से जाकर देखेंगे यानी अगर आप उसे अदर साइड (दूसरी ओर) से

देखेंगे तो आपको सच्चाई पता चल जाएगी। आपको समझ में आ जाएगा कि जादूगर ने जो भी दिखाया वह बस एक भ्रम था, धोखा था और उसके लिए सारी तैयारी पीछे की ओर की गई थी।

इसी तरह हमें लगता है कि हमारे अंदर ईश्वर है, जबकि वास्तव में सब उस ईश्वर के अंदर हैं। यह सच आपको अदर साइड से देखने पर ही पता चल सकता है। जादूगर का जादू यानी महामाया की माया अदर साइड से देखने पर पकड़ी जा सकती है।

विचारों के साथ भी आपको यही करना है। अब तक आप विचारों को देख रहे थे, ध्यान में आप विचारों के पीछे जाकर देखेंगे कि वे किस मौन से निकल रहे हैं। शोर भी वहीं से निकलता है और शांति भी। आपको शांति नहीं बल्कि तेजमौन पाना है। तेजमौन यानी वह मौन जिससे शोर और शांति निकलते हैं। आपको इस शोर और शांति से परे – तेजमौन पर जाना है। यही ध्यान का छठा लाभ है।

अब आपको इन छः लाभों पर मनन करना है। मनन के लिए स्वयं से पूछें कि 'ध्यान के ये छः लाभ मेरे जीवन में कैसे उतरें? मैं ज्यादा से ज्यादा समय अपने तेजस्थान पर कैसे रहूँ?' तेजस्थान पर जाना ही आपका पहला काम है। तेजस्थान पर रहते हुए ही सुबह आपकी आँखें खुलनी चाहिए। ऐसा करने से आप समझ पाएँगे कि आँखें खुली रखते हुए भी, दिनभर के कार्य करते हुए भी तेजस्थान पर रहना संभव है। इससे आपको यह भी स्पष्ट होगा कि इस तरह जीवन जीने से आपको कोई नहीं रोक रहा इसलिए आपको तेजस्थान पर रहते हुए जीना शुरू कर देना चाहिए। अभी मन रूपी जिन्न पूरी तरह प्रशिक्षित नहीं हुआ है इसलिए फौरन बुद्धि में जाना चाहता है। ध्यान द्वारा आप उससे अभ्यास करवा रहे हैं ताकि वह ज्यादा से ज्यादा समय तेजस्थान पर रह पाए। आँखें खुली रखकर भी आपका ध्यान तेजस्थान पर होना चाहिए। आप किसी से बातचीत कर रहे हैं... शरीर में कोई दर्द महसूस हो रहा है... हवा लग रही है... कोई समस्या आई है... हर अवस्था में आप तेजस्थान पर रह पाएँ, यही प्रशिक्षण आप अपने मन को दें।

ध्यान के छः तेजलाभ जानें पुस्तक के तीसरे खण्ड में।

मुद्दा 17

ध्यान साधना के लिए महत्वपूर्ण कदम : ध्यान साधना के लिए चार कदम महत्वपूर्ण हैं। पहला कदम है शिथिल होना। शिथिल (relax) होने के लिए प्राणायाम का उपयोग भी किया जाता है। उदाहरणतः चार की गिनती पर साँस लेना और छह की गिनती पर साँस छोड़ना। इस तरह साँस को नियंत्रित किया जाता है, जो स्वास्थ्य के लिए और शिथिलीकरण के लिए लाभकारी है। प्राणायाम, शरीर में ऑक्सीजन की मात्रा संतुलित रखने में उपयोगी है तथा शरीर से कार्बन डायऑक्साइड निकालने में प्रभावशाली है। प्राणायाम के अलावा नीचे दिए गए प्रयोग भी शिथिल होने के लिए सहायक हैं।

* बैठकर या लेटकर एक लंबी साँस लेकर उसे धीरे-धीरे छोड़ें।

* अपने मन को आराम देने के लिए एक ऐसा दृश्य अपनी आँखों के सामने लाएँ, जो अब तक के लिए आपको सबसे प्रिय हो। उदाहरणतः किसी बगीचे का दृश्य, किसी पहाड़ी के झरने का दृश्य, जहाँ आप पिकनिक पर गए थे, किसी समुंदर के किनारे का दृश्य इत्यादि।

* अपनी आँखों को उस दृश्य में विहार करने (टहलने) दें। उस दृश्य की सभी खास बातों पर ध्यान दें।

* जब आपका मन वह दृश्य पूरी तरह से देख ले, भोग ले तब अपने शरीर को जाँच लें। यदि कोई अंग अब भी तनावपूर्ण लगे तो उस अंग को खिंचाव देकर ढीला छोड़ दें और उस अंग को कहें, 'तनाव को जाने दो... जाने दो (रिलैक्स ... रिलैक्स ... रिलैक्स)।' इस तरह शरीर के हाथ-पैर, कंधे, कमर, घुटनों और आँखों से तनाव निकाल दें। हमारे अंग हमारा कहना मानते हैं। यह विधि शरीर शिथिलीकरण के लिए असरदार है।

मुद्दा 18

ध्यान साधना का दूसरा महत्वपूर्ण कदम : ध्यान साधना के लिए दूसरा महत्वपूर्ण कदम है 'मनन'। किसी भी चीज को गहराई से जानना तथा उसे पूर्णता से समझ लेना यानी 'मनन'। उदाहरणतः अगर आपको कहा जाए कि 'पेन के बारे में

सोचें' तो आप कुछ देर तक सोचते हैं और बाद में आपका सोचना बंद हो जाता है, जबकि मनन (contemplation) यानी उसके बाद भी सोचते रहना। फिर उस क्षण दूसरे किसी विषय पर नहीं सोचना, सिर्फ पेन पर सोचना है। मनन के साथ चिंतन भी आता है परंतु दोनों में बहुत फर्क है। मनन यानी पहले सकारात्मक बातें सोचना, बाद में नकारात्मक बातों की तरफ जाना। चिंतन इसके बिलकुल विपरीत है, जिसमें पहले इंसान नकारात्मक बातें सोचता है, बाद में सकारात्मक। उदाहरणतः जैसे किसी ने गुलाब का पौधा देखा और अगर वह मनन करनेवाला है तो उसका ध्यान फूलों की खूबसूरती की तरफ जाएगा और बाद में उसे काँटों का भी महत्त्व पता चलेगा कि ये काँटे, फूलों की सुरक्षा के लिए हैं। अगर वह चिंतन, मनन करनेवाला है तो पहले ही उसका ध्यान काँटों की ओर जाएगा और उसे फूलों की खूबसूरती दिखाई नहीं देगी। परिणामतः वह प्रकृति के आनंद से वंचित रह जाएगा। इसलिए मनन-चिंतन को महत्त्व दिया गया है, न कि चिंतन-मनन को।

मन को एकाग्रित करने की विधि है 'मनन'। बुद्धिमान इंसान को मन को एकाग्रित करने के लिए मनन ज्यादा पसंद आएगा। मनन द्वारा कुछ ऐसी बातें, जो आसानी से समझ नहीं पाते, वे पता चलती हैं। इसलिए कहा जाता है, बिना मनन के हीरे भी कोयले हैं।

एकाग्रता : एकाग्रता ध्यान साधना का तीसरा कदम है। यह मन का व्यायाम है। वह मन, जो मोटा और स्थूल हो। मन जब बहुत विचारों में होता है तब वह मोटा एवं स्थूल होता है। ऐसा मन संवेदनशील नहीं होता, वह विषय की गहराई में नहीं जा सकता। इस मन को तीक्ष्ण, तेज व सूक्ष्म बनाना होगा। उसे एकाग्रता का अभ्यास करवाना होगा। एकाग्रता लक्ष्य नहीं है लेकिन एकाग्रता लक्ष्य प्राप्ति के लिए साधन बन सकती है। एकाग्रता यानी मन को किसी एक चीज पर टिकाना, जो मन को बिलकुल पसंद नहीं है। एकाग्रता के अभ्यास में मन के साथ तीन बातें होती हैं:

१. एकाग्रता में मन ऊब (बोर हो) जाता है

२. एकाग्रता में मन गिर (नमन हो) जाता है

३. एकाग्रता में मन गहराई से काम करने के लिए तैयार हो जाता है।

होश द्वारा आत्मनिरीक्षण : ध्यान का चौथा कदम है आत्मनिरीक्षण। जब मन आत्मनिरीक्षण द्वारा सच्चाई देखकर, यह समझने लगता है कि उसके दुःख का कारण

उसका कपट (असत्य) ही है, तब वह कपट मुक्त होने को तैयार हो जाता है।

आत्मनिरीक्षण यानी हर घटना में अपने आपको देखना। इसे एक प्रयोग के साथ करके देखें। दिन के हर घंटे के बाद अपने आपसे यह पूछें कि 'इस वक्त मेरे मन की स्थिति कैसी है? इस वक्त मेरी कौन सी अवस्था है?' इस तरह दिन के हर घंटे में यदि आपने अपने आपसे ये सवाल पूछें तब आपका आत्मनिरीक्षण, आत्मपरीक्षण बनेगा, होश बढ़ेगा, स्वसाक्षी का जन्म होना शुरू होगा।

मुद्दा 19

ध्यान और निर्विचार अवस्था में समानता : ध्यान यानी 'कुछ नहीं करना' यानी निर्विचार अवस्था की पहचान। ध्यान की शुरुआत होश (Awareness) के साथ होती है। जिसमें पहली बार हम अपने विचारों को जान पाते हैं। कारण इंसान का तादात्म्य (चिपकाव) विचारों से इतना जुड़ा है कि उसकी सुबह (शुरुआत) विचारों से होती है और रात (अंत) भी विचारों से ही होती है। जिसमें सुख-दुःख, आनंद, निराशा, व्याकुलता, अति उत्साह, परेशानी इत्यादि के विचारों का समावेश होता है। जैसे हमने अपना रिमोट कंट्रोल विचारों को दे दिया हो। इन विचारों को होश के साथ जब हम जान पाते हैं तो एक निर्विचार अवस्था प्राप्त करते हैं। इस अवस्था तक पहुँचे तो ही कहा जा सकता है, 'ध्यान हुआ'।

यदि आपसे सवाल पूछा जाए कि दिन में आप कितनी देर निर्विचार रह सकते हैं? तो इसके अलग-अलग जवाब आ सकते हैं- १ मिनट, २ मिनट, ५ मिनट, १५ मिनट, कुछ क्षण इत्यादि। परंतु असली जवाब सुनकर आपको झटका लगेगा कि हम दिन में ६ से ८ घंटे तक निर्विचार रहते हैं। पहले लोगों को इस पर यकीन नहीं आएगा मगर बाद में पता चलेगा कि नींद में हम निर्विचार रहते हैं तब असलियत सामने आएगी। सच्चाई तो यही है कि हम में से हर कोई रोज ही ६ से ८ घंटे निर्विचार अवस्था में होता है और यही अवस्था हमारी सबसे नैसर्गिक और मनपसंद है। इसलिए हर कोई नींद में जाना चाहता है तथा नींद न मिलने पर अस्वस्थ और बेचैन हो जाता है।

निर्विचार होने के कई तरीके हैं। जैसे कोई मन को एकाग्रित करता है यानी बहुत विचारों से एक विचार पर आता है और फिर बीच में अचानक 'निर्विचार' होता

है। कोई साँस पर ध्यान करता है। कोई जप करता है तो कोई नामस्मरण। कुछ लोग विचारों पर ध्यान करते हैं, जैसे विचारों को देखते रहना। परंतु इन सबके पीछे एक विचार हो सकता है, वह है, 'मुझे निर्विचार होना है।' यह भी एक विचार ही है। कोई आपसे पूछे कि 'आप नींद आने के लिए क्या करते हैं?' तो जवाब आएँगे कि 'हम लेटते हैं, आँखें बंद करते हैं।' यानी हकीकत में सब क्रियाएँ बंद हो जाएँ तो नींद आती है। यहाँ तक कि सोचना भी बंद हो जाए। हम यह भी विचार न करें कि विचार आने बंद हो जाए। उसी तरह ध्यान में कुछ नहीं करने की तैयारी कर बैठना चाहिए।

मुद्दा 20

ध्यान में होनेवाली गलतियाँ : ध्यानी में एक बड़ी गलती होने की संभावना यह है कि ध्यान करने से व्यक्ति का अहंकार बढ़ सकता है। यदि ऐसा हुआ तो मूल लक्ष्य उसे मिला ही नहीं। अर्थात जिस सत्य के लिए आप जी रहे थे, वही नहीं मिला, बाकी सब हुआ। ध्यान मार्ग पर यह सबसे बड़ा धोखा इंसान को हो सकता है। शक्तियाँ जाग्रत होने के कारण मन एकाग्र होता है और एकाग्र मन बहुत बड़ी शक्ति है। मनुष्य अगर कुछ कर सकता है तो केवल एकाग्र मन से ही कर सकता है। सारी शक्तियाँ या चिकित्सा शक्ति (Healing powers) के बारे में आप सुनते हैं, जो केवल एकाग्र मन का ही परिणाम हैं। हालाँकि इससे फायदे बहुत हुए मगर इन फायदों के लिए यात्रा शुरू नहीं हुई थी इसलिए बड़ा नुकसान हो गया।

इसे एक उदाहरण से समझें: जैसे आत्मसाक्षात्कार पाने के लिए आप ब्यूटी पार्लर गए और वहाँ से केवल ताजा होकर आए तो वह बात हुई ही नहीं, जिसके लिए गए थे। इसलिए सावधान हो जाए। वरना ध्यान के ऊपरी फायदे आपको इतने अच्छे लगने लगेंगे कि वही आपके लिए अंतिम लक्ष्य बन जाएंगे। जिसमें उलझकर वे ही फायदे आपको इतना प्रभावित करेंगे कि आप कहेंगे, 'ये मुझे चाहिए... और चाहिए... और चाहिए...।

ध्यान विधि में 'साक्षी' ध्यान का सबसे मूल शब्द है। हर आध्यात्मिक पुस्तक में आपको इसका उल्लेख मिलेगा। साक्षी भाव से भरना यानी किन्हीं बाहर की चीजों को निमित्त बनाकर स्वयं पर लौटना। इसे अगर 'स्वसाक्षी' कहा जाए तो वह उचित

शब्द है। क्योंकि साक्षी शब्द भी भ्रमित करनेवाला हो गया है। शुरुआत में जिन्होंने भी यह शब्द बनाया, उन्हें पता नहीं था कि आगे चलकर यह शब्द इस तरह दूषित हो जाएगा इसलिए स्वसाक्षी शब्द ज्यादा सही है।

स्वसाक्षी पर लौटना यानी बाहरी चीजों, घटनाओं को निमित्त बनाकर अपने आपमें स्थापित होना। जैसे बाहर के दृश्य खबर दे रहे हैं, आँख की। आवाज खबर दे रही है कान की परंतु आवाज में न उलझते हुए कान पर लौटना। मानो कोई कह रहा हो कान खुद को जान। दृश्य में न उलझते हुए आँख पर ध्यान जाना। सुगंध में न उलझते हुए नाक पर जाना। स्वाद में न उलझते हुए जुबान पर जाना। विचारों में न उलझते हुए, जो विचारों के प्रति होश में है, जाग्रत है, उस जाननेवाले को जानना। वहाँ पर कोई इंद्रियाँ नहीं हैं। जिसे न आँख से जाना जा रहा है, न कान से। उस परम स्रोत पर लौटने की खबर बाहर के दृश्य से मिल रही है। मगर अज्ञान होने और समझ न होने की वजह से, जो खबर सतत मिल रही है, वह 'न' मिलती हुई लगती है तो धोखा हो जाता है।

मुद्दा 21

ध्यान का असली लक्ष्य और बाधाएँ : ध्यान का असली लक्ष्य है 'मैं कौन हूँ' यह जानना। जानना है उसे जो शरीर, मन, बुद्धि के परे है। जो अपने होने का अहसास है (आहा!)। जो चेतना (Consciousness) है, जो 'असली मैं' है। जो असीम (Unlimited) है। जो व्यक्तिगत अहंकार (Personal ego) से परे है। जो 'अस्तित्त्वगत मैं' (Universal "I") है। जहाँ सभी 'एक' होने (Oneness) का अनुभव है।

मानव जीवन का लक्ष्य है खिलना, खुलना और खेलना यानी जो आपकी संभावना है, उसे खोलना, जो ध्यान द्वारा पाया जा सकता है। एक इंसान की पूर्ण संभावना है - वह पूरी तरह से खिलेगा, खुलेगा और खिलकर खेलेगा। खिलेगा यानी ईश्वर की पृथ्वी पर जो लीला चल रही है, उसे जब वह खेलेगा तब उसका लक्ष्य पूर्ण होगा। पृथ्वी का हर जीव उसी रास्ते पर चल पड़ा है। बगीचे का हर फूल खिल रहा है। यह दूसरी बात है कि पूरा खिलने से पहले कोई फूल टूट जाता है, कोई तेज हवाओं में गिर जाता है, कोई बच्चा उसे तोड़ देता है, कुछ में कीड़े लग

जाते हैं, कुछ फूल रोग लग जाने से खराब हो जाते हैं मगर हर फूल का लक्ष्य पूरा खिलना है, उसके अंदर की सुगंध हवाओं के माध्यम से हर एक तक पहुँचाना है।

जीवन में पूर्ण खिलने और इस लक्ष्य को प्राप्त करने के लिए, हम देखें कि हमारे आजू-बाजू में ऐसी क्या व्यवस्था है, जिसका फायदा लेकर हम जल्द से जल्द यह लक्ष्य प्राप्त करें। यह मानव जीवन का लक्ष्य है, हर एक का लक्ष्य है। जो स्पष्ट न होने की वजह से इस पर हम काम करते ही नहीं हैं। अगर यह स्पष्ट हो गया तो 'हमारा ध्यान' शुरू हो जाएगा। फिर हमारे विकास के मार्ग पर आनेवाले हर उस मौके को हम नहीं खोएँगे । हर वह सत्य श्रवण हम नहीं छोड़ेंगे, जो हमें आध्यात्मिक मार्ग पर आगे ले जानेवाला है। जिसके फलस्वरुप श्रवण, सेवा, भक्ति, प्रार्थना और ध्यान बहुत आसानी से होने लग जाएँगे और आप सदा प्रेम, आनंद, मौन में रहना चाहेंगे।

लक्ष्य की तरफ बढ़ने के लिए पाँच चीजें रोकती हैं - १) अज्ञान, २) बेहोशी, ३) कुसंग (गलत संगत), ४) इसी जन्म में किए हुए गलत कर्म (गलतियाँ) और ५) गलत वृत्तियाँ (टेन्डेंसीज)।

वृत्तियाँ यानी ऐसे पैटर्नस् जो हमारे शरीर में बैठ गए हैं, जिनकी वजह से बेहोशी में काम चलते रहते हैं। उदाहरणतः सामनेवाले ने ऐसी गाली दी है तो हम भी वैसी गाली दे देते हैं, कारण हमारे अंदर वैसी प्रोग्रॉमिंग हो गई है। हमें पता ही नहीं चलता, यह वृत्ति बन चुकी है।

लक्ष्य की ओर बढ़ने के लिए पाँच चीजें सहायक हैं - १) अपनी पूछताछ ईमानदारी के साथ (सेल्फ इनक्वायरी), २) मनन, (कंटेम्प्लेशन) और ३) विवेक को जाग्रत करना। अपनी पूछताछ करते रहने से आपको सत्य-असत्य में फर्क समझ में आएगा कि 'मैं कौन हूँ? किसे बुरा लगा? किसे अच्छा लगा? जो भी हुआ वह किसके साथ हुआ?' लक्ष्य की ओर बढ़ने में ४) सत्य का संग (ग्रुप, टीम)और ५) सत्संग सहयोग करता है।

संग यानी ऐसा ग्रुप जहाँ सभी सत्य की राह पर चल रहे हैं। जहाँ चेतना का स्तर उच्च है। ऐसा संग हमें लक्ष्य की तरफ ले जाता है। सत्संग, जहाँ पर सत्य की बातें होती हैं। जहाँ पर आप जो हैं, यह पता चलता है। असली सत्संग, अंतिम सत्संग, इसमें आपकी मदद करता है।

मुद्दा 22

मौन : वाणी और विचार के परे की स्थिति है मौन। मौन से ही शब्द निकलते हैं और इसी आंतरिक मौन में विलीन हो जाते हैं। हर शब्दों और विचारों के बीच मौन मौजूद है। मौन रूपी कागज पर विचारों के शब्द लिखे जाते हैं। उस मौन को ही पाना स्वयं को पाना है। मौन ही सर्वोत्तम भाषा है।

एकांतता मनुष्य के अंदर ही है। भीड़ में भी अकेले रहने की कला का नाम है 'मौन'। भीड़ में कारोबार करते हुए यदि मनुष्य मन की संपूर्ण शांति कायम रख सके तो वह सचमुच एकांत का ही सेवन करता है। जो जंगल में रहकर भी विचारों की दलदल में है, वह अकेले होते हुए भी एकांतवासी नहीं है। इसके लिए सबसे मुख्य है- समझ (अंडरस्टैण्डिंग), जो आपको एकांत में सहज ले जाएगी। इसके अतिरिक्त ध्यान द्वारा भी एकांतता सहजता से पाई जा सकती है। एकांत यानी एक का भी अंत, जहाँ पर न तुम हो, न मैं, न दो हैं, न एक।

लोगों को लगता है कि ध्यान में विचार नहीं आने चाहिए, मौन ही होना चाहिए परंतु ऐसा नहीं है। ध्यान में सब तरह के विचार उठा करते हैं। आपके अंदर जो कुछ विचार छिपे हैं, उन्हें बाहर निकालकर मुक्त होने की विधि है ध्यान। विचार हमें इसलिए सताते हैं क्योंकि हम उनके साथ जुड़ जाते हैं। विचारों को देखनेवाले साक्षी आप हैं, न कि विचार। ध्यान में होनेवाले हर अनुभव को जो जान रहा है, उसे ही जानना 'आत्मसाक्षात्कार' है।

मुद्दा 23

ध्यान में समझ का महत्त्व : जब भी साधक समझ के मार्ग पर चलता है तो उसे पहला सवाल यही आता है कि यह समझ क्या है? क्या सिर्फ सुनने से ही मोक्ष की प्राप्ति हो सकती है? क्या सत्संग में सिर्फ उपस्थित होने से ही स्वअनुभव को पाया जा सकता है? जिस अनुभव की तलाश में न जाने कितने साधक अनेक मार्गों में उलझ जाते हैं?

उपरोक्त सवालों के जवाब में यही बताया जाता है कि समझ से ही स्वअनुभव पाया जा सकता है क्योंकि समझ अपने आपमें पूर्ण है। इस मार्ग पर चलते ही साधक

'मैं कौन हूँ?'... 'मेरा वास्तविक होना क्या है?' इन प्रश्नों को सहज ही सिर्फ समझ से जानकर, अनुभव कर सकता है। आज तक बताए गए सभी मार्गों में जो सबसे श्रेष्ठ मार्ग है वह है, 'समझ' का मार्ग। क्योंकि जप, तप, तंत्र, मंत्र, कर्म, धर्म, भक्ति, ध्यान और ज्ञान के मार्गों पर चलते हुए जब तक साधक उसमें समझ नहीं जोड़ता, तब तक वे मार्ग भी उसे परम लक्ष्य तक नहीं पहुँचा सकते। इसलिए समझ का अध्यात्म में सबसे ज्यादा महत्त्व है। बिना या अधुरी समझ से कोई भी साधक किसी भी मार्ग से चलता हो, वह परम लक्ष्य तक नहीं पहुँच सकता। यह पुस्तक इसी समझ को आप तक पहुँचाने का प्रयास है।

मुद्दा 24

ध्यान का पहला दुश्मन : ध्यान का पहला दुश्मन है निराशा और शंका। हर दिन नियम से ध्यान करनेवाले साधक को जब अपने जीवन में कोई लाभ होता दिखाई नहीं देता तब वह निराश हो जाता है। निराशा की भावना के कारण उसका मन एकाग्रित नहीं हो पाता। वह खुद को शक्तिहीन महसूस करने लगता है। अगर आपमें निराशा के ऐसे भाव जागें तो तत्काल सकारात्मक विचारों को दोहराएँ। निराशा के विचारों को गुजर जानेवाले बादलों की तरह देखें, जो थोड़े समय तो एक स्थान पर छाए रहते हैं लेकिन फिर छंट जाते हैं। आपको इन बादलों के आने-जाने से कोई दिक्कत नहीं होती। इसी तरह मन में आने-जानेवाले निराशा के विचारों को साक्षी भाव से, अलगाव की भावना से देखें। ऐसा कभी न कहें, 'मैं निराश हूँ' बल्कि हमेशा कहें, 'मेरे मन से निराशा के विचार गुजर रहे हैं और जल्द ही ये छंट जाएँगे।' अलगाव की इस भावना के कारण आपके मन से निराशा के विचार सहजतापूर्वक चले जाएँगे और आप एकाग्रचित्त होकर ध्यान कर पाएँगे।

शंका : ध्यान करते वक्त इंसान को स्वयं के बारे में कई शंकाएँ आती हैं; जैसे 'अन्य लोगों की तरह मैं भी अच्छी तरह से ध्यान कर पाऊँगा या नहीं? मैं ज्यादा देर ध्यान में बैठ पाऊँगा या नहीं? बाकी लोगों की तरह मैं भी ध्यान के दौरान आनेवाले विविध अनुभवों के बारे में बता पाऊँगा या नहीं? क्या वाकई में ध्यान मेरे लिए है?

ध्यान में बैठने के बाद मन आपसे कहेगा, 'यह गलत है... इससे कोई लाभ नहीं हो रहा है... मैं ध्यान नहीं कर पाऊँगा। मेरे साथ कई तरह की दिक्कतें हैं। मुझे

अमुक-अमुक तरह की बीमारी है... मेरे पैरों में दर्द रहता है... मैं कम पढ़ा-लिखा हूँ... मैं समझ नहीं पाऊँगा...' वगैरह-वगैरह। मन इस तरह के बहाने गढ़े तो उसे समझाएँ, 'ध्यान के लिए ऊँची पढ़ाई-लिखाई की जरूरत नहीं है। शरीर दर्दरहित या कष्टरहित हो, यह भी जरूरी नहीं है। हर तरह की शारीरिक अवस्था के बावजूद ध्यान किया जा सकता है।' ध्यान के बारे में मन में किसी भी तरह की शंका या शक की गुंजाइश न रखें। ध्यान के इस दुश्मन को तुरंत भगाएँ।

मुद्दा 25

ध्यान का दूसरा दुश्मन : ध्यान का दूसरा दुश्मन है लगाव, नफरत और इंद्रिय सुख के विचार। ध्यान में बैठने के बाद आपको कुछ नकारात्मक घटनाएँ याद आ सकती हैं, जिनकी वजह से आपको अपने प्रतिस्पर्धी से बदला लेने के विचार आ सकते हैं। ऐसे विचार आने के बाद आपको संतुष्टि महसूस होती है। अहंकार को ऐसी ही संतुष्टि तृप्त करती है। अहंकार कहता है, 'मैं यही चाहता था। मुझे हर पल यही विचार आते थे कि प्रतिस्पर्धी से कैसे बदला लिया जाए।' ध्यान के दौरान बदला लेने के विचार आएँ तो तुरंत सजग हो जाएँ क्योंकि उन विचारों के साथ लोभ, कामुकता और इंद्रिय सुख के विचार आने के पूरे-पूरे आसार होते हैं। इंसान की अनेक महत्वाकांक्षाएँ होती हैं। वह लगातार कई विषयों की तरफ ध्यान देता है इसलिए उसके मन में अनेक दृश्यों की छवि बन जाती है। ध्यान के दौरान ये सभी दृश्य उसकी आँखों के आगे फिल्म की तरह उभरने लगते हैं और वह उनमें फँस जाता है। इन विचारों में बहुत देर खोए रहने के बाद उसे याद आता है, 'अरे! मैं तो ध्यान करने बैठा था।'

आप मंदिर जाते हैं तो मन में कौनसे विचार आते हैं? आपके मन में वही विचार आने चाहिए, जिनके लिए आप संबंधित स्थान पर जाते हैं। अगर आपको दूसरी बातों के बारे में सोचना है तो बाद में घर जाकर सोच सकते हैं। उसी तरह ध्यान में बैठने पर जो विचार आने चाहिए, वे बातें सोचें, न की माया की बातें। ध्यान के इस दुश्मन के बारे में हमेशा सजग रहें।

मुद्दा 26

ध्यान का तीसरा दुश्मन : ध्यान का तीसरा दुश्मन है आलस्य। कई बार ध्यान के दौरान शरीर साथ न देने की वजह से आपको नींद आने लगती है और आपका मन कहता है, 'वैसे भी सही ढंग से ध्यान नहीं हो पा रहा है। ध्यान को छोड़ो, चलो गहरी नींद लेते हैं।' आपको धोखा देने के लिए मन कई सालों से इस तरह के तर्कों का इस्तेमाल करता रहा है। इस आदत की वजह से मन ध्यान न करने के लिए भी तर्क का इस्तेमाल करता है। लेकिन तर्क का यह खोटा सिक्का ज्यादा दिनों तक नहीं चल सकता। खोटा सिक्का तब तक ही चलता है, जब तक लोग उसे स्वीकार करते रहते हैं। सजगता से जब लोग खोटे सिक्के लेना बंद कर देते हैं, तब उनका चलन तुरंत बंद हो जाता है। ध्यान के दुश्मनों के साथ भी ऐसा ही है। जब आप सजगता से डटकर हर दुश्मन का सामना करते हैं और बाधा डालनेवाले विचारों के बावजूद ध्यान जारी रखते हैं तब सारे दुश्मन तुरंत भाग जाते हैं।

तर्क रूपी इस दुश्मन से तुरंत सावधान हो जाएँ। मन ध्यान में कुछ न होने का बहाना करेगा तब उससे कहें, 'ध्यान में कुछ हुआ या नहीं, इससे कुछ फर्क नहीं पड़ता। मैंने ध्यान करने का निर्णय लिया है इसलिए हर परिस्थिति में मैं ध्यान में बैठूँगा।'

ध्यान के उच्च स्तरों पर जाने के लिए इस मंत्र को याद रखें, 'निरंतरता ही सफलता की कुंजी है।' ध्यान की निरंतरता में कभी बाधा न आने दें। अगर मन बहुत उत्तेजित होने लगे तो उठकर चेहरे पर ठंढे पानी के छींटे मार लें या बीच-बीच में भीगे तौलिए से अपना चेहरा पोंछते रहें और ध्यान जारी रखें। हर बहाने और बाधा के बावजूद यह तय करें कि आप एक निश्चित समय तक अपने मन से कार्य करवाएँगे। इसे अपना लक्ष्य बना लें।

मुद्दा 27

ध्यान में विधियों का महत्व और उद्देश्य : ध्यान में विधियों का केवल यही उद्देश्य है कि आप समाधि की अवस्था में पहुँच जाएँ।

कुछ लोग साँस की विधि करते हैं। वे साँस की जानकारी रखते हैं कि कब साँस बाहर आई और कब अंदर गई। ये विधियाँ मन को वर्तमान में स्थिर करने

के काम आती हैं। विधियों का निर्माण इसलिए किया गया ताकि इनके द्वारा मन गायब हो जाए। ध्यान वर्तमान है यानी जब आप वर्तमान में होते हैं तब मन की आवश्यकता नहीं होती। वर्तमान से बाहर जाने के लिए मन की आवश्यकता होती है। वर्तमान में बने रहना यानी देखना कि वर्तमान में क्या हो रहा है... साँस अंदर आ रही है... बाहर जा रही है... धड़कन चल रही है... शरीर में कुछ महसूस हो रहा है इत्यादि। यह सब वर्तमान में हो रहा होता है। इन बातों पर ध्यान लगाते-लगाते लोग समाधि की अवस्था में पहुँच जाते हैं।

समाधि की अवस्था में साँस बहुत धीमी गति से चलती है और कभी-कभी यह पता भी नहीं चलता कि साँस चल रही है या नहीं। इसका अर्थ है कि विधि से शुरुआत हुई और फिर आपने विधि को छोड़ दिया। यह वैसे ही है, जैसे आपको नदी के एक किनारे से दूसरे किनारे पहुँचना है तो आपने नाव का इस्तेमाल किया। जैसे ही आप दूसरे किनारे पर पहुँचे, आपने नाव को छोड़ दिया। विधि आपके लिए नाव का काम करती है ताकि आप समाधि (दूसरे किनारे) तक पहुँच पाएँ। फिर विधि छूट जाती है और आप मौन/समाधि की अवस्था में रहते हैं।

ध्यान में सिर्फ उपस्थित रहना होता है : ऐसा कहा जाता है कि कृपा हो गई तो नींद आ जाएगी और नहीं हुई तो नींद नहीं आएगी। अर्थात नींद लाने के लिए आप कुछ नहीं करते हैं। जो लोग जबरदस्ती नींद लाने की कोशिश करते हैं, उन्हें नींद नहीं आती है। इसी तरह ध्यान करने की भी कोशिश करेंगे तो ध्यान नहीं होगा। मन हमेशा कोशिश करना चाहता है इसीलिए उसे कोई विधि दी जाती है। हकीकत में काम दूसरा ही हो रहा होता है। मन को एकाग्र करने हेतु विधि का सहारा लिया जाता है वरना चंचल मन ध्यान में बाधा बनता है। इसलिए कहा जाता है कि अपने मन को किसी और काम में लगा दें तो जो चाहिए, वह सहजता से प्राप्त होगा। यह एक तकनीक है।

विधियाँ आपकी सुविधा के लिए बनीं। यदि आप विधियों में ही लगे रहेंगे और ध्यान में हर बार जाँचते रहेंगे कि कुछ हुआ क्या?... समाधि में पहुँचे क्या?... शरीर का एहसास गायब हुआ क्या?... तो कुछ नहीं होगा। जब आप उसकी चिंता छोड़ देते हैं कि 'कुछ हो या न हो, उसमें चिंता की बात ही नहीं है' तब आप ध्यान की गहराई में जल्दी उतर जाते हैं। ध्यान का यह गुर आपमें आ जाए तो सब आसान हो जाएगा। ध्यान में तो बस आपको समर्पित होकर बैठना है और स्वयं को बताना है कि 'जो कृपा मुझ पर बरस रही है, उस कृपा के लिए मैं ग्रहणशील हूँ।'

मुद्दा 28

भगवान की मूर्तियों के आविष्कार की आवश्यकता : मूर्तियों का आविष्कार इंसान की ग्रहणशीलता बढ़ाने के लिए किया गया। मूर्तिकार द्वारा जो भी मूर्तियाँ बनाई गई हैं, उन पर, उनके गुणों पर मनन किया गया है। ऐसी मूर्तियों को देखकर इंसान को माया की नहीं बल्कि सत्य की याद आएगी। जब इंसान के अंदर सारे गुण आ जाते हैं, तब वह भगवान कहलाता है। इंसान के अंदर कौनसे गुण आने चाहिए? यह याद दिलाने के लिए उन गुणों को मूर्तियों में डाल दिया गया है। कुछ मूर्तियों के साथ कहानियाँ भी बनाई गईं ताकि वे गुण हमें याद रहें। एक ही मूर्ति में कई गुणों को पिरोया जाता है। इंसान जब इन मूर्तियों पर यानी ईश्वर के गुणों पर अपना ध्यान केंद्रित करता है तब वह ग्रहणशील बन जाता है।

ध्यान का यही नियम है कि 'जिस चीज पर ध्यान करेंगे, वही आप बन जाएँगे।' ज्ञान और सत्य की समझ न होने के कारण आज-कल लोग मूर्तियों का असली अर्थ भूल चुके हैं। आज भगवान बुद्ध की मूर्ति के सामने बैठकर भी लोग माया की बातों पर ही सोच-विचार करते हैं। वे उस ध्यान को याद नहीं करते जो भगवान बुद्ध ने किया था। हालाँकि मूर्तियाँ इसी उद्देश्य से बनाई गईं। भगवान बुद्ध ने अपनी मूर्ति बनाने के लिए नहीं कहा मगर जिन्होंने भी उनकी मूर्ति बनाई, उन्हें उस मूर्ति द्वारा होनेवाले लाभ के बारे में पता था। वे जानते थे कि इंसान ध्यान नहीं कर पाता, उसे प्रोत्साहित करने की जरूरत पड़ती है इसलिए मूर्तियाँ बनाई गईं।

कुछ लोग मूर्तिपूजा का खंडन करते हैं और कुछ लोग उनकी तारीफ करते हैं मगर दोनों के पास अधूरा ज्ञान होता है। इसलिए लोग दो भागों में बट जाते हैं, जिनमें से एक आकार को माननेवाले होते हैं और दूसरे निराकार को माननेवाले।

आज लोग कर्मकाण्डों में भी इतने उलझ गए हैं कि मूर्तियों ने अपना असली अर्थ बताना छोड़ दिया है। कुछ आत्मसाक्षात्कारी लोगों ने मूर्तिपूजा का समर्थन किया तो कुछ ने इसका खंडन किया। हालाँकि सभी को पूरा सत्य पता था परंतु उस समय की जरूरत के अनुसार आत्मसाक्षात्कारी लोगों ने अपना कार्य किया। जब उन्होंने देखा कि लोग अंधश्रद्धा में फँसकर मूर्तिपूजा करने लगे हैं तब उन्होंने लोगों को मूर्तिपूजा से बाहर लाने के लिए उसका खंडन किया। आज भी लोग मूर्तियों के नाम पर दंगे-फसाद कर रहे हैं। यदि लोगों ने मूर्ति के गुणों पर ध्यान किया होता तो ऐसा कभी नहीं होता।

मुद्दा 29

ध्यान हमारा असली धर्म : ध्यान हमारा असली धर्म है। धर्म का अर्थ है आप हकीकत में जो हैं... आपका स्वभाव... आपका अस्तित्त्वगत होना... ईश्वर की पूर्व अवस्था...। इसके बाद ही दुनिया प्रकट हुई... और फिर बाकी बातें आईं। साधारणतया धर्म इस शब्द को संप्रदाय, पंथ, रीति-रिवाज, प्रथाएँ, कर्मकाण्ड, त्योहारों से जोड़ा जाता है। असल में ये सारी बातें ऊपरी आवरण मात्र हैं। इस आवरण के भीतर छिपा तत्त्व... 'मैं हूँ' का एहसास (स्वअनुभव) ही इंसान का मूल धर्म है। इस धर्म के आस-पास अपने आप (समय और जरूरत अनुसार) कुछ बातें जुड़ जाती हैं और उसे ही मूल मानने की गलती इंसान से हो जाती है।

जब आप ध्यान में होते हैं तब आप अपने स्वभाव को जान रहे होते हैं... 'मैं कौन हूँ?' यह जान रहे होते हैं। जब आप स्वयं को शरीर मानते हैं तब शरीर के साथ जो भी होता है, उसे आप अपना स्वभाव समझने लगते हैं। शरीर के साथ क्या-क्या होता है? तमाम किस्म के विचार चलते रहते हैं, रगों में खून दौड़ता रहता है, साँसें चलती रहती हैं, विकार होते हैं। शरीर में हर क्षण कुछ न कुछ होता रहता है इसलिए गलतफहमी से आप उसे अपना स्वभाव मान लेते हैं। मगर असल में वह आपका स्वभाव (धर्म) नहीं है।

धर्म को कैसे समझना चाहिए, कैसे धारण करना चाहिए! आप यदि धर्म को हैंगर पर टाँगकर कहें कि 'मैं हिंदू हूँ, मुसलमान हूँ, सिख हूँ, ईसाई हूँ' तो इसका अर्थ है कि आपने उसे धारण नहीं किया। जैसे आपकी पोशाक हैंगर पर टँगी हो तो उसे पहनने की भावना नहीं आती। पहनने का अनुभव तभी होता है, जब उसे हैंगर से उतारा जाए, पहना जाए। इसी तरह धर्म को हैंगर से उतारकर जीया जाए तो ही उसका अनुभव किया जा सकता है और धर्म को तभी धारण किया जा सकता है, जब शरीर को सही ढंग से होल्ड किया जाए। यही धर्म का मूल उद्देश्य है।

धर्म का उद्देश्य तभी पूरा होगा, जब धर्म को इस परिभाषा से समझा जाए कि वह ईश्वर का स्वभाव है, वही ईश्वर का गुण है। फिर इसे धारण करना बहुत आसान हो जाएगा। इस उद्देश्य को पूरा करना ही आपको उद्देश्य लगेगा। आप कहेंगे कि 'मुझे मालूम है कि मेरा स्वभाव क्या है' तो फिर यह उद्देश्य कैसे होगा? यह उद्देश्य तब लगेगा, जब आप अपना स्वभाव जानकर उसकी अभिव्यक्ति करेंगे।

यह मनुष्य जीवन एक कर्मभूमि है, जिसमें सबको अलग-अलग कार्य दिए गए हैं। इन कार्यों को करते हुए इंसान को मूल उद्देश्य पूरा करना है तभी धर्म खुद उद्‌देश्य बनेगा।

मुद्‌दा 30

समाधि : समाधि यानी समय-आदि, आदि यानी पहले। जो समय से पहले था, समय के आदि था। समाधि यानी उसे जानना जो दुनिया से पहले था, समय तो बाद में आया। जब दुनिया बनी तब समय आया। हम अगर जाग्रत अवस्था में उस अनुभव तक पहुँचते हैं, जो समय के परे है, शरीर, मन, बुद्धि के परे है, उसे समाधि कहा गया है। जिसमें दुनिया बनानेवाले को जाना जाता है और वह बनानेवाला हमारे अंदर ही है। उसका अस्तित्त्व कैसा है, यह जानना ही अध्यात्म है। हम समाधि की अवस्था में रोज पहुँचते हैं, जब हम गहरी नींद में होते हैं तब हमें कहाँ पता चलता है कि कितने घंटे हुए? सुबह उठकर पता चलता है कि कितने घंटे हुए। जो अवस्था हमें समय से बाहर ले जाए, वह है 'समाधि'। हम रोज रात समाधि में ही हैं मगर यह समाधि बेहोशी में है। होश में भी 'समाधि' में जाया जा सकता है।

जाग्रत अवस्था में समाधि में जाने में मान्यताएँ बाधा बनती हैं। समाधि में जाने के लिए जरूरी है मान्यताओं का हटना। हम कुछ बातें मानकर बैठे हैं। अगर हमारी सभी मान्यताएँ टूट जाएँ तो हम उसी जगह पहुँच जाते हैं। हम बाहर सुरक्षा ढूँढ़ रहे हैं परंतु 'असली सुरक्षा' हमारे अंदर है। जब आपको यह ज्ञात होगा कि 'मैं कौन हूँ?' तो आपको असली सुरक्षा का अनुभव होगा और उसी अनुभव में पता चलेगा कि 'आप शरीर नहीं हैं।' शरीर, नींद में कहाँ होता है? वहाँ पर तो आप ही होते हैं, जिसे पता चला कि नींद अच्छी हुई यानी कोई तो जाग रहा था। नींद की अवस्था में कितनी भी पीड़ा हो, दर्द हो सब खत्म हो जाते हैं।

हर रात शरीर गायब होता है (नींद में) मगर सुबह उठते ही हम फिर से बेहोशी में चले जाते हैं, फिर अपने आपको शरीर मानने लगते हैं। शरीर से जुड़ी इंद्रियों के कारण एक दुनिया तैयार हो जाती है। आँख से दृश्य की दुनिया, कान से आवाज की दुनिया, नाक से सुगंध की, जुबान से स्वाद की, त्वचा से स्पर्श की दुनिया का एहसास इतना गहरा होता है कि जो दिखाई दे रहा है, उस पर ज्यादा यकीन होता

है। इसीलिए ध्यान का महत्व है। ध्यान की गहराई में उतरने के बाद आप समाधि की अवस्था में पहुँचते हैं।

समाधि, ध्यान का अंतिम लक्ष्य है। ध्यान आपको समाधि के मार्ग पर सहायता करेगा और हमेशा आपकी उन्नति में मदद करेगा। आपके अंदर की मान्यता को, जो आपके और समाधि के बीच बाधा बन रहा है, उसे हटाएगा। जब भी आप 'मैं कौन हूँ?' का ध्यान करेंगे तब हर बार नई दिशा पाएँगे। आपके सामने एक नई सच्चाई आएगी, मान्यताओं पर गहरा प्रहार होगा। अपने शरीर न होने पर विश्वास बढ़ेगा। अपने होने के अनुभव का होश जागेगा।

मुद्दा 31

नींद और समाधि में अंतर : हर इंसान रोज नींद में जाता है लेकिन समझ के साथ नहीं जाता इसलिए आठ घंटे नींद में रहकर भी वह सुबह जब उठता है तो कई बार और बदतर होकर उठता है क्योंकि उसकी कमर में, पीठ में दर्द हो रहा होता है, नींद पूरी न होने की वजह से उसकी आँखें सूज गई होती हैं, बहुत सारे सपने आते रहते हैं, जिसके कारण वह ठीक से नींद नहीं कर पाता।

दरअसल जब इंसान नींद में जाता है तब वह अनुभव में होता है। सुबह उठते ही वह अनुभव से बाहर आ जाता है। नींद भी एक तरह की समाधि है। लेकिन सवाल यह है कि जब आप नींद में समाधि में जाते हैं तो वहाँ क्या होता है? और जब आप समझ के साथ, जाग्रत अवस्था में समाधि में जाते हैं तो वहाँ क्या होता है? इस मुद्दे को बैट और हॉकी के उदाहरण से समझें।

दरअसल जब आप नींद में जाते हैं तब आप अपने साथ बैट लेकर जाते हैं और जब आप समझ के साथ समाधि में जाते हैं तब आप अपने साथ हॉकी लेकर जाते हैं। बैट का 'बी' इशारा है- बेहोशी की ओर। जब आप नींद में होते हैं तब आप बेहोशी में होते हैं। वहाँ आपको पता भी नहीं चलता कि आप नींद में हैं। सुबह उठकर आपको पता चलता है कि आप रात को नींद में थे। जबकि समाधि में ऐसा नहीं होता। समाधि में आपको पता होता है कि आप समाधि में हैं। जहाँ पर जानना हो रहा है, जहाँ जाननेवाले को जाना जा रहा है, जहाँ दृष्टा खुद दर्शन बन गया है और जाननेवाला अपने लिए खुद दृश्य बन गया है, उसे ही जाग्रत समाधि

कहा गया है।

उदाहरण के तौर पर स्वयं को आइने के सामने खड़ा देखें। इस दृश्य में जब आप आइने के सामने खड़े हैं तो दृश्य भी आप हैं, दृष्टा भी आप हैं और आप ही दर्शन कर रहे हैं। ये तीनों जब एक होते हैं तब समाधि की घटना घटित होती है। वैसे विषय (Subject), कर्म (Object) और क्रियापद (Verb) अलग-अलग होते हैं मगर समाधि में ये एक हो जाते हैं। सिर्फ समाधि की एक ऐसी अवस्था है, जहाँ तीनों बातें एक होती हैं।

आप दुनिया की किसी भी चीज को देखेंगे तब तीन अवस्थाएँ होंगी, आप दृष्टा होंगे, जिस वस्तु को आप देख रहे हैं वह दृश्य होगी और जानने की क्रिया दर्शन होगी। जब ये तीनों एक बनते हैं तब 'ट्रिनिटी' का रहस्य स्पष्ट होता है।

यह अवस्था प्राप्त करने के लिए आप बेहोशी के साथ समाधि में नहीं जा सकते। समाधि और नींद आपस में इतने मिलते-जुलते हैं कि कई बार लोग ध्यान करते-करते नींद में चले जाते हैं, उन्हें पता भी नहीं चलता। फिर जब कोई जगाता है तो उन्हें पता चलता है कि 'मैं नींद की अवस्था में चला गया था।'

मुद्दा 32

माया और तेजस्थान : माया में रहते हुए भी आप अपना ध्यान तेजस्थान (हृदय) पर रख सकते हैं लेकिन कैसे? मान लें कि आप एक ऐसा खेल खेल रहे हैं, जिसमें दो समूह हैं। एक समूह आपका है और एक सामनेवाली टीम का। यह खेल रस्सा-कस्सी के खेल की तरह है, जिसमें दो समूह रस्सी के दोनों छोर को पकड़े हुए होते हैं और जो समूह रस्सी को अपनी ओर खींच लेता है, वह जीत जाता है।

इस खेल में दोनों समूहों के लोगों ने आपको बीच में रखा है। एक समूह आपके दाएँ हाथ को पकड़े हुए है और दूसरा समूह आपके बाएँ हाथ को। इस तरह दोनों समूह एक साथ आपको खींच रहे हैं। आपकी टीम के सदस्य आपको पीछे खींच रहे हैं और सामनेवाली टीम के सदस्य आगे खींच रहे हैं। यदि आपकी ताकत ज्यादा है तो आप सामनेवाली टीम में नहीं उलझेंगे। लेकिन यदि आपकी ताकत कम है और आप कमजोर पड़ जाते हैं तो आप सामनेवाले टीम में चले जाते हैं।

इस उदाहरण से समझें कि दुनिया में जो माया और सत्य का खेल चल रहा है, उसमें आप बीच में खड़े हैं। सामनेवाली टीम माया की है और आपकी टीम है सत्य की।

अब सोचें कि जब ऐसा खेल चल रहा होगा तब आपका ध्यान कहाँ होगा? आपका ध्यान सामनेवाले के हाथ पर भी होगा और आपको जो पीछे खींच रहा है, उसकी ताकत पर भी। आप इस बात पर ध्यान देंगे कि जो आपको पीछे खींच रहा है, वह भी शक्तिशाली है या नहीं। इसका अर्थ है कि आपका ध्यान दोनों तरफ होगा। ठीक इसी तरह जब आप माया में जाएँ तो अपने मन का एक हिस्सा तेजस्थान पर लगाएँ।

अगर ऐसा हो रहा है तो आप यह खेल जीत सकते हैं। जो हाथ आपको पीछे खींच रहे हैं, माया में जाने से रोक रहे हैं, यदि उन हाथों पर आपने नारियल तेल लगा दिया तो वहाँ से आपका हाथ छूट जाता है और आप माया में चले जाते हैं। फिर जो आपको पीछे खींच रहा था, तेजस्थान से जो खिंचाव आ रहा था, वह छूट जाता है क्योंकि आपने नारियल तेल यानी जो रियल नहीं है, वह लगा लिया है। इसका अर्थ है कि जब माया इंसान पर हावी होती है तब वह सत्य से दूर होता जाता है इसलिए आपको माया में रहना भी है तो उस कमल के फूल की तरह रहें, जो कीचड़ में रहकर भी उससे अलिप्त रहता है।

माया की टीम आपको कभी भी अपनी तरफ खींच सकती है इसलिए आपको ना-रियल तेल लगाने की गलती नहीं करनी है। उलटा आपको सत्य का जोड़ लगाना है। इसके लिए आपको अपने ध्यान को प्रशिक्षण देना है।

मुद्दा 33

ध्यान की तैयारी : ध्यान की शुरुआत में थोड़ी तैयारी की आवश्यकता होती है। शुरुआत दिन में दो बार ध्यान करने से करें। यदि यह संभव न हो तो कम से कम दिन में एक बार या फिर हफ्ते में कम से कम तीन बार किया जाए।

ध्यान का लाभ लेने हेतु कम से कम २० मिनट और पूर्ण लाभ उठाने के लिए ४५ मिनट का ध्यान हो। कुछ विशेष ध्यानों के लिए समय बढ़ाया जा सकता है। समय के साथ ध्यान का अभ्यास बढ़े तो इसे ४५ मिनट या एक घंटा भी कर सकते हैं।

अगर किसी का मन ज्यादा चंचल है तो उसे ध्यान में ज्यादा समय बैठने की आवश्यकता हो सकती है। औसत (Average) व्यक्ति के लिए कम से कम २० मिनट अच्छी शुरुआत है ताकि सही ढंग से इसका फायदा लिया जा सके। वरना पूरी तैयारी करके ध्यान की गहराई में जाने से पहले ही आप उठ गए तो ज्यादा फायदा नहीं।

ध्यान में आप पवित्रता लाने की कोशिश करें। ऐसी पवित्र क्रिया (Ritual) अगर स्नान करके करते हैं तो वह सहायक बन सकती है।

ध्यान के शुरुआती दौर में कुछ बातों का खयाल रखना आवश्यक है। जैसे एक ही आसन, स्थान, समय, मुद्रा, उच्चारण इत्यादि। इनके अलावा ध्यान नियमित और निरंतर हो। ऐसा न हो कि आप उच्चारण या मुद्रा हर दिन बदलें। इसे आलंबन कहा गया है, जिसके जरिए आप अपने मन को एकाग्रित करने की कोशिश करते हैं। इसमें यदि आपने साँस, चित्र या मंत्र का चुनाव किया हो तो फिर एक अवधि तक आपको निरंतर हर रोज वही करते रहना है। यदि आपने एक विधि चुनी हो तो कम से कम एक माह तक वही विधि, उसी समय, उसी स्थान, उसी आसन में करें, जो आगे ध्यान में सहायक होगी।

मुद्दा 34

ध्यान के लिए आवश्यक आसन और मुद्रा : ध्यान में शारीरिक स्थिति का महत्त्व बिलकुल उसी प्रकार है, जिस तरह साइकिल सीखने के लिए, साइकिल चालक के लिए जरूरी है। जैसे :

१. बारिश का मौसम न हो,

२. कपड़े ज्यादा तंग या ज्यादा ढीले न हों,

३. खुला मैदान हो,

४. भीड़ या कीचड़ न हो इत्यादि।

तब ही वह साइकिल आसानी से सीख सकता है। उसी तरह शुरुआत में ध्यान में भी आसन, मुद्रा, समय, स्थान अति महत्वपूर्ण है, जो ध्यान में सहायक है। इसे विस्तार से समझें।

आसन के दो प्रकार हैं – एक शरीर का आसन, दूसरा बैठने का आसन।

शरीर का आसन : जब भी आपका मन विचलित रहता है तब शरीर ज्यादा क्रियाशील होता है। ज्यादा हिलता-डुलता है। अगर शरीर का हिलना-डुलना बंद हो तो मन की चंचलता भी शांत हो सकती है इसलिए ध्यान के लिए ऐसा 'आसन' हो, जिसमें शरीर 'स्थिर' रह पाए। जैसे पद्मासन, सुखासन, वज्रासन या कोई भी ऐसा आसन चुन लें, जो अति सुविधापूर्ण हो। जिसमें शरीर के किसी भी अंग पर कोई तनाव न हो। शरीर के किसी अंग पर तनाव होगा तो मन पर भी तनाव हो सकता है। तथा ध्यान के लिए बैठते वक्त दो बातों का खयाल अवश्य रखें, लेटकर या खड़े होकर ध्यान न करें। लेटने से नींद आने की संभावना है, खड़े होकर ध्यान करने से जल्दी थकावट महसूस होगी इसलिए बैठकर ध्यान करना अति उत्तम है।

बैठने का आसन : बैठने के लिए गद्दी, कंबल, बिछौना, कुशन इस प्रकार का कुछ मुलायम आसन हो, जिससे शरीर को सुविधाजनक लगे तथा जल्द थकावट महसूस न हो और शरीर ज्यादा देर तक बैठ पाए।

बैठने की स्थिति : बैठते वक्त इस बात का विशेष खयाल रखा जाता है कि रीढ़ की हड्डी सीधी व बिना तनाव के हो तथा पृथ्वी से ९० अंश का कोण बनाती हो। जब भी रीढ़ ९० अंश का कोण बनाती है तब रीढ़ सीधी होती है। जिससे पृथ्वी का गुरुत्वाकर्षण शरीर पर कम से कम होता है और शरीर बिना थकावट के ज्यादा देर ध्यान में बैठ सकता है। खड़े, लेटते और चलते समय भी रीढ़ की हड्डी सीधी रखें वरना लंबे समय तक झुककर चलने की वजह से तथा झुकी गर्दन व मुड़ी कमर की वजह से आपका मेरुदंड (रीढ़ की हड्डी) टेढ़ा हो जाता है। जो मन का विश्वास घटाता है, आपको सुस्त और उत्साहहीन बनाता है तथा ध्यान में बाधक बनता है।

ध्यान में मुद्रा का महत्त्व : एक विशेष मुद्रा में ध्यान करना सहायक सिद्ध होगा। बहुत सी मुद्राओं का उल्लेख है मगर 'ज्ञान मुद्रा' श्रेष्ठ मानी गई है। हाथ के अंगूठे और तर्जनी को मिलाकर यह मुद्रा बनती है, बाकी तीन उँगलियाँ सीधी हों। यह मुद्रा बनाकर दोनों हाथ घुटनों पर या गोद में रखें, जैसे बुद्ध की ध्यानस्थ मूर्ति (Buddha Posture)।

इस तरह मुद्रा रखने के पीछे भी कारण है। उदाहरणतः जैसे मंदिर में जाने से हाथ जोड़ते ही मंदिर की पवित्रता का एहसास होता है, उसी तरह मुद्रा के साथ मन

को सूचना मिलती है और वह झट से शांत होने को राजी होने लगता है।

मुद्रा में विशेषतः एक ही मुद्रा को चुनें, यह मुद्रा ज्यादा समय तक निरंतर रखें। उस मुद्रा में मन को सूचनाएँ देकर तैयार करें। यही मुद्रा किसी भी स्थान, घटना, वातावरण में आपको तुरंत उस अवस्था में ले जाने के लिए सहायक होगी।

मुद्दा 35

ध्यान में उपयुक्त समय और स्थान : ध्यान के लिए हर दिन अलग-अलग समय न हो, जैसे कभी सुबह ६ बजे तो कभी सुबह ९ बजे और कभी रात्रि में। शुरुआत में निर्धारित समय पर ध्यान करना आवश्यक है।

ध्यान करते वक्त पेट ज्यादा भरा न हो या खाली भी न हो। दोनों अति में न जाएँ।

ध्यान के लिए सूर्योदय और सूर्यास्त का समय उचित है, जिसे संधि (जोड़) कहते हैं (शाम के समय को इसलिए संध्या भी कहते हैं)। यह ऐसा समय है जिसमें न ही पेट भरा होता है, न ही खाली होता है। सुबह तक रात का खाना हजम हुआ होता है और शाम तक दोपहर का।

सुबह और संध्या का वातावरण शांत और शीतल होता है। जिस कारण मन शीघ्र ही शांत व निर्मल हो सकता है। शुरुआत में मन की एकाग्रता के लिए, मन की अस्थिरता कम करने में ये सब बातें अति आवश्यक हैं। हम कोई एक समय निश्चित करें तो वह हमारी एकाग्रता में मदद करता है। जैसे अगर हम एक बार, एक ही समय पर, एक ही काम करें तो हर हर काम निर्धारित समय पर करने की हमारी तैयारी (प्रोग्रामिंग) हो जाती है। मन का इधर-उधर भागना कम हो जाता है।

सुबह का समय इसलिए भी महत्वपूर्ण है कि उस समय आप पूर्ण बेहोश भी नहीं हैं और पूर्ण जागे हुए भी नहीं हैं, जो ध्यान की मूल अवस्था से मिलती-जुलती अवस्था है।

ध्यान में जितना महत्त्व आसन का है, उतना ही स्थान का भी है। जैसे : कमरा हवादार हो, ऑक्सीजन की मात्रा पर्याप्त हो, कमरे में स्वच्छता, शांति व मौन का वातावरण हो।

कक्ष के आस-पास के वातावरण में भी आवाज न हो। आवाज से मन की

एकाग्रता टूटती है। उदाहरणतः बाहर किसी की पिकनिक के विषय में बातचीत चल रही है तो मन वही सुनना चाहेगा। जो मन के काम का हो, जिसमें उसे आनंद आता हो, मन बार-बार वहीं जाएगा। परंतु ध्यान मन को बाहर का आनंद देने के लिए नहीं बल्कि शांत, एकाग्रचित्त करने के लिए है।

टेलिफोन यदि कमरे में हो तो उसे बंद करके रखें। ध्यान के स्थान को बार-बार बदलना नहीं है। स्थान की बदलाहट से मन की एकाग्रता में बाधा आती है।

ध्यान के लिए 'ध्यान कक्ष' (Meditation Room) का होना जरूरी नहीं है, अगर है तो सहायक है। वरना कहीं पर भी, घर के किसी कोने में एक स्थान चुन लें और रोज बिना अवरोध के उसी स्थान पर, उसी आसन पर, उसी मुद्रा में, उसी समय पर ध्यान हो तो ध्यान की गहराइयों में प्रवेश शीघ्र हो सकता है।

पेड़, पौधे, हरियाली, फूल और खुले आकाश के नीचे भी ध्यान का होना सहज होता है। बाहर की प्रकृति, अंदर की प्रकृति को जानने में सहायक होती है।

मुद्‌दा 36

ध्यान में खयाल रखने योग्य बातें : ध्यान करने से पहले ध्यानी को नीचे दी गई बातों का खयाल रखना चाहिए।

१. ध्यान के लिए कोई जल्दबाजी न करें। ध्यान के पूर्व की सभी क्रियाएँ धीरज से करें। जैसे नहाना, आसन बिछाना इत्यादि हर कार्य आहिस्ता, समर्पित भाव से करें।

२. साधक के कोई 'गुरु' या 'शिक्षक' हों तो ज्यादा शुभ है क्योंकि साधक ध्यान की अनुभूतियाँ अपने गुरु को बताकर, उनसे मार्गदर्शन ले सकता है। अगर ऐसी सुविधा नहीं है तो अनुभूतियों पर ध्यान न देकर, ध्यान-साधना की निरंतरता जारी रखें।

३. शीघ्र परिणाम के लिए अपनी दिनचर्या को नियंत्रित करें। इस तरह के काम न करें, जिनसे दिनभर आपका मन तनावग्रस्त हो। ऐसे कामों को छोड़ पाएँ तो परिणाम शीघ्र आ सकते हैं।

४. सात्विक व हलका भोजन ध्यान में सहायक बनता है।

५. ध्यान से उठने के पश्चात भी कोई जल्दबाजी न हो। सहजता से जिस गति से उठना या चलना हो रहा है, वह होने दें, अपनी ओर से शीघ्रता न करें।

ध्यान में इन चार बातों का ध्यान अवश्य रखें – १. धीरज रखें २. समझ बढ़ाएँ ३. विधि में न उलझें ४. परिणाम की फिक्र न करें, न ही परिणाम जाँचें।

मुद्दा 37

बंद आँखें और ध्यान का संबंध : शुरुआत में ध्यान आँखें बंद करके ही करें, जब तक पूर्ण अभ्यास न हो। आँखें खुली रहने से मन की बाहर के दृश्य में भटकने की संभावना है। अगर आपकी आँख बार-बार खुल जाती है तो दीवार की ओर मुँह करके बैठें। दीवार से कुछ इंच दूर बैठें (दीवार बिलकुल खाली हो, चित्र इत्यादि न हों) ताकि आँख खुल भी जाए तो सामने दीवार के कारण आँखों को अन्य चीज आकर्षित न कर सकें।

* ध्यान – साँस, चित्र, शब्द– ओम या एक अंक दोहराने इत्यादि से कर सकते हैं।

* ध्यान की शुरुआत के लिए साँस पर ध्यान लगाना सबसे बेहतर माना गया है। इस अभ्यास के बाद ध्यान चलते-फिरते, उठते-बैठते भी कर सकते हैं।

* साँस सहज हो क्योंकि साँस का मन से गहरा संबंध है। शायद आपने देखा होगा कि जब भी आप क्रोधित होते हैं या मन अशांत होता है तो साँस की गति तीव्र हो जाती है। जब मन शांत होता है तो साँस धीमी चलती है। साँस धीमी होगी तो मन भी शांत होने लगेगा।

* खुली आँखों से ध्यान करना चाहें तो किसी एक बिंदु या वस्तु पर ध्यान का अभ्यास कर सकते हैं (उदा. त्राटक ध्यान)। ऐसी वस्तु जो स्थिर है, जिसमें मन को कोई रुचि नहीं है। इस ध्यान से मन की एकाग्रता और आत्मशक्ति बढ़ती है।

* संघ में एक साथ मिलकर 'सामूहिक ध्यान' कर सकते हैं। साथ मिलकर

ध्यान करने से अगर कोई एक आनाकानी करे तो दूसरा उसे ध्यान के लिए प्रोत्साहित कर सकता है, उत्साह दिला सकता है, याद दिला सकता है और प्रेरित कर सकता है। संघ से प्रेरणा भी मिलती है, जहाँ सबका लक्ष्य एक है।

* ध्यान साधना नित्य और निरंतर होनी चाहिए। एक दिन भी विराम न हो, जो आलस्य का कारण बन सकता है। ध्यान दिन में कम से कम एक या दो बार होना चाहिए। जैसे-जैसे निरंतरता बढ़ेगी तो ध्यान साधना साँस की तरह ही आपके साथ होगी। यह निरंतर अभ्यास से संभव है। जिसके फायदे आपको भविष्य में मिलेंगे।

* शारीरिक शुद्धता को भी ध्यान के लिए अनिवार्य बताया गया है। नहा-धोकर, साफ-सुथरे और ढीले वस्त्र पहनकर, ध्यान के लिए बैठना सहायक है।

मुद्दा 38

ध्यान में प्रार्थना का महत्वपूर्ण स्थान : ध्यान द्वारा आप अपने मन को एकाग्रित करने का अभ्यास करते हैं और यह अभ्यास करते-करते एकाग्रता, मनन और प्रार्थना करने की आदत भी स्वयं ही विकसित होने लगती है।

नया साधक जब शुरुआत करता है तो पहले उसे किसी न किसी प्रार्थना का पाठ करना पड़ता है। प्रार्थना के भाव के साथ ही साधक महसूस कर पाता है, जैसे वह हाथ जोड़कर मंदिर में बैठा हो। ध्यान की गहराई में जाने के लिए स्थान, मुद्रा, आसन के साथ-साथ प्रार्थना की भी बहुत ही महत्वपूर्ण भूमिका है।

ध्यान की शुरुआत करने से पहले जो प्रार्थना की जाती है, उस प्रार्थना के पहले भी एक प्रार्थना साधकों से करवाई जाती है ताकि जिस उद्देश्य से आप ध्यान करने जा रहे हैं, वह उद्देश्य फलित हो। वह प्रार्थना इस प्रकार है, 'अब मैं जो प्रार्थना करूँगा, उस प्रार्थना का उच्चतम असर मेरे शरीर पर, मेरे मन पर होनेवाला है।' यह प्रार्थना करने से पहले की प्रार्थना है। यह तेजप्रार्थना है।

ध्यान की शुरुआत इस तेजप्रार्थना से होती है और फिर प्रार्थना होती है। प्रार्थना

द्वारा आपके मन में शुभ इच्छा जगाई जाती है। शुभ इच्छा यानी सभी इच्छाओं से मुक्त होने की इच्छा। जब आप सभी इच्छाओं से मुक्त होते हैं तब उस अवस्था में पहुँचते हैं, जहाँ सब विलीन हो जाता है, जहाँ प्रज्ञा जगती है, जहाँ अनुभवकर्ता, अनुभवकर्ता का अनुभव में अनुभव करता है। जहाँ केवल ध्यान बचता है और ध्यान करनेवाला ध्यानी खो जाता है।

मुद्दा 39

मनन और ध्यान : मनन करने का अर्थ ध्यान करना नहीं है। मनन तो बस उस पुल की तरह है, जो आपको मौन की तरफ ले जाता है। आपका मनन जितना शुद्ध होगा, उतने जल्दी आप अपनी मंजिल तक पहुँच पाएँगे।

मनन करने के लिए भी हजारों विषय होते हैं। सवाल यह है कि मनन के लिए विषय कैसे चुने जाएँ? मनन के लिए इतने विषय हैं कि उन पर मनन करते-करते इंसान समाधि में जा सकता है। मनन द्वारा आप आसानी से मौन की अवस्था तक जा सकते हैं। इसलिए यदि मनन के लिए कोई आलंबन (सहारा) चुनना ही है, मनन पुल का इस्तेमाल करना ही है तो उसके लिए ऐसा विषय हो, जिससे आनंद बढ़े और साथ ही हम अपने मन को शुद्ध भी कर पाएँ। परंतु यह ध्यान में रखें कि मनन मंजिल नहीं है बल्कि यह मौन की ओर ले जानेवाला पुल है।

जो पुल इंसान को भगवान तक ले जाता है, वह काम का है। मनन ध्यान नहीं बल्कि रास्ता है और ध्यान मंजिल है। हमें ध्यान का सही अर्थ मालूम है तो ही हम उसकी ओर बढ़ सकते हैं। हालाँकि ध्यान को लोग रास्ते की तरह देखते हैं। इस लिहाज से ऐसा कह सकते हैं कि ध्यान रास्ता भी है और मंजिल भी या फिर जिसे आप आज तक ध्यान कहते आए हैं, वह रास्ता था और जो स्वध्यान है, वह असली मंजिल है।

यहाँ तक आपने ध्यान के बारे में शुरुआती मुख्य बातों को जान लिया है। ये बातें आपको ध्यान करने में मदद करेंगी। ध्यान की समझ को याद रखकर ध्यान करें।

मुद्दा 40

विचारों को रोकने की कला : जब आप आँखें बंद करके ध्यान में बैठते हैं तो मन में एक के बाद एक विचार चलते रहते हैं। विचारों से अलग होकर उन्हें देखने की कला एक समय के बाद ही मिलती है। जब तक यह कला नहीं आ जाती, तब तक ध्यान में बैठना समय की बरबादी लगती है। मन में ऐसे खयाल आते हैं कि 'इससे अच्छा तो कोई जरूरी काम निबटा लिया होता।'

जब इंसान ध्यान की शुरुआत कर, कुछ समझ प्राप्त करता है यानी ध्यान का पहला पड़ाव पार करता है तब उसे ध्यान का महत्व समझ में आता है। धीरे-धीरे उसकी दृढ़ता बढ़ती जाती है कि इसकी इतनी स्तुति की गई है, इतनी महिमा गाई गई है, यह बेवजह तो नहीं हो सकती! इसके बाद उसे ए.बी.सी.डी. ध्यान द्वारा मार्गदर्शन दिया जाता है, ताकि वह ध्यान के पार जा पाए।

ए.बी.सी.डी. ध्यान विचारों की पहचान के जरिए, विचारों के पार ले जानेवाला ध्यान है। इसकी शुरुआत करने से पहले आइए समझ लें कि ए.बी.सी.डी. का अर्थ क्या है।

'ए' का अर्थ है अच्छे लगनेवाले विचार।

'बी' का अर्थ है बुरे लगनेवाले विचार।

'सी' का अर्थ है क्लीनर का विचार और

'डी' का अर्थ है धुँध का विचार।

'ए और बी' इन विचारों का अर्थ तो आप समझ गए होंगे। अब समझें कि जब विचारों के साथ बोध जगता है तो वह विचार 'सी' यानी क्लीनर का विचार होता है। यह विचार पहले दो तरह के विचारों को क्लीन कर देता है। जब आपको यह विचार आता है कि यह विचार 'ए' है और यह 'बी' है या 'अब दोनों नहीं हैं।' तो यह विचार 'सी' है यानी क्लीनर है।

जैसे ही आपने अपने विचारों को जान लिया, आप देखेंगे कि उनकी शक्ति वहीं समाप्त हो गई। विचारों को न जान पाने के कारण हम बार-बार उनके पीछे-पीछे जाते रहते हैं। जब हम यह जान लेते हैं कि इस वक्त हमारे मन में किस तरह का विचार चल रहा है तो विचारों के पीछे भागना वहीं खत्म हो जाता है। फिर

कोई दूसरा विचार आता है तो लगता है कि अच्छा यह 'बी' है। फिर जब विचार आता है कि अच्छा यह 'ए' विचार है या यह 'बी' विचार है तो इसका अर्थ है कि यह 'सी' विचार है, जिसमें दोनों तरह के विचारों को जाना गया।

ऐसा भी हो सकता है कि आप किसी विचार को पहचान न पाएँ। आपको ऐसा विचार आए जिस पर आप न 'ए' का लेबल लगा सकते हैं, न 'बी' का, और न 'सी' का तो इसका मतलब है कि वह 'डी' विचार है यानी धुँध है। जहाँ आपको कुछ समझ में नहीं आए तो आपको कहना है, 'यह विचार 'डी' है।' ऐसा कहकर ही आप विचारों के पार जा पाएँगे।

जब आपको कोई भी विचार आकर्षित नहीं कर पाता, अपने पीछे-पीछे नहीं ले जा पाता, तब आप कहते हैं कि 'हाँ, अब कोई भी विचार मुझे अपने पीछे-पीछे आने के लिए मजबूर नहीं करता।' जबकि पहले तो विचारों से चिपकाव होने की वजह से लोग न चाहते हुए भी उनके पीछे-पीछे चले जाते हैं। मगर अब दिखने लगा है कि यह 'ए' है, यह 'बी' है, यह 'सी' है और यह 'डी' है। तब आप अचानक खुद को उसके परे पाते हैं। ए.बी.सी.डी. के पार जहाँ आपको अपने होने का एहसास पता चल रहा है।

फिर बीच में अचानक 'ए' या 'बी' या 'सी' का विचार आएगा मगर अब आपको पता है कि इस ध्यान में मैं ए.बी.सी.डी. के पार जाने के लिए बैठा हूँ इसलिए आप किसी भी विचार के पीछे-पीछे जाना नहीं चाहेंगे।

यह ए.बी.सी.डी. हर तेजविद्यार्थी और तेजअज्ञानी को भी सीखनी है। क्योंकि यह ज्ञान, ज्ञान-अज्ञान के परे का ज्ञान है। मन के क्षेत्र का अज्ञान तकलीफ देता है मगर सेल्फ के क्षेत्र का अज्ञान आनंद देता है। आइए, अब इसी समझ के साथ ए.बी.सी.डी. ध्यान की शुरुआत करें।

मुद्दा 41

ए.बी.सी.डी. ध्यान की विधि : ध्यान में बैठने से पहले नियोजित समय का बजर लगाएँ। उसके बाद ध्यान के लिए चुने हुए आसन और मुद्रा में आँखें बंद करके बैठें। ध्यान के दौरान आँखें बंद होने से अंदर का खालीपन प्रकट होने में मदद मिलती है।

१. ध्यान की शुरुआत में पूर्व तैयारी के रूप में स्वयं से कहें, 'अब मैं ए.बी.सी.डी. ध्यान करने जा रहा/रही हूँ। मैं चाहता/चाहती हूँ कि मैं इस ध्यान का पूरा लाभ ले पाऊँ। मुझे विश्वास है कि मेरे आस–पास की सभी वस्तुएँ, वातावरण और लोग इसमें मेरी पूरी सहायता करेंगे। सभी के सहयोग के लिए उनका बहुत–बहुत धन्यवाद।' धन्यवाद के भाव में ध्यान की शुरुआत करें।

२. ध्यान में इस समझ के साथ बैठें कि मुझे ए.बी.सी.डी. वाले सभी विचारों के पार जाना है।

३. आँखें बंद करके, शरीर को सीधा रखते हुए, बिना तनाव लिए बैठें। कुछ लोग तनकर बैठते हैं, जिससे पीठ में तनाव आता है, आप ऐसा न करें। सीधे बैठें मगर शरीर को ढीला भी छोड़ें ताकि आप ज्यादा समय तक ध्यान के आसन में बैठ पाएँ।

४. कुछ देर तक अपने विचारों को देखते रहें। कुछ समय के बाद सबसे पहले यह देखें कि आपको कौनसे अच्छे लगनेवाले विचार आ रहे हैं। अच्छे लगनेवाले विचार 'ए' पर हैं। जब भी ऐसे मन को पसंद आनेवाले विचार आए तो उनके पीछे–पीछे न जाएँ। सिर्फ यह कहें कि "यह 'ए' है।"

५. कुछ समय तक अपने विचारों का निरीक्षण जारी रखें।

६. ध्यान में आगे देखें कि ऐसे कौनसे विचार आ रहे हैं, जो आपको बुरे लग रहे हैं। जब ऐसे विचार चल रहे हों तो कहें कि "यह 'बी' है।"

७. जब आपको यह विचार आए कि यह 'ए' है, यह 'बी' है, ऐसे विचार को 'सी' कहें। जैसे ही आप विचार को जान लेते हैं, उसकी शक्ति खत्म हो जाती है।

८. विचारों का निरीक्षण जारी रखें। देखें कि इस वक्त कौन सा विचार चल रहा है। यदि कोई ऐसा विचार है, जिसे आप न 'ए' कह सकते हैं और न ही 'बी या सी' तो इसका अर्थ है कि यह विचार धुँध का है। इस विचार को 'डी' कहें।

अच्छे लगनेवाले विचारों को जान लेते ही वे अपनी शक्ति खो देते हैं। बुरे लगनेवाले विचारों के साथ भी ऐसा ही होता है। 'डी' कहते ही उलझानेवाले विचार भी अपनी शक्ति खो देते हैं। इन सारे विचारों की खबर देनेवाला विचार 'सी' है, यह जानने के बाद, उनकी शक्ति भी समाप्त हो जाती है। इस तरह आप इन सब विचारों के पार पहुँच जाते हैं। इन सबके पार तेजअवस्था है, तेजअज्ञान की अवस्था, तेजमौन की अवस्था।

९. कुछ देर इसी अवस्था में रहें। इस अवस्था के आनंद को महसूस करते रहें।

१०. हो सकता है कि आदतवश फिर कोई विचार आ जाए। मगर आप अपना कार्य जारी रखें और जैसे ही खालीपन की अवस्था आए तो उसे जानते रहें।

११. अपने आप पर रहते हुए, अंत में धीरे-धीरे आँखें खोलें।

जब आप ए.बी.सी.डी. ध्यान करते हैं और विचारों के पार पहुँचते हैं तो वहाँ आपको पता चलता है कि यदि बीच में अहंकार न आए तो इस अवस्था से ही सारे कार्य हो सकते हैं। एक बार आपको वह कला आ गई, आपको यह पता चल गया कि वह परिणाम कैसे आता है तो आप इसका अभ्यास निरंतरता से करते रहना चाहेंगे।

मुद्दा 42

विचारों के चिपकाव से मुक्ति : क्रमांक ध्यान की विधि से आप विचारों के साथ होनेवाले चिपकाव से छूट पाएँगे, उन्हें अलगाव से देख पाएँगे, निर्विचार अवस्था में रह पाएँगे और स्वअनुभव को साफ-साफ जान पाएँगे।

१. आँखें बंद करके ध्यान में बैठें।

२. अपने शरीर को टटोलें कि कहाँ पर थकावट है। जिस हिस्से में थकावट है, उसे थोड़ा खींचकर, भींचकर ढीला छोड़ दें।

३. जब भी मन कहे, 'मैं थक गया हूँ' तब पूछें, 'मैं निश्चित कितना थका हूँ और शरीर के कौनसे अंग थके हैं?' तो पता चलेगा, शरीर के कुछ ही अंग जैसे आँखें, कमर, गर्दन या कंधे पर कुछ दबाव महसूस हो रहा है। हर अंग में जाकर देखेंगे तो पता चलेगा, उन अंगों में तो कोई थकावट नहीं है। मन की घोषणा की वजह से यह मान्यता शरीर के कुछ अंगों में थकावट पैदा करती है।

४. 'निश्चित तौर पर किस अंग में कितनी थकावट है?' यह पूछने से आपकी कार्यक्षमता बढ़ जाती है और कभी भी सुस्ती का दुश्मन ध्यान पर हावी नहीं हो पाता।

५. निराशा का दुश्मन विचारों के द्वारा हमला करता है। इससे बचने के लिए अपने विचारों को बादलों की तरह देखें। देखें कि वे आपके मस्तिष्क के आसमान से गुजर रहे हैं। उनसे चिपकें नहीं बल्कि उन्हें केवल गुजरते हुए देखें।

६. शंका का दुश्मन शंका लाता है कि 'क्या मैं ध्यान कर पाऊँगा? मुझे तो कुछ समझ में नहीं आ रहा... मुझसे तो यह नहीं होगा।' यह दुश्मन ध्यान विधि पर शंका लाता है। ऐसे वक्त में खुद को याद दिलाएँ, 'कुछ बातें मुझे समझ में नहीं आ रही हैं तो उन्हें मैं मस्तिष्क की पार्किंग में रखूँगा। इन बातों पर आगे सोचूँगा।' इस वक्त जो समय आपको मिला है, इसका बेहतरीन उपयोग करें।

७. निराशा, शंका, सुस्ती से मुक्त होकर ध्यान करते रहें।

८. ध्यान के दौरान यदि आपको कुछ युक्तियाँ सूझें, जिन समस्याओं से आप गुजर रहे हैं, उनका समाधान सुझाई दे या कुछ महत्वाकांक्षाएँ याद आएँ तो समझ जाएँ कि मन उनके पीछे भागने लगेगा। ऐसे वक्त में खुद को पहले ही बता दें कि 'ध्यान में यह सब होगा मगर इसके लिए मैं अलग समय निकालकर सोच सकता हूँ। ध्यान के आसन में केवल ध्यान ही करूँगा।' ध्यान में इसी प्रशिक्षण की आवश्यकता है।

९. ध्यान करते समय इंद्रियसुख के विचार आएँगे, महत्वाकांक्षाएँ जाग्रत

होंगी, तरकीबें सुझेंगी मगर उनके लिए अलग समय है, यह स्वयं को याद दिलाएँ। ध्यान के अमूल्य समय को ध्यान पर ही खर्च करें क्योंकि यह समय सही ढंग से खर्च हुआ तो आगे ध्यान से उठने के बाद सारे निर्णय सही होंगे। क्योंकि सभी निर्णयों का संदर्भ (रेफरन्स पॉईंट) सही होगा। ध्यान से उठने के बाद रेफरन्स पॉईंट यही होता है कि 'मैं शरीर नहीं हूँ, मैं अनुभव हूँ, चैतन्य हूँ, निराकार चैतन्य, जो शरीर से जुड़कर अपना अनुभव कर पा रहा है, अपने होने का एहसास कर रहा है।' यदि यह संदर्भ स्थान भूलकर निर्णय लिए जाएँगे तो आपके निर्णय अहंकार द्वारा निकलेंगे।

१०. ध्यान करते हुए अपने विचारों को देखें। इस वक्त आप हर विचार को जान रहे हैं। अब विचार के गुजरते ही उसे नंबर दें। पहला विचार आए तो सिर्फ मन में कहें, 'एक।' दूसरा विचार आए तो मन में कहें, 'दो।' नंबर देकर आप उस विचार से छूट जाएँगे।

११. हर विचार को नंबर देते जाएँ। यदि विचार आए कि 'कोई विचार ही नहीं आ रहा' तो यह भी विचार है, इसे अगला नंबर दें। हँसी आएगी कि यह भी तो विचार था तो इस विचार को भी नंबर दें।

१२. यदि बीच में कहीं आप विचारों में खो जाएँ तो उनसे बाहर आकर फिर से विचारों को नंबर देना शुरू करें। विचार आएगा, 'अरे! मैं तो विचारों में खो गया, भूल गया' तो इस विचार को नंबर दें, 'एक'। इस तरह फिर से गिनती शुरू करें। विचारों को नंबर देना जारी रखें। नंबर भूल गए तो दोबारा एक से शुरुआत कर सकते हैं।

१३. ज्यादा नंबर दिए गए यानी कुछ सफलता मिल गई, इसमें न अटकें। मूल बात को ध्यान में रखें कि हम विचारों को नंबर देकर चिपकाव से छूट जाएँ, विचारों को अलगाव से देख पाएँ, निर्विचार अवस्था में रह पाएँ, स्वअनुभव को साफ-साफ जान पाएँ। विचार आएगा, 'कितना आनंद है।' उसे भी नंबर देकर निराकार चैतन्य अवस्था में रहें। ध्यान चलता रहे।

१४. विचारों में क्या परिवर्तन आया यह देखें। नंबर देते रहें।

१५. ध्यान को जारी रखते हुए आँखें खोलें।

१६. आँख खोलने के बाद भी क्या आप विचारों को जानकर उन्हें नंबर दे पा रहे हैं? यह देखें।

१७. आँख खोलकर भी कुछ देर तक विचारों को नंबर देना जारी रखें।

मुद्दा 43

ध्यान कहाँ हो : ध्यान में यह प्रशिक्षण मिलना आवश्यक है कि हमारा ध्यान कहाँ पर हो। प्रशिक्षण केवल इस बात का नहीं कि आप यह जानें कि आपका ध्यान कहाँ अटक रहा है और कहाँ भटक रहा है बल्कि इसके साथ यह भी जानना है कि 'अब मेरा ध्यान कहाँ जाए? ध्यान पलटे तो कहाँ पलटे, किस पर लौटे?' जब यह पता चलेगा तब आपके लिए 'पलट... तेरा ध्यान किधर है' यह वाक्य मंत्र बन जाएगा।

हर बार, हर विधि के साथ यही मंत्र सामने रखें कि 'पलट... तेरा ध्यान किधर है?' आपका ध्यान कहाँ अटक रहा है, कहाँ भटक रहा है और कहाँ से छिटक रहा है, यह जानना आवश्यक है। उससे भी ज्यादा आवश्यक है, ध्यान का ध्यान पर लौटना। ध्यान, ध्यान पर कब और कैसे लौटेगा? जब ध्यान, ध्यान पर लौटेगा तो आपका जीवन कैसा होगा? आप कल्पना भी नहीं कर पाएँगे कि जब ध्यान, ध्यान पर लौटेगा तब जीवन कितना सुंदर और आनंद से भरपूर होगा। बाकी लोग उस तरह से जी रहे हैं या नहीं, इस बात को महत्त्व दे रहे हैं या नहीं, इससे आपको कोई फर्क नहीं पड़ेगा। आप तो वही करेंगे, जो आपकी दृढ़ता है। आप अपने आपको जानकर और पहचानकर जीएँगे।

जब आप दिन में कई बार अपने आपसे कहेंगे, 'पलट... तेरा ध्यान किधर है?' तब आपको याद आएगा कि 'मेरा ध्यान फलाँ-फलाँ जगह पर है' उसके बाद तुरंत यह याद आना चाहिए कि 'मेरा ध्यान कहाँ होना चाहिए?' आपका ध्यान स्वअनुभव पर होना चाहिए। यह याद आते ही आपका ध्यान सही जगह पर आ जाएगा। जहाँ सुविधा होगी, वहाँ आप आँख बंद भी कर सकते हैं और जहाँ सुविधा न हो, वहाँ आँख खुली रखते हुए भी आप अपना ध्यान स्व पर लाएँगे।

इस अवस्था में आप यह जानेंगे कि 'अनुभवकर्ता अनुभवकर्ता का अनुभव में अनुभव करता है। दृष्टा, दृश्य और दर्शन तीनों एक हैं।' जब सब एक हो जाते हैं तब केवल दर्शन ही बचता है। फिर न दृष्टा रहता है और न ही दृश्य। जब आप ध्यान को उस मुकाम पर ले जाने की आवश्यकता महसूस करेंगे तभी उसे प्रशिक्षण देना शुरू करेंगे। इसलिए ध्यान की शुरुआत में यह जरूरी है कि आपका ध्यान सही दिशा में जाए।

करोड़ों लोग सिर्फ इसलिए रुके हुए हैं ताकि पहले कोई स्वयं को जानकर, उस सत्य के साथ जीवन जीना शुरू करे तो उनके लिए भी उस राह पर चलना आसान हो जाए। चूँकि कोई और शुरू नहीं कर रहा है इसलिए आप भी नहीं कर रहे हैं। लेकिन आप यह नहीं जानते कि वे लोग आपको देख रहे हैं और आप उन्हें देख रहे हैं। दोनों एक-दूसरे की तरफ देख रहे हैं मगर शुरुआत कोई नहीं कर रहा है। जब किसी को आंतरिक (सेल्फ द्वारा) दबाव महसूस होता है तब वह ध्यान का स्वाद लेता है। जिसके फलस्वरुप फिर वह जिंदगीभर वही स्वाद लेना चाहता है।

लोग अलग-अलग तरह की विधियों से समाधि का अनुभव लेना चाहते हैं। कुछ लोग यह अनुभव ले पाते हैं और कुछ नहीं ले पाते लेकिन परिणाम या जवाब आना उतना महत्त्व नहीं रखता। महत्त्व तो इस बात का है कि आप अलग-अलग विधियों द्वारा उस अनुभव को प्राप्त करने का प्रयास निरंतरता से करते हैं।

मुद्दा 44

असली आनंद की प्राप्ति : अहंकार को खोकर ही असली आनंद प्राप्त किया जा सकता है। आज तक अहंकार को बचाकर आपने जो आनंद प्राप्त किया, वह तो इस आनंद के सामने कुछ भी नहीं था। चूँकि अब तक आपने इस तरह का प्रयोग नहीं किया था इसलिए हमेशा अपने अहंकार को बचाकर ही आनंद प्राप्त करने का प्रयास किया।

अहंकार हमेशा यही चाहता है कि 'जब भी अनुभव हो, आत्मसाक्षात्कार हो या ईश्वर का दर्शन हो, उस वक्त मैं भी उपलब्ध रहूँ' लेकिन उसे पता ही नहीं कि उसके रहते अनुभव नहीं होगा क्योंकि अहंकार के रहते ईश्वर-दर्शन असंभव है। जब अहंकार समर्पित होता है, गिर जाता है तब होता है आत्मसाक्षात्कार। जिस

प्रकार एक म्यान में दो तलवारें नहीं रह सकतीं, पतली गली से दो लोग एक साथ नहीं गुजर सकते, उसी प्रकार अहंकार और स्वअनुभव एक साथ नहीं रह सकते। तेजप्रेम की गली संकरी (योग) है, उससे भी दो लोग एक साथ नहीं गुजर सकते, उस गली से किसी एक को ही गुजरना होता है। जब यह समझ पक्की होती है तब आसानी से अहंकार समर्पित होता है और समाधि में पहुँचना संभव होता है।

हर विधि का अपना अलग लाभ है और वह अपने आपमें रास्ता भी है। विधि आपको आगे भी ले जाती है और इससे बोनस में एकाग्रता भी बढ़ जाती है। इससे अन्य कई बातें भी होती हैं, जैसे शरीर शांत, स्थिर होकर अभिव्यक्ति के लिए माध्यम बन जाता है। इस तरह बोनस में तो बहुत सारी बातें होती हैं लेकिन आपका ध्यान हमेशा अपने मूल लक्ष्य पर होना चाहिए। जहाँ स्वध्यान, स्वसाक्षी, ध्यान का ध्यान, स्वयं का अनुभव प्राप्त हो।

यह होने के लिए सबसे पहले कुँए (निम्न चेतना) से बाहर आने की आवश्यकता है। जो कुँए में हैं, उनके लिए हेलिकॉप्टर (उच्च चेतना) से सीढ़ी भेजी जाती है। अर्थात लोग मान्यताओं, पैटर्नस् और गलत वृत्तियों में उलझे हुए हैं, उन्हें जब सीढ़ी यानी तेजज्ञान मिलता है तब उनकी चेतना ऊपर उठने लगती है। वरना इंसान कुँए में ही फँसा रहता है। आपकी चेतना को ऊपर उठाने के लिए ही उच्च चेतना द्वारा आपको मदद मिलती है। यदि आप उस सीढ़ी को ही साँप समझेंगे तो उसका फायदा नहीं ले पाएँगे। जब आप उस सीढ़ी को सीढ़ी समझेंगे तो वहाँ से आनेवाली हर चीज, चाहें वह साँप ही क्यों न हो, आपके लिए सीढ़ी बन जाएगी।

मुद्दा 45

ध्यान की सही दिशा : ध्यान में आप सही दिशा में जा रहे हैं या नहीं, यह जानने के लिए जो लोग निरंतरता से कई महीनों से ध्यान कर रहे हैं, वे स्वयं से पूछें कि 'ध्यान करने से मेरे अंदर क्या बदलाव आए हैं? क्या मेरी वृत्तियाँ टूट रही हैं? क्या मेरे निर्णय अव्यक्तिगत हो रहे हैं?' यदि इन सवालों का जवाब 'हाँ' है तो समझ जाएँ कि आप सही दिशा में जा रहे हैं।

यदि ध्यान से आपका तमोगुण या वृत्तियाँ बढ़ रही हैं, मन ज्ञानी युधिष्ठिर बन बैठा है, अहंकार बढ़ रहा है, सुख-सुविधाएँ आपको ज्यादा प्यारी लग रही हैं तो

समझ जाएँ कि आपको ध्यान के प्रशिक्षण की आवश्यकता है।

आपके निर्णय ही बताते हैं कि आप सही दिशा में जा रहे हैं या नहीं। स्वयं को जाँचें कि आपके निर्णय अव्यक्तिगत हैं या व्यक्तिगत? आपको समझ में आ जाएगा कि आपकी दिशा सही है या नहीं।

आपकी दिशा सही होगी तो आपको दूसरों में गुण दिखाई देने लगेंगे। आप जिस चीज पर ध्यान देते हैं, वैसे ही बन जाते हैं। जब आप सामनेवाले में गुणों के बजाय अवगुण को देखते हैं, तब आपके अंदर भी वे ही अवगुण आने लगते हैं। जब सही ध्यान लगाने की कला आपको मिल जाती है तब आप सामनेवाले में भी वही देखते हैं, जो आपको चाहिए। बस आप यह तय कर लें कि आपको क्या चाहिए, गुण या अवगुण।

जैसे जब आप किसी पार्टी में जाते हैं और वहाँ सभी थाली में खाना परोसकर अपना-अपना स्थान ग्रहण करते हैं। यदि आप उस पार्टी में थोड़ी देर से आए हैं और लोगों को थाली लेकर जाते हुए देख रहे हैं तो उनकी थाली में देखकर आपको पता चलता है कि पार्टी में कौन-कौनसे पकवान हैं। यदि आपको थाली में परोसे हुए पकवानों को गौर से देखने के लिए कहा जाए तो आप कौनसे पकवानों की तरफ देखेंगे? जो पकवान आपको पसंद हैं या वे जो आपको पसंद नहीं हैं? आपको जो पकवान पसंद हैं और जो आप खाना चाहते हैं, आपका ध्यान उन्हीं की तरफ जाएगा। यदि आप खाने के मामले में इतने कुशल हैं तो गुणों के मामले में भी आपको इतना ही कुशल बनना है।

आप देखेंगे कि पार्टी में मौजूद हर इंसान की थाली में कुछ ऐसी सब्जियाँ हैं, जो आपको पसंद हैं और कुछ जो आपको पसंद नहीं हैं। मगर आपको वही सब्जियाँ लेनी हैं, जो आपको पसंद हैं। अर्थात हर इंसान में आपको कुछ गुण दिखाई देंगे और कुछ अवगुण मगर आपका ध्यान लोगों के गुणों पर होना चाहिए क्योंकि आप गुणों को ही अपने अंदर लाना चाहते हैं। जिस तरह खाने के मामले में आपका लक्ष्य बिलकुल साफ होता है, उसी तरह गुणों के मामले में भी अपना लक्ष्य साफ रखें। दरअसल ध्यान का पहला कदम ही है, 'मन को साफ और शुद्ध रखना (Clearing The Mind)' ताकि आपका ध्यान वहीं जाए, जो आपको चाहिए।

मुद्दा 46

ध्यान में दो मुख्य इंद्रियों का प्रशिक्षण : जब आप किसी से मिलते हैं तो उसमें सबसे पहले आपको क्या दिखाई देता है? आप उसमें व्यक्ति (अहंकार) को देखते हैं या भक्ति को?

यदि आपको सामनेवाले में व्यक्ति दिखाई देता है तो आपको अपने ध्यान को सही प्रशिक्षण देने की आवश्यकता है। सबसे पहले मुख्य इंद्रियों को प्रशिक्षण मिलना चाहिए जैसे आँख और कान। इन इंद्रियों के प्रशिक्षण से पता चलता है कि आँख कहाँ जा रही है यानी कौनसे ऐसे दृश्य हैं, जहाँ आँख बार-बार उलझती है। ठीक वैसे ही यह जानना आवश्यक है कि कान क्या सुनना चाहता है, कौन सी बातों में उलझता है। जब कोई किसी की चुगली और बुराई कर रहा होता है तो कान वहाँ ज्यादा जाना चाहता है या यदि कोई भक्ति की बातें कर रहा है तो कान वहाँ जाना पसंद करता है।

यही बात जुबान पर भी लागू होती है। जुबान क्या बोलना चाहती है? दरअसल वह 'जुबान' शब्द को छोड़कर सब कुछ बोलना चाहती है। लेकिन यदि जुबान सेल्फ का स्मरण न करे तो वह व्यर्थ हो जाती है। कान सेल्फ का श्रवण न करें, वे अनहद नाद को न सुनें तो वे व्यर्थ हो जाते हैं।

इसी तरह यदि आँख सेल्फ का दर्शन न करे तो वह व्यर्थ चली जाती है। ठीक उसी तरह ध्यान, ध्यान पर न लौटे तो वह व्यर्थ हो जाता है। एक बार यदि आपको यह पक्का हो जाए कि इंद्रियाँ स्वयं को जानने में निमित्त बनें तो फिर आप हर क्षण का लाभ लेना चाहेंगे।

सबसे पहले आँख और कान, इन दो मुख्य इंद्रियों को प्रशिक्षण देना बहुत आवश्यक है। आँखें और कान शरीर की दो ऐसी इंद्रियाँ हैं, जहाँ से इंसान ज्यादा से ज्यादा माया में जाता है। ये इंद्रियाँ सुबह से लेकर रात तक आपका ध्यान खींचती रहती हैं।

इंसान कभी सोचता ही नहीं कि 'मेरी आँखें कहाँ जा रही हैं? मैं दिनभर क्या देखता रहता हूँ?' उसे विचार भी नहीं आता कि 'मुझे इंद्रियों पर गौर करना चाहिए, ध्यान का ध्यान भी करना चाहिए। मुझे यह देखना चाहिए कि मेरा ध्यान कहाँ जा

रहा है और कहाँ जाना चाहिए।'

यह आपको ही तय करना है कि पूरा दिन आप किन चीजों पर ध्यान देना चाहते हैं। अब तक आपने कभी इन बातों पर गौर नहीं किया था इसलिए आपका ध्यान कहीं भी जाता था परंतु अब वह जहाँ भी जाए आपसे पूछकर ही जाए। आप उससे पूछें, 'कहाँ जा रहे हो?' यदि ध्यान माया में जा रहा है तो उससे कहें, 'पलट... तेरा ध्यान किधर है?' ऐसे में ध्यान को ऐसा प्रशिक्षण मिलेगा, जो आनंद और उच्चतम लाभ देगा।

मुद्दा 47

माया और स्वयं पर ध्यान : माया से ध्यान हटाकर स्वयं पर कैसे लाया जाए? इसे एक गाँव की उपमा से समझें कि रोजमर्रा के जीवन में हमारे साथ क्या होता है और हमें कैसे सजगता रखनी चाहिए।

एक ऐसा गाँव है, जहाँ पर यदि कोई जाए तो उसे पता ही नहीं चलता कि कब किस कोने से कोई तीर आकर लग जाए... कोई भाला आकर टकरा जाए... कोई पत्थर लग जाए या कोई आँखों में धूल फेंककर चला जाए...।

सोचें कि यदि आपको ऐसे गाँव में जाकर एक बहुत जरूरी काम करना है तो आप वहाँ कैसे जाएँगे? उस गाँव में जाने से पहले हर इंसान का इंटरव्यू लिया जाता है। वहाँ दरवाजे में एक इंसान बैठा होता है, जो इंटरव्यू लेता है और यह तय करता है कि आप उस गाँव में जाने के लिए काबिल हैं या नहीं।

इंटरव्यू लेनेवाला और प्रशिक्षण देनेवाला जानता है कि इस गाँव में क्या होता है इसलिए पहले वह देख लेता है कि 'जो इंसान आया है, वह गाँव में सुरक्षित जा पाएगा या जख्मी होकर लौटेगा। यदि जख्मी होकर आएगा तो उसकी हालत कैसी होगी, कपड़े फटे हुए होंगे और खून से लथपथ होगा।' इसलिए गाँव में जाने से पहले ही इंसान को परख लिया जाए तो बेहतर है। इसलिए इंटरव्यू का भी बड़ा महत्त्व है।

उस गाँव में जाने से पहले आपको ध्यान के प्रशिक्षण की बहुत आवश्यकता है क्योंकि उस गाँव के बारे में आपको बहुत कम जानकारी है। यदि आपका ध्यान प्रशिक्षित नहीं है तो सवाल उठता है कि जब आप उस गाँव में जाएँगे और आपकी तरफ तीर आएगा तो आपका ध्यान तुरंत वहाँ कैसे जाए? वह तीर आपको लगे, इसके पहले ही आपको क्या करना चाहिए? ऐसे में सबसे पहले आपको स्वयं में सजगता लानी होगी। जब तीर छूटता है तो एक विशेष आवाज होती है, आपको उस आवाज को पकड़ने के लिए ध्यान के प्रशिक्षण की आवश्यकता है। यदि ध्यान नहीं होगा तो उस आवाज को पकड़ना मुश्किल हो जाएगा और वह आपसे छूट जाएगी। नतीजन वह तीर आपको चुभ जाएगा। बाद में आप पछताएँगे कि 'अगर मैं ज्यादा सजग होता तो अच्छा होता।'

यह गाँव कोई और गाँव नहीं बल्कि माया की दुनिया है। इस दुनिया में इंसान यदि सजग नहीं रहता तो माया के तीरों यानी विचारों और वृत्तियों से उसकी हालत बहुत खराब हो जाती है। इसलिए माया में जाने से पहले ध्यान के प्रशिक्षण को महत्त्व दिया गया है।

ध्यान द्वारा आपकी सजगता बढ़ती है। ध्यान आपको संवेदनशील बनाता है। यदि आपको दुःख का विचार आए तो समझ जाएँ कि माया का तीर आपकी तरफ आ रहा है। यदि आप उसी वक्त सजग हो गए तो आप उस तीर से बच जाते हैं वरना दुःख का तीर बहुत गहरा घाव करके जाता है।

यदि सामनेवाले ने आपको गाली दी और आपने उसे पलटकर दस गालियाँ दे दीं तो समझ जाएँ कि माया का तीर आपको चुभ गया है और आप घायल हो गए। लोगों को बाद में याद आता है कि 'अरे, मुझे तो सजग रहना चाहिए था, मुझे ऐसा नहीं करना चाहिए था।'

माया की दुनिया में ऐसे कई तीर हैं, जिनसे इंसान आंतरिक तौर पर घायल हो जाता है। आवश्यकता है केवल ध्यान के प्रशिक्षण की।

मुद्दा 48

ध्यान का सही प्रशिक्षण : ध्यान का प्रशिक्षण मिलने से पहले यह जानना जरूरी है कि आपके ध्यान को बचपन से कौन सा प्रशिक्षण मिलता आया है? आपको बचपन से ही अतेज ध्यानियों ने प्रशिक्षण दिया है। अतेज ध्यानी यानी वे जिन्हें खुद अभी तक ध्यान का प्रशिक्षण नहीं मिला है और फिर भी वे अपने बच्चों को प्रशिक्षण देते हैं। उदाहरण के लिए माता-पिता खाने को देखकर जो बातें करते हैं, बच्चे बड़े होकर वे ही बातें करने लगते हैं। माँ-बाप लोगों के कपड़ों को देखकर जो कहते हैं, बच्चे भी बड़े होकर वैसा ही कहते हैं। कहने का अर्थ यह है कि माँ-बाप जिन बातों पर अपना ध्यान लगाते हैं, बच्चे भी अपना ध्यान उसी ओर लगाते हैं। हालाँकि बच्चे बड़े होकर कहते हैं, 'मैं ऐसा सोच रहा हूँ' लेकिन उन्हें पता नहीं होता कि यह तो उनके लिए किसी और ने पहले ही सोचकर रखा था। यह उनके माँ-बाप की सोच है।

बच्चे अपने माता-पिता के ही शब्द दोहराते हैं। वे कभी रुककर मनन नहीं करते कि 'मेरे मुँह से जो शब्द निकल रहे हैं, वे कहाँ से आए हैं।' बच्चा जो कपड़े पसंद करता है क्या वे उसी के द्वारा चुने हुए कपड़े हैं या यह चुनाव उसके माँ-बाप का है? असल में बच्चा कहता है कि 'ये कपड़े मैंने चुने।' परंतु उसे कभी यह समझ में नहीं आता कि उसे चुनाव करना आता ही नहीं क्योंकि किसी ने उसे बताया ही नहीं है कि चुनाव कैसे किया जाता है। बच्चे को यह समझाना आवश्यक है कि 'सभी लोग जिस तरह का चुनाव कर रहे हैं, आप वही देखकर उसी तरह का चुनाव कर रहे हैं। कल जब फैशन बदलेगा तो आपको आपके द्वारा चुने गए वे ही कपड़े पसंद नहीं आएँगे। आपने कभी इस बात पर मनन ही नहीं किया कि आप अपनी समझ से कपड़े नहीं पहनते। आपकी समझ तो शेल्फ पर पड़ी है, अलमारी के ऊपर रखी है। आपने उसका इस्तेमाल कभी किया ही नहीं है।'

उपरोक्त उदहारण से यह समझें कि हम लोगों को जो करते हुए देखते हैं, हमें लगता है कि यह हमारी समझ है। यदि लोग व्यायाम करना बंद कर दें तो क्या आप भी बंद कर देंगे? आपको तो कहना चाहिए कि 'लोग व्यायाम करें या न करें, मुझे पता है कि यह स्वास्थ्य के लिए आवश्यक है इसलिए मुझे करना है।' जब हर निर्णय के लिए ऐसा भाव इंसान के मन में जगेगा तब कहा जा सकता है कि इंसान ने अपनी समझ तैयार कर ली है और उसका विवेक जाग्रत हो चुका है।

मुद्दा 49

व्यवध्यान : ध्यान से अगर हमारा विवेक जाग्रत न हो तो ध्यान व्यवध्यान बन जाता है। व्यवध्यान यानी रुकावट। आज तक लोग जो ध्यान करते रहे हैं, उसे करके उन्हें यही लगता है कि वे ध्यान कर रहे हैं मगर हकीकत में वे व्यवध्यान कर रहे हैं। इसके लिए एक नया शब्द बनाना आवश्यक था क्योंकि जब ध्यान का अर्थ ही खो गया तो एक नए शब्द की जरूरत पड़ती है। जो ध्यान, ध्यान माना गया है, हकीकत में वह व्यवध्यान है इसलिए यह कहना गलत नहीं होगा कि बहुत कम लोग सच्चा ध्यान करते हैं। ज्यादातर लोग ध्यान की जगह व्यवध्यान करते हैं यानी वे ऐसा ध्यान करते हैं, जिससे वह नहीं होता जो होना चाहिए। ऐसे लोग व्यवध्यान में उलझे हुए हैं, सिद्धियों में अटके हुए हैं, ध्यान से मिलनेवाले अतिरिक्त लाभों में अटके हुए हैं। इंसान ने यदि ध्यान का असली उद्देश्य ही प्राप्त नहीं किया तो वह व्यवध्यान ही है।

ध्यान के नाम पर लोग क्या-क्या नहीं करते, जैसे उछल-कूद करना, आध्यात्मिक मनोरंजन करना और सिद्धियों में अटकना। जब हम ये सब बातें समझेंगे कि वास्तव में ध्यान क्या है, इसे कहाँ लगाना चाहिए, ध्यान का असली उद्देश्य क्या है तब हम सही मायनों में सच्चा ध्यान करेंगे।

मुद्दा 50

माया की अंधी दौड़ : माया की अंधी दौड़ तब बंद होगी जब हम मनन के द्वारा अदृश्य को देख पाएँगे। अदृश्य में माया द्वारा हमें जो आंतरिक जख्म दिए जा रहे हैं, वे जब हमें दिखाई देंगे तब यह अंधी दौड़ बंद होगी।

यदि हम यह इंतजार करते रहे कि हमारे चारों तरफ लोग ध्यान करें, उसके बाद ही हम ध्यान करेंगे तो हम बहुत बड़ी गलती कर रहे हैं। बाहर कोई ध्यान करते हुए दिखे या न दिखे, हमें शुरुआत कर देनी चाहिए क्योंकि हम जान गए हैं कि अदृश्य में हमें ध्यान द्वारा क्या लाभ मिल रहा है।

चूँकि स्नान करने के लाभ दिखाई देते हैं इसलिए सभी स्नान करते हैं। मगर

मन का स्नान करने से कौनसे लाभ मिलते हैं, यह हमें तुरंत दिखाई नहीं देता। चूँकि ये अंदर के लाभ हैं इसलिए किसी का ध्यान इन पर नहीं जाता। पहले तो हम यही चाहते हैं कि हम स्नान करके आएँ और लोग कहें कि 'बहुत फ्रेश लग रहे हो।' चूँकि लोग ऐसा कहते हैं इसलिए हम नहाते हैं। लेकिन यदि आप अंदर से फ्रेश हो जाते हैं तो कोई नहीं कहता कि 'अरे! तुम तेजआनंद से भरपूर लग रहे हो'। केवल इसलिए हम वह करना ही नहीं चाहते। हम इसी इंतजार में रहते हैं कि जो लोग कहेंगे, हम वही करेंगे। इस रवैए के प्रति ही हमें अपनी समझ विकसित करनी है। समझ विकसित होते ही हम वही करेंगे, जो हमें स्वअनुभव के नजदीक ले जाए।

समझ यह कहती है कि लोगों को दिखे या न दिखे मगर जो हमारी मंजिल है, जो हमारा लक्ष्य है, कुल-मूल उद्देश्य है, वह हमें प्राप्त करना चाहिए। बाकी लोग चलें या न चलें, हमें तो इस रास्ते पर चलना ही है। ध्यान ऐसी अवस्था है जो आपको स्वअनुभव तक पहुँचा सकती है। इसलिए जल्द से जल्द ध्यान करना आरंभ करें।

मुद्दा 51

ध्यान में निरंतरता : 'निरंतरता ही सफलता की कुंजी है', यह पंक्ति आपने सुनी या पढ़ी होगी। ध्यान में भी यही नियम लागू होता है। जो लोग ध्यान में जुड़े, जिन्होंने भी शुरुआत की और निरंतरता से उस पर कार्य किया, वे अंतिम सत्य तक पहुँच गए।

ऐसे लोगों ने बताया कि 'हम रोज कुछ सालों से ध्यान करते आ रहे थे और काफी दिन तक तो पता ही नहीं चल रहा था कि ध्यान से क्या फायदा हो रहा है। हो भी रहा है या नहीं परंतु हमने ध्यान निरंतरता से जारी रखा।' ऐसे लोगों को ध्यान से परिणाम मिले। लाभ दिखाई न देने पर इन लोगों ने ध्यान करना नहीं छोड़ा। उन्होंने काफी समय तक ध्यान करना जारी रखा, इतने दिनों तक परिणाम न आने पर तो कोई भी ध्यान करना छोड़ दे परंतु जिन्होंने निरंतरता रखी उन्हें परिणाम मिले। उदाहरण के तौर पर आपने विक्रम-वेताल की कहानी सुनी होगी।

विक्रम हर दिन वेताल को पेड़ से उतारकर अपनी पीठ पर लाद देता था और उसे अपने साथ लेकर जाना चाहता था। वेताल हर बार उसे एक

कहानी सुनाता था और कहता था कि यदि तुमने इस कहानी का उत्तर नहीं दिया तो मैं तुम्हें मार दूँगा और यदि दिया तो मैं उड़कर वापस पेड़ पर चला जाऊँगा।' विक्रम जब वेताल की कहानी सुनता था तो वह उस कहानी का सही-सही उत्तर वेताल को देता था। इससे उसकी जान तो बच जाती थी परंतु वेताल उड़कर पेड़ पर जा बैठता था। विक्रम फिर से उसे लाने जाता था और यही सिलसिला चलता रहता था। रोजाना की कोशिश के बाद भी विक्रम को परिणाम नहीं मिलता था। उसकी जगह कोई और होता तो कोशिश करना छोड़ देता मगर विक्रम ने ऐसा नहीं किया। विक्रम ने उसका बहुत फायदा लिया। उसने हर कहानी से कुछ सीखा और अपने लक्ष्य की प्राप्ति में जुटा रहा। आखिरकार वह वेताल को लाने में सफल रहा। ठीक इसी तरह आप भी अपने लक्ष्य के लिए जुटे रहें। इसके लिए ध्यान में निरंतर बैठना आवश्यक है।

जो लोग ध्यान में बैठना शुरू करते हैं, उन्हें पहले ही सजग कर दिया जाता है कि जब आप ध्यान में बैठेंगे तो मन चेक करने आएगा कि 'तुम इतनी देर से ध्यान में बैठे हो मगर कुछ फायदा तो नहीं दिख रहा है?' आपको उस चेकर से घबराना नहीं है। निरंतरता से अपना कार्य जारी रखना है।

ध्यान करते वक्त यह जरूर देखें कि आप ध्यान सही तरह से कर रहे हैं या नहीं। जब आप ध्यान सही तरीके से करते हैं तब परिणाम आता है लेकिन उसमें अटकें नहीं। यह चेक न करें कि इससे कुछ लाभ हो रहा है या नहीं, अनुभव हो रहा है या नहीं। केवल निरंतरता से ध्यान करते रहें।

मुद्दा 52

ध्यान में सफलता की मान्यता : लोगों की मान्यता होती है कि यदि ध्यान में शरीर का एहसास गायब नहीं हुआ तो ध्यान सफल नहीं हुआ। परंतु यह केवल एक मान्यता है। यह मान्यता यदि आपके ध्यान में बाधक बन रही है तो इसे तुरंत मिटाना आवश्यक है।

जब भी आप ध्यान के लिए बैठें तो खुद को पहले ही बताएँ कि 'इस बार ध्यान के दौरान शरीर का एहसास गायब नहीं होगा तो परेशान नहीं होना है।' यह

कहने से आप सहजता से ध्यान कर पाएँगे। ध्यान में शरीर का एहसास भले ही गायब न हो, इस बात से कोई फर्क नहीं पड़ता। इसके बावजूद भी सेल्फ अपना अनुभव कर ही रहा है। शरीर का एहसास और सेल्फ का एहसास दोनों एक साथ चलते हैं इसलिए इंसान इन दोनों में फर्क समझ नहीं पाता क्योंकि उसे इसका अभ्यास नहीं है।

इसे एक उदाहरण से समझें। यदि आपसे कहा जाए कि 'दो गाने एक साथ चलाए जाएँगे मगर आपको केवल एक ही गाना पूरा सुनना है। दोनों गानों को मिश्रित न होने दें।' तो शुरुआत में यह आपको बहुत मुश्किल लगेगा क्योंकि आपका ध्यान थोड़ा एक गाने पर जाएगा और थोड़ा दूसरे गाने पर। लेकिन जब आप मन एकाग्रित करेंगे तो यह भी आसान लगने लगेगा। ठीक इसी तरह सेल्फ का अनुभव और शरीर का अनुभव एक साथ चल रहा है। आपको लगातार यह सहज कोशिश करनी है कि आप सेल्फ का अनुभव कर पाएँ।

शरीर का एहसास गायब होना तो बोनस है, यह आपका लक्ष्य नहीं है। लोग इसी में उलझ जाते हैं। हर रात नींद में भी इस शरीर का एहसास गायब होता ही है लेकिन इस बात से आप सुबह उठकर खुश नहीं होते। कहने का अर्थ यह है कि यदि समझ नहीं बढ़ी तो शरीर का एहसास गायब होने का भी कोई फायदा नहीं होता। दुनिया में लोग ऐसे कई अनुभव प्राप्त कर लेते हैं मगर अंदर से वे वैसे के वैसे ही रहते हैं, उनमें कोई फर्क नहीं आता। उलटा उनका अहंकार और बढ़ जाता है। इसलिए ध्यान के लक्ष्य पर गौर करें, न कि शरीर के एहसास पर।

मुद्दा 53

बुरी भावनाओं को रोक पाना : ध्यान में बुरी भावनाओं को कैसे रोका जाता है, यह एक उदाहरण से समझें। पुराने समय में कुछ गुरुओं ने अपने शिष्यों से ऐसी साधनाएँ भी करवाईं, जिसमें उन्हें अचानक डराया जाता था। उदाहरण के लिए कोई इंसान एक मास्क पहनकर, डरावना चेहरा लगा लेगा और किसी इंसान के सामने अचानक जाएगा, जिससे सामनेवाला डर जाएगा। इसके बाद वह इंसान अपना मास्क उतारेगा।

जब सामनेवाला इंसान मास्क उतारता था तो डरा हुआ इंसान समझ जाता था कि उसे जान-बूझकर डराया गया। यह देखकर उस इंसान का डर तो समाप्त हो

जाता था लेकिन उसके शरीर पर डर की भावना कुछ समय तक रहती थी। फिर उस इंसान से कहा जाता था कि 'अब देखो तुम्हारे शरीर को कैसा एहसास हो रहा है? जो एहसास हो रहा है वह तुम्हारे शरीर पर है और तुम शरीर से अलग हो। अब अपने शरीर को जानो, उसके गवाह बनो।' इस तरह लोगों से अलग-अलग अभ्यास करवाया जाता था।

इससे होता यह था कि रोजमर्रा के जीवन में जब उस इंसान के साथ अचानक कुछ बुरा होता था... कोई बुरी घटना घटनी थी... सामनेवाला उसे उलटा-सीधा बोलता था... कोई उसे देखकर मुँह टेढ़ा करके जाता था तब वह यह देख पाता था कि उसे बुरा लग रहा है और फिर वह खुद से कहता था कि 'ठीक है, अब वह इंसान जा चुका है, उसका रोल खत्म हो गया, अब मेरा रोल शुरू होता है। अब मुझे यह देखना चाहिए कि जो भावना मुझे महसूस हो रही है, वह वास्तव में मुझे महसूस हो रही है या मैं जिस शरीर को इस्तेमाल कर रहा हूँ, उसमें यह भावना उठी है?' इस सवाल का जवाब तो आप जानते हैं कि वह भावना शरीर के साथ जुड़ती है, आप जो असल में हैं उसके साथ नहीं। जब आप यह साफ-साफ देख पाते हैं तब आप ध्यान की उच्चतम अवस्था में होते हैं।

जैसे आप जो लैपटॉप इस्तेमाल कर रहे हैं, उसके अंदर एक फाईल खुली है, तो इसका मतलब यह नहीं है कि वह फाईल आपमें खुली है। वह तो उस यंत्र में खुली, जिसका आप इस्तेमाल कर रहे हैं। यदि आपको यह समझाया जाए तो आप कहेंगे कि 'हाँ मुझे यह मालूम है'। ठीक यही कार्य आपको अपने शरीर के साथ भी करना है। आपको यह समझना है कि आप शरीर नहीं हैं। यही ध्यान का लक्ष्य है।

मुद्दा 54

ध्यान का महत्व : लोग ध्यान को ऐसा कार्य समझ लेते हैं, जो उनके जीवन में महत्वपूर्ण नहीं होता। आप ध्यान को भी उतना ही महत्त्व दें, जितना बाकी जरूरी कामों को देते हैं। खुद को बताएँ कि 'जब मैं ध्यान करने बैठता हूँ तो दरअसल मैं स्वयं को जानने, महसूस करने के लिए बैठता हूँ। दिनभर का यह ऐसा वक्त है जहाँ मैं स्वयं से मिलता हूँ।' खुद को यह याद दिलाना इसलिए आवश्यक है ताकि आपको इस बात की दृढ़ता हो कि 'मैं यह शरीर नहीं हूँ।'

गुरु द्वारा यह बात बार-बार बताई जाती है, फिर भी लोगों को इस बात पर १०० प्रतिशत विश्वास नहीं होता इसलिए कुछ समय उन्हें ध्यान में बिठाया जाता है ताकि लोग यह प्रक्रिया खुद देखें, इसे अनुभव करें।

इतिहास में कुछ ऐसे भी लोग हुए हैं, जिनके गुरु ने उन्हें एक शब्द कहा और उन्होंने उसी को सब कुछ मानकर, उसी में रहते-रहते वे स्वअनुभव में स्थापित हो गए।

ये वे लोग हैं, जिन्हें सिर्फ यह बताया गया कि 'तुम शरीर नहीं हो, तुम जो हो बस उसी एहसास में रहो, अपने होने के एहसास में रहो।' उन्होंने अपने गुरु की इस बात को गाँठ बाँध लिया और जीते रहे। उन्होंने गुरु से कोई प्रतिप्रश्न नहीं किया बल्कि गुरु पर विश्वास रखकर उसी तरह जीना शुरू कर दिया। क्योंकि उन्हें गुरु पर १०० प्रतिशत विश्वास था कि यदि गुरु ने कहा है तो सत्य ही होगा।

जब आप ध्यान में बैठकर स्वयं यह अनुभव करेंगे कि आप शरीर नहीं हैं तब शरीर की वृत्तियों के बावजूद भी सत्य आपके जीवन में उतरने लग जाएगा। हालाँकि वृत्तियाँ आपको बार-बार पीछे खींचेंगी लेकिन अब आपमें जाग्रति आएगी और समझ में आएगा कि आपको वास्तव में क्या करना चाहिए। आपको खुद ही यह महसूस होगा कि 'क्या मुझे आज भी वही करना चाहिए, जो मैंने कल किया था या फिर रुकना चाहिए?'

अब आपको खुद सोचना है कि क्या सिर्फ कुछ सुविधाओं की वजह से, सिर्फ बाकी लोगों को ध्यान न करते हुए देखकर आपको अपनी वृत्तियों के जाल में उलझ जाना चाहिए? कहीं आप महँगा सौदा तो नहीं कर रहे? यदि आप स्वअनुभव के रास्ते पर चलेंगे तो आपको देखकर बाकी लोग भी उस रास्ते पर चलना चाहेंगे इसलिए बेहतर है कि आप शुरुआत करें। आप यह अपने लिए कर रहे हैं, न कि किसी दूसरे के लिए। ऐसा करके आप किसी पर कोई एहसान नहीं कर रहे हैं, यह तो खुद पर एहसान है क्योंकि उसी में आपको भी आनंद आएगा। आप जो आनंद महसूस करेंगे, वह इतना बड़ा होगा कि बाकी सब बातें आपको छोटी लगेंगी। लेकिन इसकी शुरुआत आपको ही करनी होगी। स्व में स्थापित होने की ओर, अपने लक्ष्य की ओर बढ़ने हेतु यह आपका पहला कदम होगा।

मुद्दा 55

अदोष ध्यान : इंसान को दिनभर में कई विचार आते हैं। कुछ उसे खुशी देकर जाते हैं तो कुछ दुःख देकर जाते हैं। दुःख देनेवाले विचार जख्मी विचार होते हैं। ऐसे विचारों को कैसे ठीक किया जाए? ऐसे विचारों की हीलिंग होनी चाहिए क्योंकि ये विचार ही दुःख का द्वार हैं। अदोष ध्यान करने के लिए इन जख्मी विचारों को ढूँढ़ निकालना आवश्यक है। सही ढंग से खोज हो पाई तो चलते-फिरते, आँख खुली रखते हुए भी आप जख्मी विचारों को ठीक कर पाएँगे, दुःख से मुक्त हो जाएँगे। अपने आपसे पूछें, 'क्या आपको इस बात पर यकीन है कि घटना दुःख का कारण नहीं है, जख्मी विचार ही दुःख का कारण हैं?' यदि 'हाँ' तो आइए अदोष ध्यान द्वारा ऐसे विचारों की हीलिंग करें।

१) ध्यान के लिए चुने हुए आसन और मुद्रा में आँखें बंद करके बैठें।

२) आपका ध्यान सत्य जानने पर हो।

३) अपने जीवन की अलग-अलग घटनाओं को अपने सामने लाएँ, जो आपके जीवन में हो चुकी हैं या हो रही हैं और स्वयं से पूछें कि 'क्या ये घटनाएँ दुःख हैं या इन पर मेरे अंदर जो विचार चलते हैं, वे दुःख निर्माण करते हैं? दुःख का असली कारण क्या है? दुःख का दोष किसे दिया जाए?' ऐसे विचार जो दुःख का निर्माण करते हैं, उन्हें जख्मी विचार कहा गया है। ऐसे जख्मी विचारों को तुरंत सत्य न मानें।

४) हमारे अंदर चल रहे कुछ जख्मी विचारों के उदाहरण इस प्रकार हैं, 'फलाँ इंसान मुझसे नाराज है... वह मुझे ध्यान नहीं देता... मेरे साथ अन्याय हुआ है... मेरे साथ पार्शलिटी होती है... वह दूसरों के साथ अच्छा व्यवहार करता है, मेरे साथ ही बुरा व्यवहार करता है... बारिश ज्यादा पड़ रही है... ठंढ ज्यादा है... बहुत गरमी है... सुविधा कम है... आबादी ज्यादा है... तंगी है... मंदी है... दुविधा है... बीमारी है... अज्ञान है... आनंद भविष्य में है...' इत्यादि।' ऐसे जिन भी विचारों को आपका मन सत्य मानकर बैठा है, उन्हें सामने लाएँ और खुद से पूछें, 'कहीं सत्य इसके विपरीत तो नहीं है? कहीं मैं स्वयं

से पार्शलिटी तो नहीं कर रहा?... ठंढ उतनी ही पड़ रही है जितनी जरूरत है, कहीं यह तो सत्य नहीं? लोग बुरे हैं, यह मैं क्यों मानकर बैठा हूँ?... उन्हें ऐसा क्या करना चाहिए और क्या नहीं करना चाहिए कि वे मुझे अच्छे लगें? और क्या यही मापदंड सही है या यह मेरे मन ने बनाई हुई कथा है?' स्वयं के साथ यह खोज जारी रखें। कम से कम उन विचारों पर तो जरूर खोज करें, जिनके आते ही दु:ख शुरू होता है।

६) इस तरह एक-एक करके हर विचार पर खोज करें। एक वक्त पर किसी एक विचार पर ही खोज करें।

७) कुछ क्षणों बाद धीरे-धीरे आँखें खोलें।

एक जख्मी विचार पर भी कार्य हो गया तो उसका परिणाम आपको कई जगहों पर दिखाई देगा। उससे प्राप्त हुई शांति कई इलाकों में, जीवन के कई क्षेत्रों में दिखाई देगी। सिर्फ एक विचार से नहीं बल्कि उससे संबंधित कई विचारों से आप मुक्त हो जाएँगे। धीरे-धीरे आपकी सारी शिकायतें खत्म हो जाएँगी।

जख्मी विचारों के ठीक होते ही अदोष अवतार का जन्म होता है। शिकायत शून्य और आनंदमयी जीवन शुरू होता है। सत्य के साथ प्रेम है तो जीवन में वाद-विवाद नहीं होता, सिर्फ धन्यवाद निकलता है।

मुद्दा 56

जाने दो ध्यान : जाने दो ध्यान करने से यह आसान होगा। 'जाने दो' ध्यान में हमें अपनी धारणाओं को छोड़कर सत्य के और नजदीक जाना है। अपनी चाहतों को छोड़ना कई लोगों के लिए मुश्किल साबित होता है। इसी से शरीर में तनाव बढ़ने की आशंका होती है। चाहतें हावी हो जाने पर, उनसे मुक्ति पाने के लिए कुछ लोग सलाहकार (साइकिऍट्रिस्ट) की भी मदद लेते हैं। केवल ध्यान का सही प्रशिक्षण न होने की वजह से उन्हें इन दिक्कतों का सामना करना पड़ता है।

'जाने दो' ध्यान द्वारा हर इंसान अपनी सभी चाहतों से मुक्ति पा सकता है। यह ध्यान आपके ध्यान क्षेत्र को निर्मल बनाकर आपको सत्य के अनुभव के और करीब

लेकर जाता है। जो लोग अपनी भावनाएँ या विचार प्रकट करने से कतराते हैं, वे इस ध्यान की मदद से अनचाहे विचार और वृत्तियों से मुक्ति पाकर, तनावमुक्त जीवन जी सकते हैं। आइए, तनाव से मुक्ति देनेवाले इस ध्यान की विधि जानते हैं :

१. ध्यान में बैठने से पहले निश्चित समय का बजर सेट करें। उसके बाद आँखें बंद करते हुए अपनी चुनिंदा ध्यान अवस्था और मुद्रा में बैठें।

२. ध्यान की शुरुआत में स्वयं से कहें, 'इसके बाद मैं "जाने दो" ध्यान करने जा रहा/रही हूँ। इस ध्यान से मुझे उच्चतम लाभ मिलनेवाला है। मैं अपने अनचाहे विचार, भावनाएँ और तनाव मुक्त करना चाहता/चाहती हूँ। ध्यान के दौरान और उसके बाद भी ईश्वर मेरी सतत सहायता कर रहा है ताकि मैं तनावरहित जीवन जी सकूँ। ईश्वर चाहता है कि मैं उसके नजदीक रहूँ इसलिए वह मुझसे यह ध्यान करवा रहा है। ईश्वर की सहायता के लिए उसके अनंत धन्यवाद!' इस तेजप्रार्थना के बाद ध्यान की शुरुआत करें।

३. बंद आँखों के साथ मन ही मन तय करें कि अब तक आपने जो माया का श्रवण किया है, उसे आपको छोड़ना है। आँखें बंद ही रखते हुए स्वयं से सवाल पूछें, 'मेरा मन कौन सी चाहतें पकड़कर बैठा है, जिन्हें छोड़ने का समय आया है? क्या छोड़ना सही है? क्या मैं स्वयं को हर विचार भावना, तनाव आदि छोड़ने की अनुमति दे सकता हूँ?' इन सवालों के बाद कौन सा जवाब आता है, इस पर गौर करें।

४. इन सवालों का जवाब आ सकता है, 'मैं खुद को सब कुछ छोड़ने की अनुमति दे सकता हूँ। जो बातें मैं पकड़कर बैठा हूँ, वे सभी मैं छोड़ सकता हूँ।'

५. ध्यान के दौरान यह समझ रखें कि 'जब आप अपनी हर बात को छोड़ने के लिए राजी हो जाएँगे तब जो आपका होगा, वह आपके पास बढ़कर आएगा। जो आपके लिए नहीं है, वह विलीन हो जाएगा।' इस समझ के साथ किसी बात को छोड़ने में कंजूसी न करें क्योंकि खोने के लिए कुछ नहीं है, पाने के लिए पूरा संसार है, ब्रह्माण्ड है।

६. स्वयं के मन को मन की हर बात छोड़ने के लिए राजी करें क्योंकि उसी से आप इस ध्यान का पूरा लाभ ले पाएँगे और आपका जीवन परिवर्तित हो जाएगा। मन को पूरी तरह से तैयार करने के बाद आगे बढ़ें।

७. अगले पड़ाव पर स्वयं से पूछें, 'मैं क्या-क्या देखना नहीं चाहता?' इस सवाल पर अलग-अलग जवाब आएँगे। कोई इंसान कोई रंग नहीं देखना चाहता तो कोई गंदगी या किसी बच्चे को रोते हुए नहीं देखना चाहता। किसी को कोई फैशन पसंद नहीं होती इसलिए वह किसी दूसरे को उस फैशन में नहीं देखना चाहता। कुछ लोगों को उनके सामने किसी और को ट्रॉफी मिले, यह देखना अच्छा नहीं लगता। देखने से संबंधित अपनी हर चाहत को सामने लाएँ।

८. अगले पड़ाव पर स्वयं से पूछें, 'क्या यह चाहत मैं छोड़ सकता हूँ? क्या मैं लोगों को अनुमति दे सकता हूँ कि वे अपने ढंग से नहाएँ, फैशन करें व अपने ढंग से जीत प्राप्त करें?' जवाब आएगा, 'हाँ, मैं अनुमति दे सकता हूँ, मैं ये चाहतें छोड़ सकता हूँ।'

९. स्वयं से कहें, 'इन चाहतों को जाने दो।' ऐसा कहते वक्त अपनी मुट्ठी बाँधकर, उसे 'जाने दो... जाने दो...' कहते हुए धीरे से खोलें। उसी वक्त मन-ही-मन दोहराएँ, 'अब मैंने इन चाहतों को छोड़ दिया है।'

१०. फिर स्वयं से पूछें, 'मैं क्या सुनना नहीं चाहता?' इस सवाल पर अलग-अलग तरह के जवाब आ सकते हैं, जैसे बेसुरी आवाज, खुद की बुराई के बारे में सुनना, शोर, कुत्तों का भौंकना आदि। मन की अति सूक्ष्म चाहतों को भी सामने लाने की कोशिश करें।

११. जब सभी आदतें सामने आएँगी तब स्वयं से सवाल पूछें, 'क्या मैं इन्हें छोड़ सकता हूँ?' जवाब आएगा, 'हाँ, मैं इनसे मुक्त होकर आज़ाद जीवन जी सकता हूँ।' इसी जवाब के साथ अपनी मुट्ठी बाँधकर, उसे 'जाने दो... जाने दो...' कहते हुए धीरे से खोलें। इस तरह आपने अपनी सभी भावनाओं को प्रतीकात्मक रूप से छोड़ दिया।

१२. अगले पड़ाव पर स्वयं से पूछें, 'ऐसे कौनसे स्वाद हैं, जो मैं नहीं

चखना चाहता और ऐसे कौनसे स्वाद हैं, जो मैं हमेशा चखना चाहता हूँ?' जवाब में आपके सामने अलग-अलग तरह के स्वाद आएँगे- जैसे कड़वा, कसैला, फीका, तीखा आदि।

१३. फिर स्वयं से पूछें कि 'क्या मैं सभी को छोड़ सकता हूँ क्योंकि जो मेरा है, वह मेरे पास लौटेगा।' मन ने जो स्वाद पकड़कर रखे हैं, उन सभी को छोड़ दें, फिर चाहे वे पसंदीदा ही क्यों न हों! मुट्ठी को बंद करके खोलते हुए कहें, 'जाने दो... जाने दो...।' मुट्ठी खुलने के बाद कहें कि 'मैंने सभी स्वादों को छोड़ दिया है।'

१४. सभी आवाज, दृश्य और स्वादों को छोड़ने के साथ मन ने जो बीमारियाँ पकड़ी हैं, वे भी छूट जाएँगी। जब इंसान कुछ सुनना नहीं चाहता, फिर भी सुनाई देता है; कुछ सूँघना, देखना व स्पर्श करना नहीं चाहता, फिर भी जीवन में ये बातें हो रही हैं तब अवरोध पैदा होता है, जिससे बीमारियाँ होती हैं।

१५. इस ध्यान के दौरान आपको सभी बातों को छोड़ देना है। कई बार हम छोड़ देने से हिचकिचाते हैं क्योंकि हमें डर लगता है कि जो छूट गया वह वापस नहीं आएगा। इस ध्यान के दौरान आपको ऐसा डर नहीं रखना है। रुकावट पैदा करनेवाली हर चाहत से आपको मुक्त होना है। सभी रुकावटों से मुक्त होने के बाद शरीर में हर जगह मुक्त बहाव (फ्री-फ्लो) हो।

१६. ध्यान के दौरान आगे स्वयं से पूछें कि कौनसे गंध आपको असुखद महसूस होते हैं या पसंद नहीं आते? जैसे किसी को घासलेट की गंध, दुर्गंध लगती है तो किसी को वाहनों से निकलनेवाले धुएँ से ऍलर्जी होती है। जलने की बू, बदबू या कई गंध लोगों को पसंद नहीं आते। इसके विपरीत कुछ गंध पसंदीदा होते हैं, जैसे इत्र, सेंट या साबुन की खुशबू। आपके आस-पास उपलब्ध सभी गंधों को याद करें।

१७. अब स्वयं से पूछें, 'क्या इन सभी को मैं छोड़ सकता हूँ?' जवाब आएगा, 'हाँ, मैं इनसे मुक्त होकर आज़ाद जीवन जी सकता हूँ।' इसी जवाब के साथ अपनी मुट्ठी बाँधकर, उसे 'जाने दो... जाने

दो...' कहते हुए धीरे से खोलें।

१८. अपनी इच्छाएँ छोड़ते वक्त इस बात से न घबराएँ कि आपकी अच्छी बातें छूट जाएँगी। हमेशा विश्वास रखें कि जो आपका है, वह जरूर वापस लौटेगा और ज्यादा बढ़कर लौटेगा। आपकी हर शुभेच्छा लौटेगी और बढ़कर वापस आएगी। इसलिए सभी तरह की चाहतों को पूर्ण रूप से मुक्त करें और मुक्त अवस्था से जीवन की नई शुरुआत करें।

१९. आगे के पड़ाव पर ध्यान के दौरान स्वयं से पूछें, 'कौनसे स्पर्श मुझे नहीं चाहिए?' उदा. शरीर पर ठंढक, ज्यादा गरमी, पसीना, तापमान, खुजलाहट, बीमारी का स्पर्श आदि कई तरह के स्पर्शों से लोगों को परेशानी होती है। इन उदाहरणों के अलावा आपको स्वयं के बारे में जानना है। स्वयं के साथ बातचीत करें कि आप कौनसे स्पर्श चाहते हैं और कौनसे नहीं चाहते।

इस तरह, हर तरह के स्पर्श के बारे में सोचें और सूक्ष्म से सूक्ष्म बातों पर मनन करें।

२०. आगे स्वयं से पूछें, 'क्या मैं सबको छोड़ सकता हूँ? क्या सबको जाने की अनुमति दे सकता हूँ?' जवाब आएगा 'हाँ'। फिर अपनी मुट्ठियाँ बाँधे और कहें, 'मैं इन सब चाहतों को छोड़ने को तैयार हूँ... छोड़ रहा हूँ।' मुट्ठी खोलते हुए कहें, 'जाने दो... जाने दो... जाने दो... मैं मुक्त हूँ... मैं आजाद हूँ... मैं मुक्त हूँ... मैं आजाद हूँ...।'

२१. आगे ध्यान के दौरान यह सोचें कि ऐसे कौनसे कार्य हैं, जिनके साथ आपकी चाहतें जुड़ी हुई हैं। कई बार आपको लगता है कि 'ऐसा हो जाए... वैसा हो जाए...।' इस तरह कई कार्यों के साथ आपकी चाहतें जुड़ी हुई हैं, वे सभी चाहतें सामने लाएँ। कई बार आप यह भी चाहते हैं कि आपके द्वारा कई तरह के कार्य हों या न हों। कार्य करते वक्त होनेवाली गलतियाँ या आनेवाली परेशानियों से भी किसी को बहुत डर आता है। इस ध्यान के दौरान ऐसी सभी बातें सामने लाएँ।

२२. आगे स्वयं से कहें, 'क्या मैं स्वयं को गलतियाँ करने की अनुमति

दे सकता हूँ? क्या मैं स्वयं को यह अनुमति दे सकता हूँ कि जो मैंने तय किया है, वैसा नहीं हुआ तो मैं उसका आसानी से स्वीकार कर सकता हूँ? मैं हमेशा मेरे मन मुताबिक बातें हों, ऐसा चाहता हूँ। क्या मैं स्वयं को इस चाहत से मुक्त होने की अनुमति दे सकता हूँ? क्या मैं अपनी सभी चाहतों से मुक्त हो सकता हूँ? क्या मैं मुक्त जीवन जी सकता हूँ? क्या मैं स्वयं को मुक्त होने की अनुमति दे सकता हूँ?' इन सारे सवालों के जवाब अधिकतर 'हाँ' ही आएँगे। इसी जवाब के साथ अपनी मुट्ठी बाँधकर, उसे 'जाने दो... जाने दो...' कहते हुए धीरे से खोलें।

२३. ध्यान के दौरान प्रतिपल यही समझ प्रकट हो कि जो आप छोड़ रहे हैं, उससे आपके द्वारा जो अभिव्यक्ति होनी है, वह लौटकर आएगी, बढ़कर आएगी। इस तरह मुक्ति का स्वाद मिलने के बाद आप खुले दिमाग व हृदय से कार्य कर पाएँगे, आपके जीवन में कोई अवरोध नहीं होगा। जब आप बिना अवरोध सोच पाएँगे तब उच्चतम सोच प्रकट होगी।

इंसान के अंदर दबे दृश्य–अदृश्य अवरोध की वजह से उच्चतम संभावना खुलने में बाधा आती है। इस ध्यान द्वारा जब बाधा हटेगी तब आप उच्चतम सोच द्वारा अपनी पूरी संभावना खोल पाएँगे।

२४. अवरोध के साथ चाहत बीमारी बन जाती है इसलिए आप खुलकर कार्य नहीं कर पाते। इस बीमारी से मुक्ति पाने के लिए स्वयं से पूछें, 'क्या मैं अपनी हाथों से संबंधित सभी चाहतें छोड़ सकता हूँ?' जवाब आएगा, 'हाँ, मैं अपनी हाथों से संबंधित सभी चाहतें छोड़ने के लिए तैयार हूँ।'

अब हाथ की मुट्ठी बंद करके कहें, 'मैं इन चाहतों को छोड़ने के लिए तैयार हूँ, मैं स्वयं को सभी चाहतों से मुक्त होने की अनुमति दे रहा हूँ।' मुट्ठी बाँध लें और फिर मुट्ठी खोलते हुए कहें, 'जाने दो... जाने दो... जाने दो...। मैं आज़ाद हूँ... मैं मुक्त हूँ... मैं मुक्ति हूँ...।'

२५. ध्यान के दौरान अब ऐसी अवस्था प्रकट हो रही है, जहाँ कुछ हो या कुछ न हो, ऐसी कोई चाहत नहीं है। जीवन में कुछ मिले या न मिले, ऐसी कोई चाहत नहीं है।

२६. ध्यान में आगे यह जाँचें कि आपने विचारों के साथ कौन सी चाहतें रखी हैं? विचारों के साथ जुड़ी चाहतें ज्यादातर अदृश्य होती हैं मगर आज आपको सभी अदृश्य बातों को भी सामने लाना है। आपको जानना है कि कौनसे विचार न आए, ऐसा आपको लगता है, जैसे निराशा, चिंता के विचार आदि। ज्यादातर हमें नकारात्मक विचारों से अवरोध होता है।

ध्यान के दौरान विचारों से संबंधित कई चाहतें आपके सामने आएँगी। जैसे कोई मेरे काम में टाँग न अड़ाए, मेरा कार्य सर्वोत्तम हो, मेरे कार्य का श्रेय मुझे मिले आदि सूक्ष्म से सूक्ष्म चाहत सामने लाने की पूरी कोशिश करें।

२७. अब यह सोचें कि 'क्या मैं स्वयं को यह अनुमति दे सकता हूँ कि ये विचार आए?' जवाब आएगा, 'हाँ, ये विचार आएँ तो आएँ। इन चाहतों को मैं छोड़ सकता हूँ कि ऐसे ही विचार आने चाहिए क्योंकि जो मेरा है, वह लौटेगा; जो मेरा नहीं है, वह विलीन होगा।'

२८. हमें हमेशा यही लगता है कि डर के विचार नहीं आने चाहिए और ऐसा सोचकर हम उन विचारों के लिए अवरोध पैदा करते हैं। ध्यान के दौरान स्वयं से पूछें, 'क्या मैं स्वयं को डरने की अनुमति दे सकता हूँ?' जवाब आएगा, 'हाँ, मैं स्वयं को यह अनुमति दे सकता हूँ। मैं किसी विशेष तरह के विचार नहीं आने चाहिए, इस चाहत को पूरी तरह से छोड़ देता हूँ।'

अब हाथ की मुट्ठी बाँधकर कहें, 'मैं सभी विचारों से संबंधित चाहतों को छोड़ रहा हूँ... मैं आज़ाद हूँ... आज़ादी हूँ...।' मुट्ठी खोलते हुए स्वयं से कहें, 'जाने दो... जाने दो... जाने दो... जाने दो...।' कुछ समय तक लगातार स्वयं से कहते रहें कि 'जाने दो... जाने दो...।'

२९. ध्यान की समाप्ति से कुछ समय पहले आज़ादी की घोषणा करें और

मुक्त होकर नए सिरे से जीवन शुरू करने का आनंद लें। हमेशा विश्वास रखें कि जो आपका है, वह लौटेगा और जो आपका नहीं है, वह विलीन होगा।

३०. इसी समझ के साथ समय का बजर बजने पर ईश्वर को उसकी सहायता के लिए धन्यवाद देते हुए आँखें खोलें।

अगर इस ध्यान के दौरान आप अपनी सभी इंद्रियों की चाहतों पर एक साथ कार्य नहीं करना चाहते तो हर रोज एक इंद्रिय की चाहतों से मुक्त हो जाएँ। जैसे आप पहले दिन कान, दूसरे दिन जुबान, तीसरे दिन पर आँखें और चौथे दिन अपने विचारों की चाहतों से मुक्त हो सकते हैं। इस ध्यान का लाभ लेना आपके लिए तनाव मुक्त जीवन जीने का सुनहरा अवसर बन सकता है। इस अवसर को बिलकुल न गँवाएँ और आज से ही इस ध्यान का प्रयोग करना शुरू करें।

मुद्दा 57

स्वीकार ध्यान : **स्वीकार ध्यान में आँखें बंद रखते हुए बैठने से एक ऐसी अवस्था बनती है, जो आपको ग्रहणशील बनाती है। इसी ग्रहणशीलता को बढ़ाने के लिए स्वीकार ध्यान करें।**

१. ध्यान में बैठने के लिए नियोजित समय का बजर लगाएँ। उसके बाद चुने हुए आसन और मुद्रा में, आँखें बंद करते हुए बैठें।

२. ध्यान की शुरुआत करने से पहले पूर्वतैयारी कर लें।

३. ध्यान के दौरान आँखें बंद होने से अंदर का खालीपन प्रकट होने में मदद मिलती है।

४. ध्यान के दौरान मन को सूचित करें कि 'इस वक्त मैं ध्यान में खाली होने के लिए बैठा/बैठी हूँ।'

५. हम ध्यान में बैठे हैं, यह कुदरत को संकेत है कि 'मुझे सब स्वीकार है। इस वक्त वर्तमान में जो भी चल रहा है, वह मुझे स्वीकार है।' अपना स्वीकार भाव जाहिर करने के लिए हम अपने शरीर और साँस

के द्वारा संकेत देते हैं कि 'मुझे सब स्वीकार है ।'

६. आगे ध्यान में एक लंबी साँस अंदर लें और छोड़ें। फिर से एक लंबी साँस लें, इस अंदर जाती हुई साँस के साथ मन में कहें, 'स्वीकार, स्वीकार, स्वीकार।' जितनी लंबी साँस है, उतनी बार कहें 'स्वीकार'। ऐसा करते हुए आप कितनी बार 'स्वीकार' कह रहे हैं, यह ज्यादा महत्वपूर्ण नहीं हैं, स्वीकार भाव आए, यह महत्वपूर्ण है। शरीर भी स्वीकार कर पाए, मन भी स्वीकार कर पाए इसलिए आप स्वीकार ध्यान कर रहे हैं।

७. अब ध्यान करते हुए वातावरण को भी स्वीकार करें। वातावरण को देखें और अंदर जाती हुई साँस के साथ कहें, 'यह वातावरण, माहौल मुझे स्वीकार है।' वातावरण जैसा भी है ठंढा है या गरमी हो रही है, रोशनी आँखों पर पड़ रही है, ज्यादा हवा लग रही है, वातावरण जैसा भी है उसे स्वीकार करें।

पाँच बातों को स्वीकार करें :

अ. पहले वातावरण को स्वीकार करके, जो आवाजें चल रही हैं, उन्हें सुन लें और अंदर जाती हुई साँस के साथ कहें, 'स्वीकार है।' ये आवाजें ऐसी ही चलती रहीं तो भी आपको फर्क नहीं पड़ेगा।

आ. साँस जैसे भी चल रही है, 'स्वीकार है।' छोटी, बड़ी, भारी या हलकी साँस, हर साँस स्वीकार है।

इ. शरीर पर जो भी पीड़ाएँ हैं, तकलीफें हैं– भारीपन, पसीना, दबाव इत्यादि को भी स्वीकार करें। अंदर जाती हुई साँस के साथ कहें, 'स्वीकार है'।

ई. जो भी असुविधा महसूस हो रही है, उसे स्वीकार करें। शरीर अपना फीडबैक दे रहा है, उसे स्वीकार करें।

उ. अपने विचारों को भी स्वीकार करें। विचार चल रहे हैं, 'स्वीकार है', नहीं चल रहे हैं, 'स्वीकार है।' 'क्या सोचूँ?' यह विचार है, वह भी स्वीकार है।

अंदर जाती हुई हर साँस आपको स्वीकार की याद दिलाए। फिर भी कुछ अस्वीकार हो रहा है तो उसे फिलहाल मस्तिष्क के पार्किंग में रखें।

८. वातावरण में तबदीली आए तो भी कहें, 'स्वीकार है'। आवाजों में तबदीली आए तो भी कहें 'स्वीकार है।' किसी भी चीज में आई हुई तबदीली को स्वीकार करें।

* विचारों में दृश्य दिखे, 'स्वीकार है'
* लाइट दिखे, 'स्वीकार है'
* शरीर पर वाइब्रेशन हो, 'स्वीकार है'
* कोई भी अनुभव न हो, 'स्वीकार है'
* कोई भी अनुभव हो, 'स्वीकार है'
* सुई चुभे, 'स्वीकार है'
* कार न मिले, 'स्वीकार है'
* लक्ष्य मिला है या नहीं मिला है, 'स्वीकार है'
* इस क्षण में जो भी हो रहा है, 'स्वीकार है'।

स्वीकार ध्यान वर्तमान में स्वीकार की अवस्था लाना सिखाता है।

९. साँस जैसे चल रही है, उसे चलने दें। स्वीकार करना भूल गए तो उसे भी स्वीकार करें।

१०. इस वक्त आप पृथ्वी पर ऐसी उच्चतम अवस्था में हैं, जहाँ सब स्वीकार है।

११. स्वीकार भाव को जारी रखते हुए, धीरे-धीरे आँखें खोलें।

मुद्दा 58

ध्यान दर्शन : ध्यान करते समय तीन दर्शन करने चाहिए। पहला दर्शन – स्वयं का। दूसरा दर्शन – शरीर का, जिसका आप इस्तेमाल कर रहे हैं। तीसरा दर्शन – शरीर की इंद्रियों की वजह से दिखाई देनेवाली दुनिया का। तीनों सत्य का दर्शन ध्यान का ध्यान करने से होते हैं। शुरुआत सही हुई तो अंत सफल होता है और शुरुआत गलत हुई तो अंत असफल होता है।

लोग इंद्रियों की दुनिया को जानने के लिए दृश्य का सत्य, आवाज का सत्य और स्पर्श की दुनिया को जानने में ही बहुत सारा समय गँवा देते हैं। तीसरे सत्य को पहले लाया तो पूरा जीवन उसी में ही समाप्त हो सकता है। पाँच इंद्रियों के साथ जुड़ी पाँच दुनियाएँ हैं, उनका सत्य जानते-जानते पूरा जीवन समाप्त हो जाता है। इसीलिए सत्य दर्शन करना है तो शुरुआत से शुरू करें। सबसे पहले स्वयं का सत्य, फिर शरीर का सत्य और तीसरे नंबर पर शरीर की वजह से प्रकट हुई दुनिया का सत्य।

स्वयं का सत्य, 'मैं कौन हूँ?' इस सवाल से शुरू होता है। स्वयं का सत्य जानने के लिए खुद से यह सवाल पूछें, 'मैं कौन हूँ?' सवाल भी आपको ही पूछना है और इसका जवाब भी आपको ही देना है, दोनों आपके अंदर हैं। बाहर के गुरु की उपस्थिति आपके अंदर के गुरु को जगाने के लिए है।

जब सोचने की शक्ति महसूस न हो तो केवल तेजस्थान (हृदय) पर ध्यान लगाए रखें। मन विचारों में उलझे तो सवाल पूछकर फिर से उसे लक्ष्य पर पहले सत्य पर ले आएँ। सही कर्म से ध्यान करते हुए, सत्य का दर्शन करें।

ध्यान में स्वयं से सवाल पूछने पर कि 'मैं कौन हूँ?' असली सत्य का दर्शन होता है। फिर आपको यह समझ प्राप्त होती है कि 'अगर मैं शरीर नहीं हूँ तो मुझे कैसे जीना चाहिए?' जैसे यदि कोई राजा है और स्वयं को भूल चुका है इसलिए भिखारी बनकर जीवन जी रहा है तो सत्य याद आने पर वह पहले भीख माँगना बंद करेगा। जब आपके सामने भी सत्य प्रकट होगा तब आप उस सत्य के साथ जीवन जीना शुरू करेंगे। जब तक सत्य की अनुभूति नहीं हुई है, तब तक उसी अनुभूति को पाने के लिए ध्यान में बैठा जाता है।

जीवन की दौड़ में कुछ समय रुकेंगे तो सत्य दिखाई देगा, सजगता आएगी। ध्यान- जीवन की दौड़ में दो मिनट रुकने की कला है।

मुद्दा 59

मन और शरीर की वृत्तियाँ : जिस शरीर को आप इस्तेमाल कर रहे हैं, उसमें मन भी है इसलिए उसे मनोशरीर यंत्र कहा जाता है।

हमें जो शरीर मिला है, उसका सत्य यह है कि वह सेल्फ की अभिव्यक्ति और ईश्वरीय गुणों को प्रकट करने के लिए बना है। यही सत्य है तो क्या यह शरीर वही कर रहा है या सुस्ती, तमोगुण, वासना की वजह से, चुप न बैठ पाने की आदत, जल्दबाज, किसी रोग की वजह से बाधा बन रहा है?

'ए' से लेकर 'जेड' तक खुद से पूछें कि 'मैं जिस मन और शरीर को इस्तेमाल कर रहा हूँ, वे कैसे हैं?'

'ए' शब्द पर देखें कि शरीर आलसी है, अहंकारी है तो वह कैसे बाधा बनता है? साफ-साफ मनन कर लें कि 'आलस की वजह से मैंने आज तक क्या-क्या खोया है? मुझे क्या-क्या पाने में देर लगी है? यह देर क्यों हुई है?

'बी' शब्द से आता है 'बहरूपिया'। मन बहरूपिया है। रावण की तरह अलग-अलग रूप धारण करता है। रूप और आकार में अटका रहता है।

'सी' शब्द पर आता है 'क्रेडिट (श्रेय) लेनेवाला'। कोई कार्य हो गया तो श्रेय पाने की लालसा में मन सत्य श्रवण के लिए सत्संग में जाना टालता रहता है। वह सोचता है कि 'पहले श्रेय तो मिले, सत्य को तो बाद में भी याद कर सकते हैं।' श्रेय की चाहना में मिला हुआ समय भी वह गँवा देता है।

'डी' शब्द पर दिखावटी सत्य आता है। जब इंद्रियों की दुनिया का सत्य, दिखावटी सत्य इंसान पर हावी हो जाता है तब वह सत्य से दूर हो जाता है।

'ई' - ईर्ष्यालू। मन ईर्ष्यालू है। वह सदा दूसरों को देखता है कि 'यह उसे मिला, मुझे नहीं मिला।'

'एफ' - फिफ्टी-फिफ्टी। मन फिफ्टी-फिफ्टी में काम करता है। वह लोटे की तरह सत्य और असत्य के बीच लुढ़कता रहता है। हर गुण या अवगुण के बीच में उसका ध्यान बँटा रहता है। वह कभी एक तरफ नहीं होता।

'जी' - ज्ञान का प्रदर्शन। मन ज्ञान का प्रदर्शन करता है। वह सत्य को ज्ञानी

युधिष्ठिर बनकर समझता है।

'एच' – होश जगानेवाला। जो हमें बेहोशी में ले जाता है, उसी को ध्यान के द्वारा होश में लाया जाता है। ऐसा होश जिसमें हास्य है, आनंद है। उस होश में सभी को मदद करने की भावना है, सत्यनिष्ठा है।

'आय' – इंटलैक्ट (बुद्धिवादी)। मन तर्क में रहना पसंद करता है। अतार्किक बात उसे समझ में नहीं आती।

'जे' – जल्दबाज। मन सदा जल्दबाजी करता है। रुकना उसे पसंद नहीं आता। मन जोश में होश खो बैठता है।

'के' – कपटी। मन छल करता है, दूसरों के साथ और स्वयं के साथ भी।

'एल' – लोभी मन।

'एम' – महत्वाकांक्षी मन।

मुद्दा 60

मन की वृत्तियों की जानकारी : आपके मन में कौन सी वृत्तियाँ हैं यह जानने के लिए पहले मन की सभी वृत्तियों को सामने लाया जाना और अपनी पूछताछ ईमानदारी से करना बहुत आवश्यक है।

'एन' – नाराज, नास्तिक। मन ईश्वर से भी नाराज होता है। यदि उसे अपनी प्रार्थना का जवाब नहीं मिलता तो वह नास्तिक बन जाता है।

'ओ' – उलटा दृष्टिकोण। मन को माया का उलटा चश्मा लगा है इसलिए वह हर चीज को उलटे दृष्टिकोण से देखता है। वह हर एक में नकारात्मकता देखता है।

'पी' – पास्ट (भूतकाल)। मन पुरानी घटनाओं को याद करके अपराधबोध में जीता है। भूतकाल में जो गलतियाँ हुईं, उन्हें कुरेद-कुरेदकर वह परेशान होता रहता है।

'क्यू' – क्वेश्चन (सवाल)। मन अपने सवालों को ज्यादा महत्त्व देता है। वह जवाब से ज्यादा अपने सवाल से प्यार करता है।

'आर' - राजनितिज्ञ। राजनीति में लोग जिस तरह स्वार्थी बनकर खुद की और दूसरों की भी हानी करते हैं। उसी तरह मन माया और सत्य दोनों को सँभालने एवं दोनों का फायदा लेने की चाहत रखनेवाला है।

'एस' - स्लो लर्नर यानी आहिस्ता सीखनेवाला। धीरे-धीरे सीखने में कोई दिक्कत नहीं है क्योंकि धीरे-धीरे सीखनेवाले भी कछुए की तरह अपनी मंजिल पर पहुँच जाते हैं। लेकिन उसके लिए निरंतरता बरकरार रखनी पड़ती है। मन को निरंतरता की आदत लगाएँ। संकल्प लेकर धीरे-धीरे गति बढ़ाएँ तो ही आप मंजिल तक पहुँच सकते हैं।

'टी' - टीचर। मन सीखने से ज्यादा सिखाने में रुचि रखता है।

खुद से पूछें कि 'क्या मेरा मन ऐसा है?' 'ए' से लेकर 'जेड' तक स्वयं से सवाल पूछते रहें।

'यू' - अंधश्रद्धा। मन अंधश्रद्धा में उलझता है। सत्य की समझ में अरुचि दिखाता है। सत्य की समझ हमें अंधश्रद्धा से मंदश्रद्धा की तरफ, फिर प्रबल श्रद्धा, तेजश्रद्धा और अंत में बुलंद श्रद्धा की तरफ ले जाती है। मन को यह समझ मिलनी जरूरी है।

'वी' - वासना। मन वासनाओं में उलझता है। मन को वासनाएँ और कल्पनाएँ ही अच्छी लगती हैं। वह जरूरत से ज्यादा समय उन्हीं में लोट-पलोट लगाता है।

'डब्ल्यू' - वर्कोहॉलिक (जिस पर हमेशा काम करने का जुनून सँवार होता है)। वर्कोहॉलिक ऐसा इंसान होता है, जो बिना काम के बैठ ही नहीं पाता। ऐसा इंसान न ही नींद कर पाता है और न ही आराम। ऐसे इंसान को रजोगुणी भी कहा जाता है। मन भी रजोगुणी होता है। वह बिना विचार के शांत बैठ ही नहीं पाता।

'एक्स' - एक्स्ट्रीम (अति)। मन अति में रहनेवाला, हर चीज का एक्सरे (बारिकियाँ ढूँढ़ने का काम) करनेवाला, हर चीज पर संदेह करनेवाला है। अतियों में जीनेवाला सोचता है - ज्यादा खाना है या बिलकुल नहीं खाना है, बहुत बात करनी है या बात ही नहीं करनी है। ऐसा इंसान हर बार अति में निर्णय लेता है। वह मध्यमार्ग नहीं ले पाता।

हमारा मन इन बातों पर सही दिशा में काम कर पाए, इसके लिए इंटेन्शन लेना जरूरी है। जिस शरीर से हम स्वयं अनुभव कर सकते हैं, यही हमें हमारे अनुभव पर

सदा टिकाए रखने के लिए सहयोग करेगा। इसी लिए इसके दोष (पैटर्नस्) निकाल दिए जाएँ तो यह कृपा का पात्र बनेगा।

'वाय' - यांत्रिक। मन यांत्रिक जीवन जीता है। सत्य तक पहुँचने का रास्ता शुरू में, मध्य में और अंत में भी आनंदकारी है। यांत्रिक लोग, यंत्र की तरह सेवा करनेवाले लोग उसका आनंद नहीं ले पाते। सजग रहनेवाले लोग ही सही तरीके से निमित्त बन पाते हैं।

'जेड' - जीरो। मन की जीरो से शुरुआत होती है। सत्य के खोजी जिन्हें अभी सत्य की खबर नहीं मिली, उन्हें पहले भरपूर श्रवण और पठन के साथ ध्यान को समझना चाहिए। इस पुस्तक के जरिए जीरो से शुरुआत करें ताकि आप 'जीरो' यानी निराकार तक पहुँच पाएँ।

ध्यान में निरंतरता का महत्व आप जान चुके हैं। निरंतरता के साथ दिशा भी सही हो तो मंजिल दूर नहीं होती। सही दिशा में आगे बढ़ने के लिए सत्य श्रवण, पठन, मनन, ध्यान और छोटे-छोटे संकल्प लेकर कार्य करने की आवश्यकता है।

मुद्दा 61

शिकायत शून्य जीवन : शिकायत शून्य जीवन तभी जीया जा सकता है, जब आप शिकायत का कारण समझकर, यह जानने की कोशिश करेंगे कि शिकायत करके किसे दुःख होता है।

जो दुःखी हो रहा है, वही अपने सेंटर (हृदयस्थान) से हट गया है। जो दुःखी है, वह अपने मूल स्वभाव से दूर चला गया है। इसलिए दुःखी को ही काम करना है। दुःख का कारण बाहर है या अंदर? जानने के लिए नीचे दिए गए महावाक्यों पर मनन करें।

अ) दुनिया वैसी नहीं है जैसी हमें दिखाई देती है, दुनिया वैसी है जैसे हम हैं।
आ) दूसरों में दोष हैं, इस विचार में दोष है। दूसरे में समस्या हैं, इस विचार में समस्या है।

यदि विचार में समस्या है तो विचारायाम करके, विचारायाम ध्यान करके उस विचार को मिटा देना है, चंगा करना है, स्वस्थ बनाना है।

कोई भी एक विचार आपकी इजाजत के बिना कोई भी कथा न बनाएँ। आपके पीठ पीछे कोई भी विचार कथा न बनाए, सब सामने हो। विचारों का खेल आपके सामने हो, आपकी जाग्रति में हो। पीठ पीछे कोई भी कथा बनाकर दुःख निर्माण करने का काम विचारों को नहीं देना है।

कथा से मुक्त जीवन, आनंद देनेवाला जीवन है। खुद से पूछें, 'जिस दिन तुम्हारी सब कथाएँ बंद हो गई होंगी, उस दिन से तुम्हारा जीवन कैसा चल रहा होगा?' उसकी कल्पना करके भी आनंद आएगा कि हर जगह जा रहे हैं, हर लोगों से मिल रहे हैं, हर घटना में, हर क्षण आप वर्तमान में हैं, आनंद ले रहे हैं, अभिव्यक्ति हो रही है, सब हो रहा है मगर आप किसी भी कथा से दुःखी नहीं, न दूसरों के शरीर से, न अपने शरीर से। ऐसा है, विचारायाम ध्यान।

विचारायाम ध्यान करने का उद्देश्य यह है कि विचारों का आयाम यदि स्वस्थ हो गया तो आप सभी दुःखों से मुक्त होकर मौनायाम में आसानी से स्थापित हो सकते हैं। आसनायाम सिद्ध हुआ तो शारीरिक स्वास्थ्य मिलता है। प्राणायाम सिद्ध हुआ तो शरीर के साथ मानसिक स्वास्थ्य भी मिलने लगता है। विचारायाम सिद्ध हुआ तो आध्यात्मिक स्वास्थ्य मिलता है। विचारायाम के लिए समझ की मशाल जलनी जरूरी है, विवेक की तलवार चलनी जरूरी है।

१. ध्यान के लिए चुने हुए आसन और मुद्रा में, आँखें बंद करके बैठें।
२. ध्यान की शुरुआत करने से पहले पूर्वतैयारी कर लें।
३. आँखें बंद रखते हुए इस बात पर ध्यान दें कि 'इस वक्त मेरे अंदर किन लोगों के प्रति शिकायत उठ रही है? ऐसे कितने लोग हैं जिनके प्रति मेरे अंदर शिकायत उठती है? एक, दो, चार... कितने नाम सामने आते हैं, उनकी गिनती करें। घर पर, ऑफिस में, स्कूल, कॉलेज, बाजार में, कोई दुकानदार, कोई ग्राहक, कोई पड़ोसी, कोई बॉस, कोई रिश्तेदार... इनमें से कितने लोगों के प्रति मेरे अंदर शिकायत उठ रही है? ऐसे सभी लोगों को देख लें।
४. अब स्वयं से पूछें, 'जिन लोगों के प्रति मेरे अंदर शिकायत है, उन लोगों को क्या करना चाहिए?' अलग-अलग लोगों के लिए आपके मन में अलग-अलग सुझाव आएँगे। जैसे फलाँ को गुस्सा नहीं करना

चाहिए... फलाँ को ढंग से चलना चाहिए... फलाँ को सुस्ती छोड़, काम करना चाहिए... सामनेवाले को मेरी मदद करनी चाहिए... इत्यादि। अब स्वयं से पूछें कि 'सामनेवाले ने मेरी मदद नहीं की इसका मतलब मैंने क्या निकाला है?' सामनेवाले को आपने कहा, 'मेरी यह मदद करो।' उसने वह मदद नहीं की तो आपने मतलब निकाला कि वह इंसान आपको पसंद नहीं करता या वह इंसान आपका भला नहीं चाहता या वह इंसान मगरूर है या वह इंसान मतलबी है। स्वयं से पूछें कि 'इसमें उसका मतलब है या आपका मतलब है?' स्वयं को ईमानदारी से जवाब दें। आपका मतलब आपको ही तकलीफ देता है।

५. पहले खुद से पूछें, 'मैंने क्या-क्या मतलब निकाले हैं?' कोई ज्यादा हँसे तो मन मतलब निकालता है कि 'जो ज्यादा हँसता है, वह पागल होता है।' कोई न हँसे तो भी मन मतलब निकालता है कि 'जो नहीं हँसता वह अहंकारी होता है।' कोई रोए तो भी मन मतलब निकालता है, 'जो रोते हैं वे भावनात्मक दृष्टि से कमजोर होते हैं।' कोई न रोए तो भी मन मतलब निकालता है कि 'जो नहीं रोता उसका हृदय बंद होता है।' मन की आदत है कि वह कोई न कोई मतलब निकालता रहता है।

६. विचारायाम करनेवाला इंसान खुद को थोड़ी भी तकलीफ देना नहीं चाहेगा। आपने जो भी पंक्तियाँ सोचीं, उन पर खोज करें। यदि आपको लगता है कि 'सामनेवाला आपका भला नहीं चाहता' तो खुद से पूछें, 'क्या मैं खुद का भला चाहता हूँ? अगर भला चाहता होता तो क्या मैं दु:खी होता?' फिर स्वयं से यह भी पूछें कि 'क्या मैं दूसरों का भला चाहता हूँ? दूसरे आपका भला क्यों करें? क्या आप खुद का भला नहीं कर सकते?' इन सवालों के जवाब पर गहराई से मनन करें। सामनेवाला आपका भला न करते हुए भी आपका भला कर रहा है, इस पर गहराई से खोज करें।

७. 'क्या मैं खुद का भला करता हूँ? किन-किन जगहों पर मैं खुद का भी भला नहीं करता?' ऐसी सारी जगहें देखें, सारे आयाम देखें। शारीरिक, मानसिक, आर्थिक, सामाजिक और आध्यात्मिक इन सभी

स्तरों पर देख लें कि क्या आप अपना भला करते हैं?

८. उदाहरणों से विचारायाम का तरीका आपको समझ में आया होगा कि हमें जिस भी इंसान के प्रति शिकायत है, उसके लिए खुद से पूछना है, 'उस इंसान को क्या करना चाहिए या क्या नहीं करना चाहिए?' जवाब आएगा, 'उसे यह-यह चीज नहीं करनी चाहिए मगर वह तो कर रहा है।' फिर खुद से पूछना है कि 'इसका मतलब मैंने क्या निकाला है?' तो जवाब आएगा, 'मैंने मतलब निकाला है, वह खडूस है, वह अहंकारी है, वह मूर्ख है।' जो-जो पंक्तियाँ आएँ उन्हें अपने साथ देखना है कि 'मैं कहाँ पर अहंकारी हो जाता हूँ? मैं कहाँ मूर्खता करता हूँ? जीवन के हर स्तर पर स्वयं के साथ खोज करनी है। इस तरह सामनेवाला आपके लिए आइना बनता है। स्वयं तो आप खोज नहीं करनेवाले थे परंतु सामनेवाले के माध्यम से कुछ बातें दृश्य में आईं और आपने उन पर मनन किया। इस तरह विचारायाम करेंगे तो सामनेवाले के प्रति आपसे धन्यवाद ही निकलेंगे।

९. सभी शिकायतों से मुक्त होकर फिर आँखें खोलेंगे।

यह ध्यान आँख बंद करके भी किया जा सकता है। आप यह ध्यान पेन-डायरी लेकर, लिखित रूप में भी कर सकते हैं। आपने आज तक जितने भी मतलब निकाले हैं, जितनी भी शिकायतें की हैं, उन्हें लिख लें और खोज करके उन्हें समाप्त कर दें। अपनी खोज को भी डायरी में लिख लें।

मुद्दा 62

आंतरिक मौन की अवस्था : **बाहरी शोर से मुक्ति और आंतरिक मौन की अवस्था पाने से पहले यह जानना जरूरी है कि हकीकत में शोर बाहर है या आपके अंदर चल रहे विचारों में है। इसी समझ के साथ धीरे-धीरे शांति ध्यान में उतरने की कोशिश करें।**

१. ध्यान में बैठने से पहले नियोजित समय का बजर लगाएँ। उसके बाद ध्यान के लिए चुने हुए आसन और मुद्रा में, आँखें बंद करके बैठें।

२. ध्यान की शुरुआत करने से पहले पूर्व तैयारी कर लें।

३. ध्यान के दौरान आँखें बंद होने से अंदर का खालीपन प्रकट होने में मदद मिलती है।

४. ध्यान के दौरान मन को सूचित करें कि 'इस वक्त मैं ध्यान में खाली होने के लिए बैठा/बैठी हूँ।

५. आगे ध्यान में अपने आपसे कहें कि मैं उच्चतम जीवन जीना चाहता हूँ इसलिए मैं शांति ध्यान करने जा रहा हूँ।
इस समझ के साथ शांति ध्यान करें कि आपकी उपस्थिति बहुत कुछ कर रही है। अगर आप सही ढंग से शांति ध्यान कर पाए तो आपकी (आप असल में जो हैं उसकी) उपस्थिति विश्व में शांति ला सकती है। कोई व्यक्ति (अहंकार) शांति नहीं ला सकता क्योंकि वह तो शोर है।

६. ध्यान में आगे यह जानते रहें कि 'मेरे अंदर विचारों का शोर निरंतर चल ही रहा है। यह शोर जब बंद होता है, तब शांति को प्रकट होने का मौका मिलता है।' शांति कहीं और नहीं है, वह तो सदा से हमारे अंदर ही है। विचारों का शोर बंद होने पर ही पीस को अपना कार्य करने का मौका मिलता है। आप मात्र उपस्थित रहें। समर्पण के साथ शांति को शांति लाने का मौका मिल सकता है। ध्यान में इस वक्त भी आपकी उपस्थिति सही होनी चाहिए ताकि आपके अंदर शांति प्रकट हो पाए। शांति कैसे कार्य करेगी, इसकी चिंता न करें, केवल उपस्थित रहें।

जैसे एक बच्चा अपने कमरे में खेल रहा है। उसकी सारी चीजें बिखरी पड़ी हैं... कपड़े, खिलौने, स्कूल का बैग, पुस्तकें, रंग, ब्रश, पेन इत्यादि। जब बच्चा थककर सो जाता है तब माँ आकर उन सब चीजों को अपनी-अपनी जगह पर रख देती है। इस काम में बच्चे ने माँ की क्या मदद की? बच्चे ने केवल चुप होकर, सोकर माँ की मदद की। आपको भी वही करना है, चुप होकर शांति को प्रकट होने में मदद करनी है।

७. आगे ध्यान में देखें कि 'मेरे जीवन में कौन सी समस्याएँ चल रही हैं?' अपनी समस्याओं को याद करें। मानसिक, शारीरिक, आर्थिक, सामाजिक और आध्यात्मिक स्तरों पर जो भी समस्याएँ आपके जीवन में चल रही हैं, उन्हें याद करें।

८. आगे ध्यान में खुद को बताएँ कि 'अब इन समस्याओं को सुलझाने का उच्चतम तरीका मुझे मालूम है। अब मैं चुप रहूँगा/रहूँगी। मेरे चुप होने से ज्यादा काम होते हैं इसलिए मैं शांति को शांति पर काम करने का मौका दूँगा/दूँगी ताकि मेरे जीवन में शांति आए।'

९. ध्यान में आगे खुद से पूछें, 'यदि मेरे जीवन के हर पहलू पर उच्चतम तरीके से कार्य हो रहा है तो क्या मैं कुछ क्षण चुप हो सकता हूँ?' जवाब के लिए रुकें।

१०. इस ध्यान में समझ के साथ अपने अंदर जाएँ। विचारों के पीछे जो शांति है उसे कहें, 'गुड मॉर्निंग!' और फिर चुप हो जाएँ। जिसे हम पहचानते हैं, उसे ही 'गुड मॉर्निंग' कहते हैं इसलिए अपने अंदर की शांति को पहचानें और उसे 'गुड मॉर्निंग' कहकर जगाएँ ताकि वह आपके जीवन में उच्चतम कार्य कर पाए।

११. गुड मॉर्निंग पीस कहते ही आपके विचार बंद हो जाएँगे और पीस (शांतियुक्त जीवन) प्रकट होगा। आप केवल उपस्थित रहें। फिर से विचार आने लगें तो फिर से कहें 'गुड मॉर्निंग पीस।' विचारों के पीछे जो पीस है, उसे आमंत्रित करें, 'हॅलो! गुड मॉर्निंग!' और चुप हो जाएँ। अधिक बातचीत करने की आवश्यकता नहीं है।

जैसे अगर आप विश्व के सबसे बड़े डॉक्टर के पास जाएँगे तो उसे कहेंगे 'गुड मॉर्निंग!' यह कहकर आप चुपचाप बैठ जाएँगे। डॉक्टर खुद देखेगा कि आपको क्या बीमारी है। वैसे ही हमें शांति को आमंत्रित करके चुप हो जाना है।

१२. ध्यान में आगे अपने अंदर के बेशर्त आनंद, बेशर्त मौन जो आपको इस वक्त महसूस हो रहा है, उसे आँखें खोलकर चारों तरफ देखें। हर दृश्य को इस समझ के साथ देखें कि आप नहीं देख रहे हैं, मौन ही

देखा जा रहा है, पीस से ही देखा जा रहा है।

१३. आँखें खोलकर शांति के साथ इस विश्व को देखें। अहंकार आदतवश फिर से शोर पैदा करने की कोशिश करेगा तब फिर से आँख बंद करके देखें कि 'क्या मेरा पीस कायम है?' यदि विचारों का शोर चल रहा है तो कहें, 'गुड मॉर्निंग पीस' फिर आप देखेंगे कि बेशर्त आनंद महसूस हो रहा है। अपने पीस को याद रखते हुए कहें कि 'यह पीस ही अब बाहर देखेगा, अहंकार नहीं देखेगा। अब मेरे अंदर का पीस ही बाहर देखे।' इस भावना के साथ आँखें खोलें।

मुद्दा 63

पिरामिड ध्यान के मुख्य कदम : पिरामिड ध्यान के मुख्य तीन कदम हैं।

पहला कदम – संकल्प : आप जो उद्देश्य पाना चाहते हैं या जो कार्य पूरा करना चाहते हैं, उसके लिए दृढ़ संकल्प लें। मन में तीव्र भाव लाएँ कि वह उद्देश्य या लक्ष्य पूरा हुआ है। मन ही मन दोहराएँ, 'मैं जो हूँ, वही बनकर आगे का पूरा जीवन बिताऊँ।' इन शब्दों द्वारा अपने संकल्प के साथ मानसिक शक्ति जोड़ें। महसूस करें कि पिरामिड ध्यान से यह संकल्प और लक्ष्य आपके अनुभव की गहराई में जा रहा है। ध्यान के जरिए आपका उद्देश्य प्रकाश में आता है। संकल्प के अंत में कहें, 'मेरा उद्देश्य ईश्वरीय तरीके से और सही समय पर पूरा हो।'

दूसरा कदम – प्रार्थना : ईश्वर से प्रार्थना करें कि आपका उद्देश्य, कार्य या लक्ष्य पूरा हो। प्रार्थना करते वक्त भीतर जानेवाली हर साँस के साथ स्वयं से कहें, 'मैं ईश्वर को अंदर ले रहा हूँ। मेरे अंदर ईश्वर की शुद्धता और भरपूर ऊर्जा है।' प्रार्थना को बल देने के लिए साँस की मदद लें और तहेदिल से प्रार्थना करें। ध्यान द्वारा प्रार्थना का बल बढ़ाएँ। अज्ञान में इंसान केवल शब्द कह देता है मगर इस ध्यान में आप उस प्रार्थना को अंदर ले रहे हैं, गहराई में ले रहे हैं। यह ध्यान प्रार्थना की गहराई में जाने का एक खूबसूरत मौका है। प्रार्थना करने के बाद जीवन में आप जो चाहते हैं, उसके साथ प्रयास करने के लिए तैयार हो जाते हैं।

तीसरा कदम – धन्यवाद : साँस छोड़ते वक्त उद्देश्य पूरा होने के लिए ईश्वर

को धन्यवाद दें। तीसरे कदम के जरिए हकीकत में आपका उद्‌देश्य पूरा होने से पहले ईश्वर के प्रति अपनी कृतज्ञता प्रकट करें। कुदरत का नियम है कि जिस चीज का आप शुक्रिया अदा करते हैं, वह आपके जीवन में बढ़ने लगती है। उद्‌देश्य पूरा होने के लिए धन्यवाद देने से आप सहजता से अपना उद्‌देश्य पूरा कर पाएँगे।

आइए, जाग्रत होकर प्रार्थना और धन्यवाद देने की कला सीखने के लिए इस ध्यान की विधि को विस्तार से जानें।

मुद्‌दा 64

प्रार्थना और ध्यान का संबंध : प्रार्थना और ध्यान का आपस में गहरा संबंध है। ध्यान की गहराई में उतरने के लिए प्रार्थना सहायक भूमिका निभाती है। कैसे? इसे जानने के लिए आगे दिया गया पिरामिड ध्यान करें।

पिरामिड ध्यान इसलिए बनाया गया है ताकि आपको प्रार्थना (Prayer) और ध्यान (Meditation) दोनों का लाभ मिले। प्रेअर (प्रार्थना) और मेडिटेशन (ध्यान) के आरंभिक तीन अक्षरों को जोड़ने पर 'पिरामिड' (PRA+MED) शब्द बनता है। 'पिरामिड' शब्द का इस्तेमाल संतुष्ट जीवन के तीन महत्वपूर्ण पहलुओं की ओर संकेत करता है। ये पहलू हैं- संकल्प, प्रार्थना और धन्यवाद। इस ध्यान के दौरान आपको एक उद्‌देश्य रखकर उसे पाने या पूर्ण करने का संकल्प लेना है। इस संकल्प के बाद जब आप साँस अंदर लेंगे तब प्रार्थना करके कहें, 'मैं ईश्वर को भीतर ले रहा हूँ।' उसके बाद साँस छोड़ते वक्त इस बात का धन्यवाद दें कि आपने जो पाने का संकल्प लिया था, वह पूरा हुआ या आपको मिल गया है। इस ध्यान में तीन मुख्य कदम बताए गए हैं। जिन्हें आप पिछले मुद्‌दे में जान चुके हैं।

मुद्‌दा 65

पिरामिड ध्यान की विधि : इस ध्यान विधि को आगे दिए गए कदमों के अनुसार करें।

१. ध्यान में बैठने से पहले घड़ी या मोबाइल में बजर लगाएँ। अब आँखें

बंद करते हुए अपनी चुनी हुई अवस्था और मुद्रा में बैठकर ध्यान शुरू करें।

२. स्वयं को बताएँ, 'मैं पिरामिड ध्यान कर रहा हूँ।'

३. इस ध्यान में अंदर जाती हुई साँस के साथ जाग्रति की भावना रखें और बाहर आती हुई साँस के साथ धन्यवाद की भावना रखें।

ध्यान के दौरान साँस अंदर लेते वक्त भावना रखें कि 'हर अंदर जानेवाली साँस मेरी चेतना बढ़ा रही है, मेरा वास्तविक होना यानी अनुभव, मौन जगा रही है।' अगर यह कार्य साँस के साथ हो रहा है तो हर बाहर आती हुई साँस के साथ मन ही मन धन्यवाद दें।

अंदर जाती हुई साँस के साथ आपको कुछ कहने की आवश्यकता नहीं है सिर्फ भावना रखें कि आपकी जाग्रति बढ़ रही है।

४. ध्यान के दौरान यह समझ रखें कि 'मैं हूँ। मैं शरीर के साथ जुड़कर अपना अनुभव करना चाहता हूँ। मेरा वास्तविक होना अनुभव है, न कि शरीर। इस जाग्रति को हर साँस बढ़ा रही है। हर अंदर जाती हुई साँस मेरा दरवाजा खटखटा रही है, मुझे जगा रही है कि बाहर आती हुई साँस के साथ अपने अंदर धन्यवाद कहना है।'

५. ध्यान के दौरान साँस को अपने स्वाभाविक लय में चलने दें। आपकी साँस कभी लंबी होगी तो कभी छोटी। कभी छोटे अंतराल से साँस अंदर-बाहर चलेगी तो कभी कुछ पल रुक जाएगी। हर साँस के साथ जाग्रति की प्रार्थना अंदर जा रही है, गहराई तक जा रही है। 'मैं जागना चाहता हूँ', यह शुभेच्छा पिरामिड ध्यान में प्रार्थना बन जाती है।

६. अगर आप कुछ साँसों के साथ धन्यवाद देना भूल गए तो फिर से शुरू करें। बीच में भूल जाने के बाद गुस्सा नहीं होना है या अपराधबोध नहीं लाना है। फिर से हर अंदर जाती साँस के साथ जाग्रति, होश, शुद्धता और ईश्वर को अंदर लें। जो अंदर है ही, उसे जगाने के लिए साँस को निमित्त बनाएँ। बाहर आती हुई साँस के साथ प्रेम भाव से धन्यवाद कहें।

७. यह महसूस करें कि जागने के बाद कितना आनंद है कि हर निर्णय उसी जाग्रति से होगा। हर समस्या सुलझाते वक्त भी आपके यही भाव होंगे कि यह समस्या मेरे साथ नहीं है। मेरी जाग्रति उस समस्या को सुलझाएगी मगर वह मेरी समस्या नहीं है। मैं सतत अपने केंद्र में हूँ और उसके लिए धन्यवाद। इस बेहतरीन जीवन और जाग्रति के लिए धन्यवाद।

ध्यान के दौरान महसूस करें कि जो जागना चाहता है, जो जगा रहा है, जो धन्यवाद दे रहा है और जहाँ पहुँच रहे हैं, ये सब एक हैं।

८. ध्यान के दौरान सहजता से साँस चलती रहे, सहजता से धन्यवाद निकले। इस क्षण आप पर कोई तनाव नहीं है। अगर तनाव होता है तो स्वयं को तेजस्थान पर, अपने जिंदा होने के एहसास, हृदय पर लेकर जाएँ। तनाव आया यानी आप हेड में, दिमाग में चले गए, नाक से ऊपर चले गए। इस अवस्था में हृदय पर वापस आकर संतुलन प्राप्त करें और फिर से साँस पर ध्यान दें। हर अंदर जानेवाली साँस के साथ होश अंदर जा रहा है, आपको जगा रहा है, यही भावना रखें। बाहर आती हुई साँस में हलके से धन्यवाद दें।

९. ध्यान के बीच में अगर विचार आए तो सहजता से उससे अपना ध्यान हटाएँ और फिर से पिरामिड पर आएँ।

१०. इस दौरान अगर लंबी साँस आए तो यह भावना रखें कि चेतना गहराई में अंदर जा रही है। ध्यान में जानबूझकर साँस की कसरत न करें। सहज, स्वाभाविक साँस चलने दें। ध्यान में प्राणायाम की आवश्यकता नहीं है। केवल प्रेयर और ध्यान करें। यह सोच रखें, 'मैं सचमुच जागना चाहता हूँ इसलिए मेरी प्रार्थना में बल आया है।'

जब आप जागकर जीएँगे तब स्वतः ही नए विचार शुरू हो जाएँगे। पलभर पहले आपको अहंकार के विचार आ रहे थे और पलभर के बाद ही अपने होने के विचार आते हैं, जो आप हैं, वह बनकर जीने के विचार आते हैं तो आगे आपका जीवन कैसा होगा? जो आप हैं, वह बनकर आप क्रियाएँ कैसे करेंगे? कैसे अभिव्यक्ति करेंगे? अपना

वजूद जानने के बाद आपके अंदर ये विचार स्वतः ही शुरू हो जाएँगे।

११. ध्यान के पहले आपके अंदर अहंकार के विचार उठेंगे तो ध्यान पूरा होने के बाद भक्ति के विचार, अभिव्यक्ति के, सेल्फ के विचार, जो आप हैं, वह बनकर जीने के विचार उठेंगे।

ये बातें सोचकर भी इतना आनंद आएगा तो जीकर कितना आएगा। इसलिए जाग्रति की प्रार्थना महत्वपूर्ण है कि 'मैं सचमुच जागना चाहता हूँ।' मनुष्य शरीर बनाया ही इसलिए गया है ताकि जीवन में कहीं तो वह जाग पाए। आपको मनुष्य जीवन तो मिल गया है, अब केवल जागने की देर है, अहंकार के कोमा से बाहर आने की देर है।

१२. ध्यान में महसूस करें कि कुदरत आपको हिला रही है, आपसे श्रवण करवा रही है और कृपा की पहचान भी हो रही है। ध्यान के सफर में हर साँस के साथ जाग्रति बढ़ रही है। हर धन्यवाद के साथ नई संभावना खुल रही है।

१३. पिरामिड ध्यान चलता रहे क्योंकि साँस चल ही रही है। आपने जितने समय का बजर सेट किया है, उतने समय के लिए ध्यान जरूर करें। जितने समय आप यह प्रार्थना करेंगे, उतना समय बेकार नहीं जाएगा। जब जीवन में होश चाहिए तब प्रार्थना जरूर करें, पिरामिड ध्यान जरूर करें।

१४. हकीकत में आपको स्वयं को रोज जगाना है। हर रोज आपको माया की धूल सुला देती है मगर आपके पास कोई भी बहाना न बचे। कम से कम जब आपको अचेतनता महसूस हो तब तुरंत पिरामिड ध्यान करें।

१५. ध्यान की समाप्ति से पहले स्वयं से कहें, 'मैं आँखें खोलने के बाद भी यह ध्यान जारी रखनेवाला हूँ। हर चलनेवाली साँस के साथ मेरी जाग्रति अंदर जाएगी और बाहर आनेवाली साँस के साथ धन्यवाद दिए जाएँगे।' इसी भाव में बजर बजने के बाद आँखें खोलें।

पिरामिड ध्यान संकल्प, प्रार्थना, धन्यवाद और ध्यान का बहुत ही सुंदर संयोग है। यह ध्यान आपको कई तरह से मदद करता है। इनमें से तीन मुख्य लाभ इस प्रकार हैं :

१) सिर से हृदय की यात्रा : जीवन में किए हुए कितने संकल्पों को आपने गहराई से, अपने हृदय से महसूस किया है? कई बार इंसान अपने संकल्प सिर्फ सिर तक ही रखता है, उसके संकल्प हृदय की गहराई में नहीं जाते। पिरामिड ध्यान के जरिए संकल्प करने के बाद प्रार्थना करने से आप स्वतः ही सिर से हृदय की तरफ जाने लगते हैं और संकल्प को गहराई से महसूस करते हैं। प्रार्थना संकल्प की गहराई महसूस करने और हृदय तक जाने में आपकी मदद करती है।

२) कार्य पूरा होने से पहले धन्यवाद की भावना : आम तौर पर इंसान में कार्य पूरा होने के बाद ईश्वर को धन्यवाद देने की प्रवृत्ति होती है। पिरामिड ध्यान आपको कार्य पूरा होने से पहले ईश्वर को धन्यवाद देना सिखाता है। पहले धन्यवाद देने से संबंधित कार्य तीव्र गति से आपकी तरफ आकर्षित होता है और आपके संकल्प जल्द से जल्द पूरे होने लगते हैं।

३) प्रार्थना और संकल्प में साँस का प्रभावी उपयोग : पिरामिड ध्यान में साँस के प्रभावी इस्तेमाल से आप ईश्वर को सतत याद रख पाते हैं। आपकी साँस हमेशा आपके साथ रहती है। साँस लेने से पहले संकल्प, साँस लेते वक्त प्रार्थना और साँस छोड़ते वक्त धन्यवाद देने से पिरामिड ध्यान बहुत आसान बन जाता है।

पिरामिड ध्यान सिर्फ एक बार न करें बल्कि संकल्प पूरा होने तक और बाद में नए संकेल्पों के साथ भी करें।

यहाँ तक हमने ध्यान की महत्वपूर्ण बातों को समझा। आइए, अगले खण्ड में ध्यान का उच्चतम लक्ष्य जानें।

ध्यान की उच्चतम अवस्था और छह उच्चतम लाभ

मुद्दा 66

ध्यान में आगे कैसे बढ़ें

पिछले खण्ड में आपने ध्यान के ६ लाभों के बारे में पढ़ा। आइए अब ध्यान में आगे बढ़ने के लिए ध्यान के ६ तेजलाभों के बारे में जानें। तेजलाभ का अर्थ है जो लाभ और हानि के परे है।

ध्यान का पहला तेजलाभ : ध्यान से आपको अनासक्त उत्साह शक्ति मिलती है। अनासक्ति शब्द में उदासीनता और उत्साह, दोनों शब्द जुड़ जाते हैं। असल में सत्य को शब्दों के दायरे में नहीं लाया जा सकता। ऐसे शब्दों का निर्माण इसी तरह होता है। ऐसा ही एक और शब्द है 'ज्ञानानुभव' यानी ज्ञान और अनुभव का मिलाप। संसार में इस बात पर झगड़ा चलता रहता है कि ज्ञान ज्यादा महत्वपूर्ण है या अनुभव। कोई कहता है ज्ञान तो कोई कहता है अनुभव। जबकि ज्ञानानुभव शब्द में ये दोनों बातें एक साथ पिरोई गई हैं। दोनों शब्द अलग नहीं हैं, ये एक ही सिक्के के दो पहलू हैं इसलिए इन्हें एक साथ लाया गया है।

ठीक इसी तरह एक नया शब्द बनाया गया है – अनासक्त उत्साह शक्ति। जिसका अर्थ है, फल के बारे में उदासीन होना। आपने जो कार्य किया उसका फल कैसा आया या कैसा आएगा, इसे लेकर आप उदासीन हैं। जबकि कर्म करने को लेकर आपमें उत्साह है। यदि कर्म को लेकर आपमें उत्साह है तो आप सही दिशा में

हैं। फल को लेकर उदासीन होना यानी कर्म का फल आए या न आए, आप उसमें नहीं अटकते। इस तरह किए गए कर्म को ही तेजकर्म कहा जाना चाहिए। लेकिन बहुत से लोग फल में अटक जाते हैं। जब तक फल नहीं आता, तब तक तो लोग बहुत अच्छी सेवाएँ करते हैं लेकिन जब फल आने लगता है तब उनके अंदर इच्छा जगने लगती है कि 'मुझे भी इसका श्रेय मिलना चाहिए।' इसी लिए कर्म करने के प्रति उत्साह होना चाहिए और फल के प्रति उदासीनता होनी चाहिए। ध्यान करने से यह शक्ति आपके पास आने लगती है। यही ध्यान का पहला तेजलाभ है।

अब जरा इस बात पर मनन करें, मंथन करें कि जब आप अनासक्त उत्साह शक्ति से हर कर्म करेंगे तब आपका जीवन कैसा होगा? यानी आप सुबह कैसे उठेंगे, दिनभर के कार्य कैसे करेंगे? इत्यादि। उदाहरण के तौर पर आप इस तरह की बातें नहीं सोच रहे होंगे कि 'मैंने उसे इतनी अच्छी बातें कही लेकिन उसने मुझे 'थैंक यू' भी नहीं कहा... मैंने उसके लिए इतना कुछ किया लेकिन उसने मेरा एहसान नहीं माना...' इत्यादि। इस तरह आप फल के प्रति उदासीन हो जाएँगे और कहेंगे कि 'अब मुझे ऐसी बातों से कोई फर्क नहीं पड़ता।' कुदरत पर विश्वास रखें कि जो भी आपका है वह तो आपके पास आनेवाला है ही, उसे कोई नहीं रोक सकता। आपको बस सहजता और स्वीकार भाव के साथ उपस्थित रहना है।

दूसरा तेजलाभ : ध्यान द्वारा आप अपने शरीर पर उठनेवाली भावनाओं को देखना सीख जाएँगे। वैसे लोगों को जब भी बुरे भाव आते हैं तो उनमें टी.वी. देखने या ज्यादा खाने या इसी तरह के दूसरे कार्य करने की इच्छा पैदा हो जाती है। फिर वे ज्यादा खाते हैं तो बुरी भावना कुछ देर के लिए हलकी पड़ जाती है लेकिन ज्यादा खाने की वजह से उनका वजन बढ़ जाता है। असल में लोगों में वजन की नहीं बल्कि भावनाओं की समस्या होती है। हालाँकि इसका अर्थ यह नहीं है कि केवल मोटे लोगों को ही बुरी भावनाएँ आती हैं बल्कि पतले लोगों को भी भावनाओं की समस्या होती है। जब बुरी भावना जगती है तो कुछ लोग खाने लगते हैं, कुछ जलने-कुढ़ने लगते हैं और कुछ लोग शॉपिंग करने चले जाते हैं। असल में लोगों को इससे निपटने के बस दो ही तरीके मालूम हैं- पहला अपनी भावनाओं को दबाओ या दूसरा सामनेवाले पर गुस्सा निकाल दो, उस पर चीखो-चिल्लाओ।

जब इंसान चीखता-चिल्लाता है तब उसे थोड़ा अच्छा महसूस होता है क्योंकि उस वक्त वह अपने अहंकार की सेवा कर रहा होता है। आपको इन दोनों तरीकों

से बचना है। न तो भावनाओं को निगलें, न उन्हें उगलें। आपको सिर्फ उसे देखना है और ऐसे देखना है जैसे वह आपके साथ नहीं है। देखने का यह तरीका बहुत महत्वपूर्ण है। बुरी भावना उठते वक्त आपको यह याद आना चाहिए कि ये भावनाएँ मेरे नहीं बल्कि मेरे मनोशरीर यंत्र में उठी हैं, जिसे मैं इस्तेमाल कर रहा हूँ।

उदाहरण के लिए यदि आप कैंची से कोई मोटा सा कपड़ा काट रहे हैं और उस कैंची में भावनाएँ जाग्रत हो जाएँ कि 'यह कपड़ा कितना मोटा है... आखिर लोग ऐसा कपड़ा बनाते ही क्यों हैं... इसे काटते हुए मुझे कितनी तकलीफ हो रही है।' आपको यहाँ पर कितना स्पष्ट है कि 'ये भावनाएँ मेरी नहीं बल्कि कैंची की हैं।' ठीक उसी तरह शरीर के अंदर उठनेवाली भावनाओं को भी आप अलग होकर देखें। स्वयं से यह कहें कि 'ये भावनाएँ मुझमें नहीं हैं बल्कि उस कैंची (मनोशरीर यंत्र) के अंदर हैं। मैं (चैतन्य) इस शरीर को जाननेवाला हूँ।' इसका अर्थ है कि आप अपने शरीर से अलग हो गए हैं। फिर आप इसे बेबंध साक्षी होकर देखेंगे। बेबंध यानी जो बँधा हुआ नहीं है क्योंकि बँधा हुआ इंसान चीजों के बारे में यह मानकर परेशान होता रहता है कि वे मेरी हैं।

आपको अपनी भावनाओं को ऐसे ही बेबंध होकर देखना है और यह याद रखना है कि यह भावना केवल शरीर के अंदर है। साथ ही इस बात को लेकर निश्चिंत रहें कि जो भी भावना आई है वह अस्थायी है, वह हमेशा नहीं रहेगी। थोड़ी ही देर बाद आप देखेंगे कि वह भावना बदल गई। बिलकुल वैसे ही जैसे मौसम हमेशा एक जैसा नहीं होता, समय के साथ बदलता रहता है। आपने खुद भी गौर किया होगा कि दिनभर में भावनाएँ कई बार बदलती हैं। इसलिए भावनाओं को केवल साक्षी होकर देखें।

निरंतरता से अपनी भावनाओं का अवलोकन करते रहने से आप पाएँगे कि आपके अंदर भरा पड़ा भावनाओं का सारा स्टॉक खत्म होने लगेगा जो कि बड़े लंबे समय से आपके अंदर बहुत मजबूती से दबा पड़ा है। इसका बहुत बड़ा कारण है आपकी बचपन की हुई परवरिश अथवा आपके जीन्स। जब कभी भी आपका मूड बदलता है, पुरानी बातें याद आती हैं तब इन दुःख-दर्दभरी भावनाओं को बाहर प्रकट होने का मौका मिलता है। इसलिए ध्यान का बड़ा महत्त्व है। ध्यान में आप अपनी भावनाओं को देख पाते हैं। दुःखों से छुटकारा पाने हेतु यह कला सीखना ही इसका एक मात्र उपाय है।

जब आप अपनी मूल अवस्था से देखेंगे तो आपकी भावनाएँ बदल जाएँगी क्योंकि मूल अवस्था को जानने से पता चलता है कि 'आप शरीर नहीं है। शरीर का उपयोग हो रहा है।' यदि आप शरीर नहीं है तो भावनाओं से होनेवाली तकलीफ भी नहीं बचती।

मुद्दा 67

तीसरा तेजलाभ : ध्यान द्वारा आप वर्तमान में रहने की कला सीखते हैं। मन या तो बीते हुए या आनेवाले कल में रहना पसंद करता है। आपको अकल में यानी वर्तमान में रहना सीखना है। जिस प्रकार सुपरमैन पलक झपकते ही पृथ्वी का चक्कर लगाकर आता है। ठीक वैसे ही आपको अपने अतीत में जाकर कोई मूल्यवान सीख लेने के लिए सुपरमैन बनना है तथा बिना रुके, बिना अटके फटाफट भूतकाल से जाकर आना है।

यदि आपको भविष्य में जाना है तो स्पाइडरमैन बनकर जाएँ। स्पाइडरमैन की तरह भविष्य में कहाँ तक जाना है वह तय करके जाएँ। आपको पता होना चाहिए कि आप किस तरह का जीवन चाहते हैं, जहाँ सारे कार्य प्रेम, आनंद और मौन के साथ हो रहे हों न कि कपट और छल से। इसी तरह आपको पता होना चाहिए कि आपका संघ कैसा हो और उसमें किस तरह के लोग हों। ऐसी उच्चतम अवस्था को ही भविष्य के तौर पर देखें। उसी को लाने के लिए सब कुछ करें और फिर से वर्तमान में लौट आएँ। वर्तमान में बहुत शक्ति है, क्योंकि इसमें मन की भूमिका खत्म हो जाती है। सिर्फ अतीत और भविष्य में जाने के दौरान ही मन की भूमिका होती है। वर्तमान में जो है, उसे आप देख रहे होते हैं। आपकी साँस चल रही है... आपके हाथ कुछ कार्य कर रहे हैं... आपकी आँखें दृश्य देख रही हैं... यह सब आप जान रहे होते हैं और स्वअनुभव भी चल रहा होता है। वर्तमान में आते ही आपका तोलू मन नमन हो जाता है और अमन ही बचता है।

चौथा तेजलाभ : ध्यान द्वारा होश बढ़ जाता है। होश बदलता रहता है क्योंकि इंसान मनन नहीं करता परंतु अनुभव वैसे का वैसा रहता है। ध्यान के बाद अकसर लोग कहते हैं कि आज हमें अनुभव प्रखरता से महसूस हो रहा है या आज अनुभव कम महसूस हुआ। समझनेवाली बात यह है कि अनुभव में बदलाव नहीं आता

बल्कि हमारे होश के स्तर में बदलाव आता रहता है। इसे एक उदाहरण से समझें।

यदि आप सुबह के समय टी.वी. चालू करें और साथ ही अपने घर की खिड़कियाँ व परदे खोल दें तो क्या होगा? आपको टी.वी. की स्क्रीन धुँधली दिखाई देगी। क्या इसका अर्थ यह है कि टी.वी. में खराबी है? नहीं। जब आप वही टी. वी. रात के समय में चालू करेंगे तो आपको स्क्रीन पर सारे चित्र साफ-साफ दिखाई देंगे। इसका अर्थ यह है कि टी.वी. की स्क्रीन वैसे की वैसी है केवल बाहरी चीजों का असर निर्धारित करता है कि आपको टी.वी. कैसी दिखाई देगी।

ठीक इसी तरह अनुभव वैसे का वैसा रहता है केवल हमारे होश के कम या ज्यादा होने के कारण हमें अनुभव में फर्क महसूस होता है।

जो लोग मनन करते है, मंथन करते हैं, ध्यान करते हैं, उनके होश का स्तर उच्च पर ही बना रहता है। इसलिए मनन मंथन और ध्यान करते रहें। यह है ध्यान का चौथा लाभ।

मुद्दा 68

पाँचवाँ तेजलाभ : ध्यान द्वारा आपको संपूर्ण स्वास्थ्य मिलता है। संपूर्ण स्वास्थ्य का मतलब है शारीरिक, मानसिक, आर्थिक, सामाजिक तथा आध्यात्मिक स्वास्थ्य पाना। जैसे-जैसे आप अनुभव की गहराई में जाएँगे मन की वजह से होनेवाली बीमारियाँ खत्म होने लग जाएँगी। आप चुंबक बनकर सारी सकारात्मक चीजें अपनी ओर आकर्षित कर पाने में सक्षम हो जाएँगे। ध्यान करके आप पाएँगे कि आपने बड़ी सहजता से शरीर को रिलैक्स करना सीख लिया है। शवासन इसी का एक उदाहरण है। इसका स्वास्थ्य पर बहुत सकारात्मक असर होता है। यह है ध्यान का पाँचवाँ लाभ।

छठा तेजलाभ : ध्यान द्वारा आपको मौनानंद यानी मौन का आनंद मिलता है। मौन का भी आनंद हो सकता है, शुरुआत में इंसान को ऐसा लगता ही नहीं। वह सोचता है कि मौन में आनंद कहाँ, वहाँ तो सिर्फ बोरडम होता है। परंतु बोरडम को चीरकर ही मौनानंद मिलता है।

जब आप ध्यान में बैठेंगे तो पाँच-सात मिनटों तक आनंद की उम्मीद भी न

करें। इसी वजह से लोग ध्यान में जाना शुरू ही नहीं करते। ध्यान करते वक्त उनके अंदर बार-बार चेकर आता है जो चेक कर रहा होता है कि 'मुझे आनंद आ रहा है या नहीं?' यह चेकर बार-बार चेक कर-करके सब कुछ समाप्त कर देता है। आपको यह चेकिंग बिलकुल नहीं करती है बल्कि चुपचाप ध्यान में बैठना है। फिर धीरे-धीरे जब आप उस गहरे अनुभव पर पहुँचेंगे तो आपको समझ में आएगा कि 'इस मौन में तो मैं घंटों तक बैठ सकता हूँ।' मौनानंद आने के कारण ही आप ऐसा कह पाते हैं। फिर जब आप वहाँ से देखने लगेंगे तो पाएँगे कि कोई भी भावना या विचार आपको छू नहीं पा रहा है, सब कुछ मौन में विलीन हो रहा है, शरीर का एहसास भी खो हो रहा है और आप कुल-मूल लक्ष्य (क.म.ल) प्राप्त कर रहे हैं। ध्यान अभ्यास निरंतरता के साथ करेंगे तो यह संभव हो पाएगा। हमेशा अपनी आँखें खुली रखने के लिए आपको कुछ समय तक आँखें बंद रखना भी सीखना होगा। इसी समझ के साथ आप ध्यान योग को जानें।

मुद्दा 69

ध्यान लक्ष्य : जब इंसान ध्यान करना सीखता है, जब वह नौसिखिया होता है, उस वक्त उसे जो सूचनाएँ दी जाती हैं, वे उसके लिए फायदेमंद होती हैं। उन सूचनाओं में बताया जाता है कि शरीर को सीधा रखें क्योंकि यदि शरीर नहीं हिलेगा तो मन भी कम हिलेगा। यदि शरीर ज्यादा हिलता है तो मन भी ज्यादा हिलता है। चूँकि अभी ध्यान करनेवाला इंसान अपने मन को देखना सीख रहा है इसलिए उसके लिए यह सूचना महत्वपूर्ण होती है। हकीकत में ध्यान का लक्ष्य यही है कि आप आँखें खुली रखकर, चलते-फिरते हुए, टाँग को हिलाते हुए भी हर जगह ध्यान में रह सकें। इसी लक्ष्य को पाने के लिए ये सब किया जाता है।

उदाहरण के लिए जब आप साइकिल चलाना सीखते हैं तो किसी खाली मैदान में जाकर शुरुआत करते हैं। हालाँकि आपको पता होता है कि आखिरकार आपको साइकिल रोड पर चलानी है, न कि मैदान पर। यही आपका लक्ष्य होता है। मगर इस लक्ष्य को साधने के लिए पहले इंसान को पता होना चाहिए कि साइकिल चलाने का अनुभव क्या है। यही बात ध्यान पर लागू होती है। इंसान को पता होना चाहिए कि 'मैं कौन हूँ।' इसके साथ ही और भी कई तरह की बातें होती हैं। इसीलिए कहा

जाता है कि आप ध्यान में बैठें और शरीर को न हिलाएँ। मन का यह प्रशिक्षण जरूरी है क्योंकि मन छोटी-छोटी बात पर कंपित हो जाता है, अकंप नहीं रह पाता। अर्थात इंसान छोटी-छोटी पीड़ाओं को शांति से देख पाए। जब वह ऐसे देखता है तो उसे पता चलता है कि वाकई बिना प्रतिक्रिया के भी चीजों को सँभाला जा सकता है।

जीवन में कई बार ऐसा होता है, जब सामनेवाले ने यदि कुछ कह दिया तो इंसान तुरंत उसका जवाब देना चाहता है। लेकिन यदि वह जवाब नहीं देता तो बाद में उसे दिखाई देता है कि वाकई जवाब देने की कोई जरूरत भी नहीं थी लेकिन वह इस अनुभव को समझेगा कैसे? इस बात की दृढ़ता प्राप्त हो इसीलिए ध्यान में प्रशिक्षण दिया जाता है।

मुद्दा 70

ध्यान में शरीर का हलन-चलन : अकसर लोगों का सवाल होता है कि ध्यान में शरीर को हिलना चाहिए या नहीं? यदि आपको ध्यान में बैठने में शारीरिक दिक्कत है, यदि डॉक्टर ने कुछ बातों का खयाल और सावधानी रखने के लिए कहा हो तो उसकी बातों को मानें। ऐसे में यह झिझक न रखें कि ध्यान करते वक्त मुझे शरीर को हिलाना चाहिए या नहीं। क्योंकि यह तो हम ध्यान के उच्चतम प्रशिक्षण के लिए कर रहे हैं, न कि शरीर को किसी सिद्धि के लिए कोई अनुशासन देना है। जो लोग सिद्धियों के मार्ग पर जाते हैं, उन्हें दिक्कतें होती हैं। ऐसे लोग भी हैं, जो सालों तक खड़े रहते हैं, सोते भी हैं तो खड़े होकर। ऐसे लोगों के पाँव बहुत मोटे हो जाते हैं क्योंकि वे हमेशा खड़े रहते हैं। यह अलग तरह का मार्ग है, यह सत्य का मार्ग नहीं है।

वे शरीर को अनुशासन में लाने के लिए उसे तपा रहे हैं। वे चाहते हैं कि वे अपने शरीर के साथ ऐसा कुछ करें, जिससे उनका नाम गिनीज बुक ऑफ वर्ल्ड रिकॉर्ड में दर्ज हो जाए। ये सब शरीर पर काम करनेवालों की विधियाँ हैं। यहाँ पर आपको यह समझ रखनी है कि डॉक्टर ने जो कहा है, उसे मानना है और शरीर को ज्यादा समय तक तनाव नहीं देना है। शरीर को सँभालें।

ध्यान करते-करते एक समय आएगा, जहाँ पर आपको अनुभव से यह समझ में आ जाता है कि असल में ध्यान में करना क्या होता है। फिर ऐसी कोई मर्यादा

नहीं रहती कि शरीर को न हिलाएँ। फिर वह स्वत: ही कम हिलता है, सब स्वत: होने लगता है क्योंकि अब आप स्वअनुभव पर जा चुके होते हैं। फिर वहाँ से आप देख रहे होते हैं। तब यदि शरीर को कहीं पर जरूरत होती है तो आप उसे हिलाते हैं, फिर वहाँ ऐसा कोई सवाल नहीं होता है कि 'कहीं मैं गलत तो नहीं कर रहा हूँ?' क्योंकि आप सीधे अनुभव के संपर्क में होते हैं। वहाँ से आपको दिख रहा होता है कि 'यही अनुभव मैं आँख खुली रखकर भी करता हूँ, यही अनुभव चलते हुए भी करता हूँ।' इसलिए शरीर का हिलने या न हिलने का सवाल ही नहीं बचता। इंसान पहली बार कोई ध्यान करने बैठे और उसे दर्द हो जाए इसलिए वह वापस कभी बैठे ही नहीं, इससे बेहतर है कि वह शरीर को हिलाए और हमेशा थोड़ा-थोड़ा करके सीखता जाए।

मुद्दा 71

ध्यान की दृढ़ता : ध्यान में दृढ़ता प्राप्त करने में सबसे बड़ी बाधा है- मन। दरअसल ध्यान करते वक्त मन ट्रिगर हुआ होता है और अनुभव को जानने की कोशिश करता है। इसे एक उदाहरण से समझें। मान लें, आप एक चश्मे से देख रहे हैं, आपको सब कुछ स्पष्ट दिख रहा है। फिर यदि अचानक चश्मा कहने लगे कि 'अब मैं देखूँ कि यह कौन देख रहा है? या जो देख रहा है, उसका कोई आकार है या नहीं है' तो आप जानते हैं कि चश्मा कभी भी देखनेवाले को नहीं देख सकता। ठीक इसी तरह जब अनुभव चल रहा होता है तब मन ट्रिगर होता है और कहता है कि 'अभी मैं देखूँ कि यह अनुभव कहाँ से आ रहा है? अनुभव करनेवाला कौन है?' मन जो उस वक्त ऐसा सोच रहा है, वह उसकी चाल है। ऐसा करके मन आपको उलझा देता है। ध्यान में यदि आप उलझ गए तो आपका ध्यान अनुभव से हटकर मन के सवालों में अटक जाता है।

जब भी आपके साथ ऐसा हो, मन ऐसी चाल खेले तो आप सिर्फ मुस्कुराकर देखें कि मन किस तरह चाल चल रहा है। हालाँकि अनुभव पर सवाल करने की जरूरत नहीं है, केवल उसमें रहना मात्र है। अनुभव के बारे में सोचकर मन आपको वहाँ से हटाना चाहता है। इसलिए ध्यान में दृढ़ता प्राप्त होने तक इंसान को कहा जाता है कि 'चुपचाप ध्यान करते रहो, कोई सवाल मत करो।' ऐसा करते-करते

एक दिन इंसान ध्यान में दृढ़ता प्राप्त कर लेता है। फिर वह मन की बातों में नहीं उलझता। वरना जैसे ही पहला अनुभव आता है तो तुरंत मन उसके साथ खेलना चाहता है, उसे अपना बनाना चाहता है। जैसे – 'यह मेरा अनुभव है... अब मैं इसे अपने फायदे के लिए इस्तेमाल करूँगा...' इत्यादि लेकिन मन को केवल यही समझ देनी है कि 'तुम अनुभव का इस्तेमाल नहीं कर पाओगे, तुम्हें सिर्फ चुप रहना है। तुम जितना चुप रहोगे, उतना जल्दी अनुभव प्रखर होगा। तुम जितनी बड़बड़ करोगे, अनुभव प्राप्ति में उतनी देर लगेगी।'

मुद्दा 72

ध्यान का उच्चतम बिंदू : जब इंसान ध्यान में शरीर की सीमा से परे जाता है तब वह स्वयं को जान रहा होता है। ऐसे में उसे अपना अस्तित्त्व पूरे समुंदर की तरह अनुभूत होता है। उसे शरीर की सीमा रेखा महसूस नहीं होती। उसे ऐसा लगता है, जैसे उसका शरीर गायब हो गया है या उसके शरीर के कुछ हिस्से खाली हो गए हैं। उस वक्त आपको वास्तव में समुंदर यानी असीम का ही अनुभव मिल रहा होता है। मगर मन चाहता है कि 'मैं समझूँ कि क्या यह समुंदर का ही अनुभव है?' जैसे ही मन आ जाता है, वैसे ही शरीर की सीमा यानी शरीर की आऊटलाइन महसूस होने लगती है। जब आपको ध्यान में अनुभव होने लगे तब आपको इस समझ के साथ रहना होगा कि 'यह उसी समुंदर का अनुभव है।'

समुंदर अपना अनुभव लहर बनकर यानी अलग होकर करता है। 'बिना लहर के या बिना मछली के, समुंदर होते हुए भी न होने के बराबर है', इस पंक्ति से समझ मिलती है कि शरीर का कितना महत्त्व है।

इस पंक्ति को एक दृष्टिकोण से देखेंगे तो लगेगा कि अपना अनुभव करने के लिए ईश्वर को इंसान की जरूरत है। इसी को यदि दूसरे दृष्टिकोण से देखेंगे तो पता चलेगा कि ईश्वर अपना अनुभव कर रहा है और व्यक्ति (नकली अहंकार) आज तक कोई अनुभव कर ही नहीं पाया है। सब कुछ इस पर निर्भर करता है कि आप किस दृष्टिकोण से देख रहे हैं। जब आप सेंस ऑफ प्रेजेंस या 'मैं हूँ' के एहसास में होते हैं तब यह मान्यता नहीं रहती कि 'मैं शरीर हूँ', वहाँ अनुभव की दृढ़ता का अहसास होता है कि 'शरीर की वजह से ही मुझे अपना पता चल रहा है।'

इंसान में 'मैं शरीर हूँ' कि मान्यता इतनी गहरी है कि शरीर हमेशा उसके लिए प्राथमिकता में रहता है और स्वअनुभव दूसरे नंबर पर रहता है। धीरे-धीरे जैसे समझ बढ़ती जाती है कि स्वयं की याद आना यानी सेल्फ रिमेम्बरिंग आवश्यक क्यों है तब स्वअनुभव प्राथमिकता में आने लगता है।

स्वअनुभव को प्राथमिकता में लाने के लिए गुरु आपको जाग्रत करते हैं। वे आपको वैसा बनाते हैं, जैसे आप वास्तव में हैं। आप बार-बार व्यक्ति (नकली मैं) बनकर सवाल पूछते हैं मगर गुरु बार-बार आपको वही समझकर जवाब देते हैं, जो आप असल में हैं ताकि बेहोशी में जो सवाल पूछ रहा है, वह जाग्रत हो जाए। सवाल पूछ-पूछकर जब वह एक दिन जाग्रत हो जाएगा तब उसके सवाल ही बदल जाएँगे।

मुद्दा 73

ध्यान में सबसे बड़ी बाधा : मन यानी अनुभव को जाँचनेवाला ही अनुभव प्राप्ति में बड़ी बाधा है। ध्यान के दौरान मन चेकर का काम करता है। यह चेकर समर्पित हो जाए, इसके लिए इस विषय की गहरी समझ चाहिए। जिसके जरिए आप सोच पाएँ कि जो चेकर आया है, क्या उसकी पात्रता है कि वह अनुभव को चेक करे?

चेकर, जो अनुभव को जाँच रहा होता है, उसके बारे में पहले उससे सवाल पूछा जाना चाहिए कि 'क्या तुम्हें मालूम है कि वास्तव में अनुभव कैसा होता है? और यदि मालूम नहीं है तो क्या तुम्हें बताने पर तुम उसे समझ सकते हो? क्या वह तुम्हारे क्षेत्र की बात है? क्या यह बात तुम्हारी पकड़ में आ सकती है या जब तुम नहीं होते हो तभी वह अनुभव होता है?' इस तरह सवाल पूछ-पूछकर चेकर जब गायब होता है तभी अनुभव प्रकट होने लगता है। चेकर द्वारा बार-बार वे ही गलतियाँ दोहराकर एक समय ऐसा आता है कि चेकर परिपक्व हो जाता है, फिर वह कहता है कि 'अब मैं कुछ नहीं बोलूँगा, अब मैं समझ गया कि यह मेरे क्षेत्र की बात है ही नहीं।' जब तक आप स्वयं यह अनुभव नहीं करते तब तक आपको शब्दों में बताया जाता है कि अनुभव के प्रकट होने में चेकर ही बाधा है। इस समझ पर मनन करके, आपको इसे अपना अनुभव बनाना है। आपको ध्यान में बैठकर यही देखना है कि 'क्या वाकई चेकर कभी जान पाएगा कि अनुभव कहाँ है?'

जब चेकर आए तो बजाय उससे लड़ने और वाद-विवाद करने के आप मुस्कराएँ कि वह आ गया, अब उससे थोड़ी बातचीत कर लेते हैं। इस दौरान आपके मन में सवाल आ सकता है कि उससे क्या बात की जाए? ऐसे में बेहतर होगा कि पहले आप उन मुद्दों पर बात कर लें, जिन पर आप सहमत हैं। जिन मुद्दों पर आप सहमत नहीं हैं, फिलहाल उन्हें छोड़ दें। इस तरह आप महसूस करेंगे कि जिन बातों पर चेकर की सहमति होगी, वे उसे समझ में आने लग जाएँगी।

इन सभी प्रक्रिया में 'विश्वास' ही ऐसी शक्ति है, जो अनुभव प्राप्ति में आपकी बड़ी मदद करती है। जो सत्य अब तक आपका अनुभव नहीं बना है, फिर भी आप उसे मानते हैं और वैसे ही जीने लगते हैं, इसके लिए विश्वास की बहुत जरूरत होती है। इसीलिए चेकर का जो ज्ञान आपको मिल रहा है, उस पर विश्वास रखें।

कुछ लोगों में शुरुआत में ही वह विश्वास जाग्रत हो जाता है, उनके लिए चेकर से आगे बढ़ना बहुत आसान हो जाता है। कुछ लोगों को बार-बार स्वयं अनुभव से गुजरना पड़ता है। फिर एक समय ऐसा आता है जब चेकर समर्पित हो जाता है। यह हो जाने के बाद आप ध्यान के अगले चरण पर पहुँचते हैं तब तक जो भी शब्द आपको अनुभव की याद दिलाए, उसे दोहराते रहें।

स्वअनुभव तक पहुँचने का यह रास्ता भी आनंददायक होना चाहिए। ऐसा नहीं है कि मंजिल पर पहुँचकर ही आनंद लिया जाए। इसीलिए समझ का महत्त्व है कि ध्यान कौन कर रहा है और आप असल में कौन हैं? आप जो हैं, वह खुद आनंद का महाकारण है इसलिए रास्ते में भी आनंद लें।

मुद्दा 74

ध्यान की जरूरत : अकसर लोग पूछते हैं कि जो लोग अध्यात्म की शुरुआत करते हैं उनके लिए ध्यान जरूरी है। जो लोग आगे बढ़ चुके हैं, उन्हें ध्यान करने की क्या जरूरत है? मन को ज्ञानी युधिष्ठिर न बनने दें। जब आप अध्यात्म में आगे बढ़ते हैं तब आपको कुछ समझ दी जाती है। उस समझ के साथ आपका चेतना का स्तर बढ़ जाता है। फिर आप देखते हैं कि संसार में जाकर आपका चेतना का स्तर कम हो जाता है। मन को लगता है कि 'मेरा चेतना का स्तर ऊपर ही है।' इस तरह

वह ज्ञानी युधिष्ठिर बनता है। वह आपसे यह नहीं कहता कि 'अब तुम्हारी चेतना का स्तर कम हो गया है तो तुम ध्यान करके पहले अपना स्तर बढ़ाओ।' बजाय ऐसा करने के वह आपको आध्यात्मिक जवाब देता है कि 'उसने ऐसा किया इसलिए मैंने ऐसा कर दिया...' वगैरह-वगैरह।

हर बार वह आपको अलग-अलग बातों में उलझाकर अध्यात्म के मार्ग से महरूम करता है। कई बार वह इतने सूक्ष्म तरीके से अपना काम करता है कि आपको पता भी नहीं चलता।

जब आप मौन (ध्यान) में जाते हैं, तब आप फिर से समझ के उच्च स्तर को प्राप्त करते हैं। माया के दिखावटी सत्य को देखकर आपकी चेतना का स्तर जो नीचे आ गया था, ध्यान में आप उसे फिर से उठाते हैं। इसलिए खोजी को ध्यान की आदत डाली जाती है।

इंसान की कुछ आदतें जरूरत से जुड़ी होती हैं मगर कुछ आदतें रोजमर्रा के जीवन में अपनानी होती हैं। जैसे आपसे पूछा जाए, 'क्या आपको हर दिन नहाने की जरूरत है? किसी दिन नहीं नहाएँगे तो नहीं चलेगा?' तो आपका जवाब होगा, 'नहीं क्योंकि बिना नहाए हम खुद को तरोताजा महसूस नहीं करते।' तात्पर्य- आपने स्वयं को हर दिन नहाने की आदत डाली होती है तो आप रोज नहाते हैं, जरूरत हो या न हो। किसी दिन आप प्रदूषित वातावरण में नहीं गए होते, फिर भी आप नहाते हैं क्योंकि आपको आदत है।

बात केवल आदत तक ही सीमित नहीं है। ध्यान में बैठने के बाद जब आप अपनी आध्यात्मिक प्रगती देखेंगे तो आपको समझ में आएगा कि ध्यान करना क्यों जरूरी है। फिर आप कहेंगे, 'अच्छा हुआ जो गुरुजी ने ध्यान करने की आज्ञा दी वरना इस वक्त ध्यान में मैं जो अनुभव कर रहा हूँ, वह कैसे कर पाता।' ध्यान की यही समझ आपको भी पानी है।

मुद्दा 75

ध्यान और समय : लोगों का सवाल होता है कि क्या ध्यान में निरंतर बैठने के बाद ध्यान का समय कम किया जा सकता है? इससे फायदा होगा या नहीं?

शुरुआत में इंसान को ध्यान का समय बढ़ाने के लिए इसलिए कहा जाता है क्योंकि प्रारंभिक ध्यान में इंसान का मन जल्दी शांत नहीं हो पाता। उसका समय बाहर के विचारों को सँभालने और शरीर की असुविधाओं को देखने में चला जाता है। काफी समय के बाद वह वाकई ध्यान की गहराई में उतरने लगता है।

अर्थात पहले तैयारी में ही ज्यादा समय लगता है, १०-२० मिनट उसी में बीत जाते हैं। यदि इंसान तैयारी करके उठ गया तो उसे पूर्णता की भावना नहीं आती। इसका अर्थ ऐसा नहीं है कि हमेशा तैयारी में इतना ही समय लगता है। धीरे-धीरे यह समय कम होने लगता है। बाद-बाद में इंसान ध्यान में बैठते ही मौन में चला जाता है। फिर उसे प्रश्न आता है कि अब कम समय बैठें तो चल सकता है क्या? अगर इंसान ध्यान का समय बढ़ाता जाए तो वह आगे के लिए तैयार होता है।

तैयारी में आपको दस मिनट लगते हैं। उसके बाद असली समाधि का ध्यान शुरू होता है, आप उसमें भी कुछ समय रहें ताकि यह देख सकें कि वहाँ रहते हुए क्या-क्या हो रहा है। आपको पता चले कि सही उपस्थिति के बाद क्या-क्या होता है। लेकिन जितना समय ध्यान में आज लग रहा है, आगे उतना नहीं लगेगा, कम होता जाएगा।

मुद्दा 76

विचार और ध्यान की अवस्था : विचारों के रहते भी ध्यान किया जा सकता है। चलते-फिरते भी ध्यान की अवस्था में रहने के लिए समझ की बड़ी भूमिका है। विचार शरीर में चलते हैं। जैसे शरीर पर आपको अपने कपड़ों का एहसास होता है, उसी तरह जब आप ध्यान में बैठे होते हैं तो आपको विचारों का एहसास होता है। जैसे पंखे की हवा आपके शरीर को छूती है, उसी तरह विचार भी आपको छू रहे होते हैं। विचार भी उस शरीर का एक हिस्सा हैं। आपको उन्हें इस तरह देखना है, जैसे किसी ने आपके माथे पर कोई स्टिकर चिपका दिया हो और उस पर लिखा हो 'विचार'। आप उस स्टिकर को जिस तरह देखेंगे, उसी तरह आपको अपने विचारों को देखना है।

जैसे स्टिकर लगने के बाद आप कह पाते हैं कि 'इसे माथे पर रहने दो, इसके

बावजूद भी मैं अपना अनुभव कर सकता हूँ।' उसी तरह विचारों को देखें और स्वयं से कहें, 'इनके होते हुए भी मैं अपना अनुभव कर सकता हूँ।'

सेल्फ के लिए आपका शरीर एक आइने समान है, जो आपको आपका दर्शन करवा रहा है। मगर आइने में भी कुछ बदलाव होते रहते हैं। आइने का रंग बदलता है, वह मौसम अनुसार ठंढा-गरम होता है, इसके बावजूद भी आप अपना अनुभव कर सकते हैं।

शरीर एक विचार करनेवाली मशीन है। उसमें यह सब चलता ही रहेगा। आपको सिर्फ यह देखना है कि आपका शरीर आपको अपना दर्शन करवा रहा है या नहीं। यह हो रहा है तो दिक्कत की कोई बात नहीं है। खुद को यह बात बार-बार याद दिलाते रहें।

मुद्दा 77

शरीर की बड़बड़ : ध्यान में अकसर लोग शरीर की बड़बड़ (दुःख और दर्द की भावना) से परेशान होते हैं और उससे छुटकारा कैसे पाएँ, यह पूछते हैं। ध्यान ईश्वर का गुण है। अपने स्वभाव में स्थापित होना यानी अपने ध्यान में स्थापित होना। यह एक ऐसी अवस्था है जहाँ पर आपको साफ-साफ दिखाई देता है कि 'मैं कौन हूँ और यह शरीर एक निमित्त है। यह शरीर मेरे बाजू में रखा है इसलिए मैं अपना ध्यान कर पा रहा हूँ।' सोचें, यदि शरीर आपके बाजू में रखा होता है तो आपको उससे मदद मिलती है। जैसे आपके बाजू में पंखा रखा हो तो आपको पूरी हवा मिलती है। यदि पंखा हटा दिया जाए तो उसकी हवा महसूस नहीं होगी। इसी तरह शरीर आपके बाजू में रखा हो तो आप अपने आपको जानकर, महसूस कर पाते हैं। यहाँ महसूस करने का अर्थ त्वचा से संबंधित नहीं है बल्कि अपने होने के एहसास को महसूस करना है।

यदि यह शरीर थोड़ी देर के लिए हटा दिया जाए तो आप कहेंगे, 'मुझे तो अनुभव हो ही नहीं रहा है' यानी आपको अपना अनुभव होना बंद हो गया। फिर शरीर बाजू में रखा जाएगा तो आपको अनुभव होगा। इस तरह धीरे-धीरे आप समझ जाएँगे कि आप शरीर से अलग हैं और शरीर से आपका अलगाव हो जाएगा।

शरीर के कारण आपको अपने होने का एहसास हो रहा है इसलिए कभी-कभी आप उसकी पीठ थपथपाएँ और कहें कि 'तुम अच्छा काम करते हो। इसी तरह बाजू में बैठे रहो और हम अपनी अभिव्यक्ति करेंगे।' जब आपको इस तरह सब कुछ साफ-साफ दिखाई देने लगेगा तो शरीर, जो अपनी प्रोग्रामिंग की वजह से कुछ सोचता रहता था, वह सोचना बंद हो जाएगा।

उदाहरण के लिए आपके बाजू में कोई इंसान बिठा दिया गया है और वह पूरा जीवन अपनी बड़बड़ करता है कि 'उसने ऐसा किया, उसने वैसा किया, उसे ऐसा नहीं करना चाहिए, वैसा नहीं करना चाहिए, पढ़ाई कब खत्म होगी, यह कब होगा, वह कब होगा...' वगैरह-वगैरह। इससे आपको तकलीफ होगी, आप सोचेंगे, 'पता नहीं यह क्या बड़बड़ कर रहा है... मुझे ध्यान नहीं करने दे रहा है... मुझे स्वअनुभव और स्वध्यान नहीं करने दे रहा है।' यहाँ समझें, यह इंसान कोई और नहीं बल्कि आपका शरीर है, जो पूरा दिन अपनी बड़बड़ करता रहता है।

आपको इसका कारण जानना है कि वह ऐसे बड़बड़ क्यों कर रहा है? जब कारण जानने की कोशिश करेंगे तब समझ में आएगा कि जब भी आप अपने आपसे दूर जाते हैं तो शरीर बड़बड़ शुरू कर देता है। जब आप अपने आप पर होते हैं तो उसकी बड़बड़ बंद हो जाती है। ऐसे में आप जो सोचना चाहते हैं, वह वही बोलने लगता है। फिर उससे ऐसे शब्द निकलते हैं, जो सत्य वचन जैसे लगते हैं। इससे आपको समझ में आएगा कि शरीर की बड़बड़ का कारण आप हैं। इसलिए आप ज्यादा से ज्यादा समय स्व पर रहें ताकि शरीर की बड़बड़ बंद हो जाए।

मुद्दा 78

शरीर से ध्यान हटाने की कला : यह शरीर एक किस्म का अजायब घर है। इसमें कहाँ से कौन सा विचार उठेगा, इसका कोई भरोसा नहीं है। यहाँ से इस विचार की यह हवाई उठी... वहाँ से वह हवाई उठी और आप उलझ गए। जैसे ही आप स्वयं को भूल जाते हैं और शरीर के विस्तार में जाते हैं तो खो जाते हैं। शरीर के विस्तार में न जाते हुए समझदारी से, परिपक्वता से ध्यान करते रहें तभी ध्यानी बड़ा होगा वरना शरीर बड़ा हो जाता है और ध्यानी वहीं रह जाता है।

शरीर, केवल सेल्फ को जानने के लिए निमित्त है, उसमें न उलझें। जैसे पंखा चल रहा हो और आपके शरीर का एक हिस्सा गीला हो तो जब पंखे की हवा वहाँ पड़ती है तो आपको वह हिस्सा महसूस होता है। फिर जब पंखे की हवा बंद होती है तो वह हिस्सा महसूस नहीं होता। अब आप समझ सकते हैं कि पंखे ने कितना काम किया। उसने सिर्फ आपको अनुभव करवाया। जो वास्तव में हो ही रहा था। अतः समझ यह रखें कि शरीर आपको अपना अनुभव करवा रहा है, हर वक्त करवा रहा है।

जब आप मौन में बैठें तो इस बात की समझ रखें कि अनुभवकर्ता अपना अनुभव कर रहा है। हालाँकि आँख खोलकर भी ऐसा करना संभव है मगर पहले आँख बंद करके इसका अभ्यास करना बेहतर है क्योंकि आपके अंदर का ध्यानी अभी बच्चा है।

आप बच्चे को रोड पर साइकिल चलाने के लिए नहीं भेजते बल्कि उसे आँगन में साइकिल चलाने की आज्ञा देते हैं क्योंकि बच्चे के लिए यही सुरक्षित है। बाद में आप उससे खुले मैदान में साइकिल चलवाते हैं, तब कहीं जाकर बच्चा पूरी तरह तैयार हो पाता है। पूरे प्रशिक्षण के बाद ही आप उसे रोड पर जाने की इजाजत देते हैं। हालाँकि लक्ष्य तो रोड पर साइकिल चलाना है मगर शुरुआत आप आँगन से करते हैं। इसी तरह लक्ष्य है आँख खुली रखते हुए ध्यान करना लेकिन उसके लिए पहले तैयारी करना जरूरी है। ध्यान में जाते ही शरीर तो अपनी आदत (संस्कार) के मुताबिक कुछ न कुछ कहता रहेगा मगर हमें समझ के साथ कार्य करना है।

उदाहरण के लिए जब आप ट्रेन में जाते हैं तो बच्चे खिड़की के बाजू में बैठकर सवाल पर सवाल पूछते रहते हैं कि 'यह क्या है... वह क्या है... यह ऐसा क्यों है... वह वैसा क्यों है...' इत्यादि। ऐसे में आप बच्चे के सवालों के जवाब देते हुए, अपना भी आनंद लेते रहते हैं। बच्चे ने जो दिखाया, उसके अंदर डूब नहीं जाते। इसी तरह शरीर सवाल पूछे तो आप उसे उसकी शरारत समझकर मुस्कराएँ। शरीर की पुरानी आदत तोड़ने के लिए आपको यह काम करना है। आप जो वास्तव में हैं, उसे यह काम करना है, न कि किसी व्यक्ति (अहंकार) को। लोग ध्यान करते वक्त अकसर शरीर में उलझ जाते हैं कि 'मुझे हलकापन महसूस क्यों नहीं होता... भारीपन महसूस क्यों होता है।' तब शरीर में न उलझते हुए, ध्यान स्व पर लगाएँ।

मुद्दा 79

ध्यान में विकास : ध्यान में आपका विकास तब होगा जब आप ध्यान में अपने शरीर पर महसूस हो रहे भारीपन और हलकेपन, दोनों अवस्थाओं को एक ही तरह से देख पाएँगे। भारीपन से नफरत और हलकेपन से प्यार का मतलब है कि आपका विकास नहीं हो रहा है। क्योंकि मन अंत तक यही शंका लाता रहेगा कि शुरुआत में भारीपन क्यों है... बाद में हलकापन क्यों है? वास्तव में जो आप हैं, उसमें कोई भारीपन या हलकापन नहीं है। शरीर में तो सुबह से लेकर रात तक हर तरह के करतब चलते रहते हैं। इंसान ने अपने शरीर में झाँककर देखा नहीं है कि उसमें क्या-क्या सर्कस चलता रहता है। इसलिए जब वह ध्यान करने बैठता है तो कहता है, 'अरे! मुझे इतनी सघनता (घन, ठोस), इतना भारीपन कैसे महसूस हो रहा है?' थोड़ी देर बाद कहेगा कि 'अब इतना हलकापन कैसे है' इत्यादि। ऐसे में आपको केवल यह याद रखना है कि यह सब सामान्य है और इसमें कोई विशेष बात नहीं है। यदि भारीपन अंत तक भी रहे तो भी कोई दिक्कत नहीं है।

सफल ध्यान वह कहलाता है, जिसमें आप इन सब चीजों को वैसे ही देखें, जैसे देखने की कला कहती है। देखने की कला कहती है कि 'यह शरीर है और इसके अंदर अलग-अलग तरंग महसूस होना सामान्य बात है।' उदाहरण के लिए एक बच्चा आपके कपड़े गीले कर दे तो आप यही कहेंगे कि 'यह तो सामान्य बात है, इसमें कोई विशेष बात नहीं है' क्योंकि आपको पता है कि बच्चे ये सब करते रहते हैं। इसी तरह आपका मन भी ध्यान में पका नहीं है इसलिए वह भी बच्चा है तो कहता है कि 'यहाँ हलकापन है... वहाँ भारीपन है' और सवाल उठाता है। इसलिए यह समझ जारी रखें कि 'यह सामान्य बात है।'

ध्यान में जैसे-जैसे आप आगे बढ़ेंगे, वैसे-वैसे हर दिन नए आयाम आपके सामने आते जाएँगे। कोई इंसान कहेगा, 'आज ध्यान में मुझे नीली रोशनी दिखाई दी'... कोई कहेगा, 'आज मुझे अनहद नाद सुनाई दिया।' इन सभी बातों के बावजूद आपको समझना है कि ध्यान में जो भी हो रहा है, वह सब सामान्य है। इसलिए किसी एक बात को पकड़कर न चलें। लोगों से अकसर यह गलती होती है कि उनके साथ जो कुछ भी हुआ, वे उसे पकड़कर चलते हैं और चाहते हैं कि ऐसा ही हो। जबकि ध्यान में यह समझ रखना आवश्यक है कि जो हो रहा है, वह हो और जो

नहीं हो रहा, वह न हो। आपको ध्यान में जो रोशनी दिखाई दी उसे देखनेवाले या जाननेवाले को जब आप जान लेंगे तब यह सच्चा विकास कहलाएगा। आपको जो भारीपन या हलकापन महसूस होता है, उसे महसूस करनेवाले को यदि आपने जान लिया तो ही कहा जा सकता है कि आपने सच्चा विकास किया।

जाननेवाला जब शरीर के विस्तार में जाता है तो उसे शरीर के बदलाव महसूस होते हैं। इसका अर्थ है कि आप स्वयं (असली अनुभव) को भूलना शुरू कर चुके हैं। इस भूलने के रोग को ही समाप्त करना है। शरीर के विकारों पर काम करके, इसकी वृत्तियों को तोड़कर और अनुभव पर जाकर यही कार्य चल रहा है। विकारों और संस्कारों को तोड़ने का उद्देश्य यही है कि शरीर को ऐसा बनाया जाए कि वह ध्यान में बैठने के लिए सहयोग करे। साथ ही ध्यानी को अपने ऊपर लौटने और स्वध्यान करने के लिए शरीर मदद करे।

शरीर जितना व्यसनी होगा, उतना ही कम मदद करेगा। जैसे बच्चे में कोई अच्छी आदत डालने के लिए पहले उसे बार–बार समझाया जाता है, लालच दी जाती है, फिर उसे सिखाया जाता है। ठीक इसी तरह आपको भी अपने शरीर को तैयार करना है। फिर एक समय ऐसा आएगा जब आप कहेंगे, 'अब शरीर में कोई भी अवस्था आए, वह मेरे लिए मात्र सर्कस होगी और मैं उसका आनंद लूँगा।'

कई लोगों ने ध्यान की ऐसी पुस्तकें लिखी हैं, जिन्हें पढ़कर आप हैरान हो जाएँगे। उन्होंने उसमें ध्यान के बारे में नहीं बल्कि अपने अनुभवों के बारे में लिखा है, जैसे 'मुझे आज ऐसा प्रकाश दिखा... आज ऐसी कंपन हुई... आज ऐसा महसूस हुआ...।' ये सब पढ़कर लोगों को लगता है कि ध्यान में हमारे साथ भी यही सब होना चाहिए। शरीर के अनुभव से ज्यादा महत्वपूर्ण यह है कि इंसान सारे अनुभवों को जाननेवाले को जाने। यदि उस जाननेवाले के बारे में पुस्तक लिखी जाए तो उसमें केवल कोरे कागज ही होंगे। किसी के अनुभवों को पढ़कर यह नहीं सोचना चाहिए कि 'मेरे साथ भी ऐसा ही हो' बल्कि इससे आपको ध्यान करने की प्रेरणा लेनी चाहिए। यदि आप सोचने लगें कि 'ध्यान में दूसरों को भारीपन महसूस होता है तो मुझे भी होना चाहिए, यदि ऐसा नहीं हुआ तो ध्यान में विकास नहीं हुआ' तो इसका अर्थ है कि आप गलत दिशा में जा रहे हैं।

कुछ लोग सिद्धियाँ प्राप्त कर लेते हैं तो लोग उन्हें आदर से देखते हैं और उन्हें

लगता है कि हमें भी यही प्राप्त करना है। लेकिन यदि आपने उसे प्राप्त कर भी लिया तो भी वह अध्यात्म नहीं है। वह तो शरीर की एक कला है।

मुद्दा 80

होश : अनुभव का अर्थ ही चेतना और होश है। अनुभव के लिए कई नाम दिए जा सकते हैं, उसे आप होश कहें, जाग्रती कहें, चेतना कहें, चैतन्य कहें, जिंदा होने का एहसास कहें या कुछ और कहें। शब्द अलग-अलग हो सकते हैं। कई बातें ऐसी होती हैं, जिन्हें समझाने के लिए उसी अवस्था को नया शब्द दिया जाता है। इस तरह शब्द जुड़ते रहते हैं।

होश जब अकेला होता है तब उसे एक अलग नाम दिया जा सकता है। यदि होश शरीर के साथ जुड़ जाए तो उसे एक नया नाम दिया जा सकता है। फिर जब होश शरीर के साथ जुड़कर उलझ गया तो उसे एक और नाम दिया जा सकता है। वही होश जब शरीर के साथ जुड़कर सुलझने लगा तो उसे फिर एक नया नाम दिया जा सकता है। कहने का अर्थ यह है कि एक ही चीज को बेहतर ढंग से समझाने के लिए नए शब्दों की जरूरत पड़ती है ताकि पता चले कि हकीकत में क्या बताया जा रहा है। शब्द उस होश का विस्तार हैं, जिसके अंदर सब चल रहा है। जैसे बिजली तो एक ही है मगर यदि वह गीजर के साथ जुड़ जाए तो गरमी पैदा करती है। यदि वह बल्ब के साथ जुड़ जाए तो प्रकाश कहलाती है। यदि वह पंखे के साथ जुड़ जाए तो हवा कहलाती है। उसी तरह जब आपको ध्यान में कहा जाता है कि 'आँख पर ध्यान करें... तीसरे नेत्र पर ध्यान करें... हृदयस्थान पर ध्यान करें...' तो यह समझें कि इसी होश को केवल एक जगह केंद्रित किया जा रहा है।

जब होश स्वयं के बारे में जाग्रत होने लगता है तब उसे स्वध्यान या स्वसाक्षी कहा जाता है। ध्यान में यही अभ्यास किया जाता है कि होश स्वयं के बारे में जाग्रत हो। यही लक्ष्य है।

होश की जिम्मेदारी यह भी है कि वह शरीर के लिए जाग्रत हो जाए ताकि शरीर ठीक से काम करे। यदि आप शरीर के लिए जाग्रत नहीं होंगे तो शरीर खत्म होता जाएगा। आपको कहीं पर भी दर्द है तो आपका होश वहाँ जाना चाहिए ताकि

शरीर ठीक हो सके।

रेकी द्वारा हीलिंग इसलिए होती है क्योंकि आप अपने होश को वहाँ लाते हैं। शरीर के कई हिस्से ऐसे हैं, जिन्हें कभी आप होश के साथ देखते ही नहीं। आसनों की वजह से जब खिंचाव आता है तब वहाँ ध्यान जाता है। यदि इंसान आसन न करता होता तो कई सारी वृत्तियों पर उसका ध्यान ही नहीं जाता। शरीर के सभी अंगों को ध्यान मिलना जरूरी है, यह भी होश की जिम्मेदारी है। मगर होश की सबसे बड़ी जिम्मेदारी है अपने बारे में जाग्रत होना क्योंकि आप होश हों... आप चेतना हों... You are awareness, you are conciousness.

मुद्दा 81

ध्यान में असफलता : ध्यान में आँखें बंद करने के बाद कान अवश्य खोलें। ध्यान में कान खुलते ही आस-पास की कुछ आवाजें दूर से आती हुई सुनाई देती हैं। लेकिन इन आवाजों के जुड़ने के बावजूद भी अनुभवकर्ता अनुभव का अनुभव में अनुभव करता है। यदि ऐसी करोड़ों आवाजें कान के साथ जुड़ जाएँ तो भी वे अनुभव पर कोई फर्क नहीं डाल सकतीं। जैसे इंसान कोई दृश्य देख रहा हो और उस दृश्य में दो-चार चीजें और जोड़ दी जाएँ तो उसे कोई फर्क नहीं पड़ता। बिलकुल इसी तरह कान के साथ चाहे जितनी आवाजें जुड़ जाएँ, अनुभव में कोई फर्क नहीं पड़ता। अनुभवकर्ता अनुभव में अपना अनुभव करता रहता है। जब अनुभवकर्ता इस उद्देश्य को भूल जाता है तब वह दृश्य के विवरण में जाता है, आवाजों के विस्तार में जाता है। कुछ देर बाद उसे पता ही नहीं चलता कि विस्तार में जाते-जाते वह कब खो गया। इस तरह वह खुद को भूल जाता है। ज्ञान नहीं होगा तो उसे यह पता भी नहीं चलेगा कि वह खो गया है।

जब इंसान को ज्ञान मिलता है तब सही समझ प्रकट होने लगती है और उसे यह पता चलता है कि 'मैं खो गया था'। खोना यानी 'असली मैं' का खो जाना। ज्ञान मिलने के बाद समझ में आता है कि आप शरीर नहीं बल्कि स्वअनुभव हैं। फिर कृपा का एहसास होगा और आप कहेंगे कि 'अब कृपा हुई है जो मेरे बारे में किसी ने कुछ बताया वरना मुझसे बात करनेवाले लोग उसी से बात करते रहे, जो मैं हूँ ही नहीं। मैं भी यही गलती करता रहा, लोगों को शरीर समझकर ही बात करता

रहा, जो वास्तव में वे नहीं हैं।'

तात्पर्य- सभी एक-दूसरे को शरीर मानकर ही बात करते हैं। इस तरह सभी एक-दूसरे को भूलने में मदद करते हैं, जबकि याद दिलाने में कोई किसी की मदद नहीं करता। इसके बाद इंसान को सत्य समझ में आता है और वह कहता है कि 'आज यह सत्य पता चला है कि मैं खो गया था, अब मैं बुद्धि से जान गया हूँ कि मैं असल में कौन हूँ तो क्यों न उसका अनुभव करना शुरू करूँ, जिसके लिए गुरु और ईश्वर की कृपा हुई है।'

स्वयं को याद करने पर जो आनंद अभिव्यक्त होगा, वह शरीर द्वारा ही अभिव्यक्त होगा। जरा सोचिए कि शरीर सदा कितना बड़ा निमित्त बनता है, यह हमें हमारा अनुभव भी करवा सकता है और अनुभव करवाने के बाद सेल्फ के गुणों की अभिव्यक्ति भी शरीर के द्वारा ही हो सकती है। जब अज्ञान होता है तो यही शरीर उलझाने का काम करता है और हर दिन नई वृत्तियाँ बढ़ाता है।

स्वयं के बारे में जानकर वृत्तियाँ बढ़नी तुरंत बंद हो जानी चाहिए। वृत्तियाँ, संस्कार और गलत आदतें इत्यादि सब कुछ टूटना शुरू हो जाना चाहिए ताकि यही शरीर बड़ी सहजता से हमें हमारा अनुभव करवा सके। हमें भी ध्यान में अपनी जाग्रति को इतना ऊँचा उठाना है कि शरीर से टकरानेवाली आवाजें, दृश्य, सुगंध, स्वाद, स्पर्श, विचार हमें उलझा न पाएँ और यदि कुछ देर उलझें भी तो तुरंत सजग हो जाएँ।

ध्यान में यदि विचार उठे तो सिर्फ यह जानें कि शरीर में उठा हुआ यह विचार वैसा ही है, जैसे कान पर टकराई हुई आवाज। इन दोनों में कोई फर्क नहीं है, दोनों एक बराबर हैं। इसलिए अपने अनुभव पर रहकर अनुभव का अनुभव करना जारी रखें। व्यक्ति (अहंकार) यह अनुभव नहीं कर सकता इसलिए उसे केवल चुप रहना है।

मुद्दा 82

ध्यान में गहराई तक जाना : जब इंसान ध्यान करने बैठता है तब उसे यह भी पता नहीं होता कि वह क्या करने जा रहा है। धीरे-धीरे उसे पता चलता है कि स्वयं के होने का एहसास क्या होता है। वह जानने लगता है कि 'स्वयं के होने का एहसास

बिना रूप, रंग का है और इसका कोई चेहरा नहीं है। इस एहसास को जानने के लिए शरीर निमित्त के रूप में मिला है तो क्यों न उस अनुभव को प्राप्त किया जाए।' यह जान लेने के बाद फिर असली कार्य शुरू होता है। परंतु शरीर एक ऐसा प्रदर्शनी कक्ष है, जिसमें ध्यान द्वारा अंदर जाते ही कई सारी चीजें दिखाई देने लगती हैं। उन्हें देखकर इंसान यह भूल ही जाता है कि 'मैं अंदर क्यों गया था?' वह अपना असली लक्ष्य भूलकर बाकी चीजों में अटक जाता है।

शरीर में कुछ पीड़ा उठी, कोई विचार उठा, बाहर से कोई आवाज टकराई या कल का काम याद आ गया, कोई नई युक्ति सूझी तो इंसान ध्यान बंद करके इन्हीं बातों में अटक जाता है, घटनाओं के विवरण में चला जाता है। वह सोचने लगता है कि कल बॉस को कैसे समझाया जाए... बीवी से कैसे बात की जाए... समस्या को कैसे सुलझाया जाए वगैरह-वगैरह। फिर जैसे ही उसे इन समस्याओं का समाधान मिलता है तो वह उसके विवरण में चला जाता है कि 'अरे! कितनी बढ़िया आइडिया है।' फिर अचानक उसे याद आता है कि 'अरे! मैं तो ध्यान के लिए बैठा था।'

ध्यान करते वक्त यदि आपके साथ ऐसा हो तो खुद से कहें कि 'कोई बात नहीं, इस विचार को केबिन में रखो।' साथ ही स्वयं से यह भी कहें, 'इस शरीर ने मुझे उलझा दिया।' इसके बाद आपके चेहरे पर एक मंद-मंद मुस्कराहट आनी चाहिए। क्योंकि जब आप दोबारा ध्यान द्वारा अपने अनुभव पर पहुँचें और आपसे वही गलती हो तो इसी तरह मुस्कराना जारी रखें। आप यह जिद न रखें कि 'ऐसा क्यों हुआ... नहीं होना चाहिए था' बल्कि यह समझ रखें कि आपमें जो ध्यानी तैयार हुआ है, वह अभी बच्चा है, ध्यान में पूरी तरह परिपक्व नहीं हो पाया है। इस तरह अपनी गलतियों से सीखें और ध्यान में आगे बढ़ें। यही बात आपको ध्यान की गहराई में ले जाने में मदद करेगी।

पहले अपने अंदर के ध्यानी को बड़ा होने दें और इसके लिए उसे सही मार्गदर्शन दें। मुस्कराते हुए दोबारा अनुभव पर चले जाएँ। दरअसल आप इतने सालों तक इस शरीर के विस्तार में जाते रहे हैं कि यह आपकी पुरानी आदत बन चुकी है। इसे तोड़ने की प्रक्रिया में समय लगेगा इसलिए धैर्य रखें और बिना परेशान हुए, ध्यान द्वारा बार-बार अपने अनुभव पर लौटते रहें।

अब तक आपने जो जीवन जीया, वह स्वयं को शरीर मानकर ही जीया। इसलिए आप शरीर के विस्तार में जाते रहे। आपमें यह वृत्ति तैयार हो गई। आपको

अब तक किसी ने बताया भी नहीं था कि 'यह एक आदत है' इसलिए आपको यही लगता रहा कि यही सामान्य बात है, यही जीवन है, यही शरीर मैं हूँ।

अब आपको अचानक पता चला कि आपका आधार ही गलत है। जैसे यदि आपका कैलक्युलेटर २+२= ५ दिखाता है तो आप चाहे उससे जितना गणित कर लें, आपका सारा गणित गलत ही सिद्ध होगा क्योंकि आधार ही गलत है। लेकिन आपको इस बात को लेकर दुःखी नहीं होना है बल्कि मुस्कराना है कि 'चलो अच्छा हुआ, कम से कम अब यह सब मालूम पड़ गया।' ऐसे भी लोग हैं जो इस सत्य को जाने बिना पृथ्वी से चले जाते हैं और फिर मृत्यु उपरांत जीवन में भी वही गलती दोहराते हैं। यह बहुत सकारात्मक बात है कि आपको यह मार्गदर्शन अभी से मिल रहा है।

मुद्दा 83

स्वअनुभव में स्थापित होना : ध्यान में आँखें बंद करके हम जो अनुभव प्राप्त करना चाहते हैं, वह तुरंत प्रकट नहीं होता इसलिए अलग-अलग विधियाँ बनाई गई हैं। स्वअनुभव को प्राप्त करने के लिए लोग साँस पर या तीसरे नेत्र पर या शरीर पर ध्यान करते हैं। लेकिन ध्यान की गहराई पाने के बाद अपने होने का एहसास, स्वअनुभव या स्वबोध को अनुभव से जाना जाता है तब किसी विधि की आवश्यकता नहीं होती। जैसे खट्टी, मीठी, तीखी चीज जुबान को छूती है तो आपको पता चलता है क्योंकि जुबान को इन चीजों की जानकारी देनेवाले बड्स् (सूक्ष्म तंतु) उसमें मौजूद होते हैं वरना तो जुबान को स्वाद का पता ही नहीं चलता। ठीक इसी तरह सेल्फ को भी स्वअनुभव का अहसास पता चलता है। जिसे शब्दों या विधियों से नहीं बल्कि अनुभव करके ही जाना जा सकता है।

ध्यान की शुरुआत करनेवालों के लिए पहले साँस पर, शरीर पर कार्य करवाया जाएगा क्योंकि अपने होने का एहसास (Sense of presence) इतना सूक्ष्म है कि इंसान जान ही नहीं पाता है, इतना नजदीक है कि इंसान देख ही नहीं पाता है। दूर की चीजें आसानी से दिखाई देती हैं लेकिन नजदीक की चीजें जानना कठिन हो जाता है।

जो लोग स्वयं को जान पा रहे हैं, उनके साथ आगे सराहना ध्यान होता है।

सराहना मौन ध्यान यानी स्वअनुभव को जानकर, उसकी सराहना और आश्चर्य करते-करते मौन में जाया जाता है। सा रे गा मा सराहना, ऐसी सराहना से मौन स्वत: ही प्रकट होता है। स्वअनुभव के अलावा किसी और विषय पर सोचने से मौन प्रकट नहीं होता बल्कि उत्तेजना निर्माण होती है। स्वअनुभव या स्वबोध ही वह है, जिसे ईश्वर, कॉन्शियसनेस, परम चेतना, चैतन्य इत्यादि नाम दिए गए हैं।

सा रे गा मा सराहना में 'सा' यानी सीधा, सहज, सरल सत्य। स्वअनुभव इतना साधारण है कि वह हर इंसान, वस्तु, पक्षी, जानवर में है। वह कण-कण में समाया है। यदि अनुभव सीधा, सादा, सहज, सरल नहीं होता तो सिर्फ अमीरों के पास ही होता। निराकार को शब्दों में नहीं लाया जा सकता। परंतु सराहना शब्दों में ही होती है। सराहना करनेवाला अलग-अलग शब्दों से स्वअनुभव को बयान करता है। अनुभव इतना सहज है कि जिसके साथ जुड़े वैसा हो जाए। इतना सरल है कि उसकी सरलता ही उसकी कठिनाई बन गई है। आज उस अनुभव को जानने के लिए लोग बहुत भटकते हैं।

'रे' - रिश्ता। अनुभव के साथ प्रेम का रिश्ता होता है। 'प्रेम' शब्द को यदि विभाजित करके लिखा जाए तो वह होगा 'प रे म'। प और म के बीच में जो 'रे' शब्द आता है, वह सरगम का 'रे' है। अनुभव को शब्द देने के लिए नजदीक का शब्द बना, 'प्रेम'। प्रेम, आनंद, मौन। प्रेम और मौन के बीच में आनंद का रिश्ता बनता है।

'गा' - गीत। गीत ईश्वर की सराहना में निकलते हैं। ईश्वर की गीता ईश्वर का गाना है। हर इंसान से अलग-अलग अभिव्यक्तियाँ होती हैं, कोई पुस्तकें लिखता है, कोई भजन गाता है, किसी से दोहे निकले, किसी से अभंग। गा पर हर एक का गीत, अभिव्यक्ति अलग-अलग होती है।

ये शब्द आपको सराहना करने में मदद करते हैं। जब आप इन शब्दों को मन में याद करके अनुभव को महसूस करेंगे तो मौन स्वत: ही आएगा।

अनुभव को जानने के बाद ही सराहना निकलती है। अनुभव को जाना ही नहीं तो सराहना नहीं होगी। अगर आपसे सराहना हो रही है तो उसे जारी रखें, नहीं हो पा रही तो केवल अपने तेजस्थान (हृदय) पर रहें।

'मा' - मायापति (ईश्वर, सेल्फ, चैतन्य)। मायापति कैसा है? वह ऐसी माया का निर्माण करता है, जिसकी माया एक और माया बनाती है। जैसे कोई जादूगर जादू

से फूल बनाए और वह फूल एक और फूल बनाए तो उसे मायापति कहा जाएगा। जादूगर तो ऐसा नहीं कर पाता मगर ईश्वर, जो मायापति है उसकी माया, माया का निर्माण करती है, जिसमें इंसान उलझ जाता है।

'पा' – पारखी। जिसे सत्य की परख और पहचान है। बिना पहचान के सत्य की सराहना नहीं होती। जिसे आप पहचान लेते हैं, उसकी सराहना होती है। जिसका पारखी आपको मिलता है, उसकी सराहना संभव होती है। केवल ज्ञान सत्य के पक्षी का एक पंख मजबूत करता है। उससे सत्य का पक्षी उड़ान नहीं भर पाता। पारखी (तेजगुरु) आपको उस ज्ञान की परख और पहचान देते हैं। सत्य की सही पहचान के बाद ही पक्षी के दोनों पर मजबूत हो जाते हैं। फिर उसमें भक्ति जाग्रत होती है।

'दा' – दान। 'नकली मैं (अहंकार)' के दान बिना अनुभव जाग्रत नहीं होता। 'मैं का दान' यानी जब खुद को अलग माननेवाला व्यक्ति (अहंकार) समर्पित होता है तब अनुभव प्रकट होता है। दान करनेवाले को पता नहीं होता कि जब तक व्यक्ति 'मैं' (अहंकार) का दान नहीं करेगा तब तक उसे दान के पुण्य का फल नहीं मिलेगा।

'नी' – निमित्त। जब व्यक्ति द्वारा मैं का दान हो जाता है तो अंत में निमित्त (शरीर) बचता है। जो अनुभव का अनुभव करने के लिए केवल निमित्त बनता है। फिर हर एक में वही अनुभव जाग्रत होने एवं प्रेम, आनंद, मौन फैलाने के लिए शरीर निमित्त बनता है। 'आपकी उपस्थिति सही तरीके से निमित्त बने', इन शब्दों पर अपनी समझ के अनुसार कुछ देर मनन करते रहें और मनन करने के बाद थोड़ी देर मौन में बैठें।

मुद्दा 84

माया से बाहर निकलना : हम पर यदि माया का लेप लगा हुआ है तो हमें सत्य महसूस नहीं होता और यदि सत्य से प्रेम हुआ है तो हम चाहेंगे कि बीच में कोई भी बाधा न रहे, सत्य साफ-साफ दिखाई दे। इंसान के अंदर जब ऐसी तीव्र इच्छा जगती है तब वह चाहता है कि ऐसा कोई तरीका हो, जिससे उसे सत्य का जैसा है वैसा (As it is) पता चले।

कई बार माया के लेप की वजह से अपना ही अनुभव, अपनी ही इंद्रियाँ हमें

भ्रमित करती हैं। ऐसे में इंसान धोखा खा जाता है। इंसान का मन ऐसा ही है, पहले ही वह अपनी मान्यकथाओं को सही मानता है, ऊपर से इंद्रियाँ भी वैसा ही बताती हैं तो इंसान को स्वयं पर संदेह नहीं होता।

रेगिस्तान में इंसान को पानी दिखता है यानी इंद्रियाँ उसे भ्रमित करती हैं परंतु वह अपनी इंद्रियों पर यकीन कर लेता है। यकीन कर लेने तक तो ठीक था मगर अपने यकीन के अनुसार वह अपने निर्णय भी ले लेता है और पूरे जीवन की योजना बना लेता है। इस तरह की गलती बहुत बड़ी गलती है। हमसे ऐसी गलतियाँ न हो कि झूठ को सत्य मानकर पूरे जीवन की योजना बना डालें।

इंसान को सोचना चाहिए कि 'मैं ऐसा क्या करूँ जिससे मेरी इंद्रियाँ मुझे सत्य बताएँ, भ्रमित न करें? मेरा मन मुझे सत्य बताए, न कि माया में उलझाए रखे?' जो समझदार होगा, वह अपने पूरे जीवन को इस समझ के आधार पर फिर से जाँचना चाहेगा।

पूरा जीवन जाँचने के बाद इंसान को जब पता चलेगा कि मान्यकथाओं की वजह से दुःख है तो उसे यह जाँचना चाहिए कि 'बचपन से मेरे अंदर क्या-क्या मान्यकथाएँ बनी हैं?' इस तरह वह पुरानी सारी घटनाओं में वापस से स्वयं को देखेगा कि 'मैं कहाँ, कौन सी कथा बनाने की वजह से किन रिश्तेदारों से दूर हो गया... किन लोगों से बात करना मैंने बंद कर दिया...।' समझदार इंसान यही करेगा और अगर उसे पता चले कि यह माया का लेप, ध्यान में जाकर ही उतरता है तो वह ध्यान सीखना चाहेगा ताकि उसकी इंद्रियाँ उसे सही ज्ञान दें, झूठ न बताएँ।

ध्यान का दान महादान है। जब आप ध्यान में सही ढंग से उपस्थित होते हैं तब इंद्रियों पर लगी हुई मैल, माया का लेप पिघल जाता है। जो दूषित है, रोग उत्पन्न करता है, जिससे एलर्जी होती है, वह मेकअप निकल जाता है।

आपके चेहरे पर अगर कोई लेप लगा हो तो आप उसे तब तक धोते हैं, जब तक सारा लेप उतर नहीं जाता। उसी तरह ध्यान में भी माया के लेप को उतारकर ही आँखें खोलनी चाहिए।

१. ध्यान में बैठने के लिए नियोजित समय का बजर लगाएँ। उसके बाद चुने हुए आसन और मुद्रा में, आँखें बंद करते हुए बैठें।

२. ध्यान की पूर्व तैयारी में खुद को याद दिलाएँ कि 'हम माया का जो

लेप लगाकर आए हैं, उसे दूर करना है।'

३. ध्यान के दौरान आँखें बंद होने से अंदर का खालीपन प्रकट होने में मदद मिलती है।
४. आँख बंद करके जानें कि इस वक्त आपका शरीर आपको स्वयं के बारे में बता रहा है कि 'आप हैं, अपने होने के इस एहसास को जानते रहें।'
५. इस ध्यान में अगर आप सही ढंग से खुद को जान पाए तो आपको जो खुशी होगी, आनंद होगा, आप उस आनंद की अभिव्यक्ति करना चाहेंगे।
६. यदि इस वक्त आपका शरीर आपको यह बता रहा है कि इसका वजन कितना है... आकार कैसा है... उसे कहाँ दर्द महसूस हो रहा है... उसमें कौनसे विचार चल रहे हैं... तो इन सब बातों को आप अलग होकर देखें। यह ठान लें कि 'जब तक मेरा शरीर मुझे मेरी खबर दे रहा है तब तक उसे अनुमति है।'
७. जब आप शरीर की फीडबैक में उलझ जाएँ तो खुद को याद दिलाएँ कि 'मैं कौन हूँ? शरीर के द्वारा मुझे मेरे बारे में क्या खबर मिल रही है?'
८. जैसे-जैसे आप ध्यान की गहराई में उतरते जाएँगे, वैसे-वैसे माया का लेप भी उतरता जाएगा और आपकी इंद्रियाँ आपको सही खबर देने लगेंगी। धीरे-धीरे शरीर का एहसास गायब होने लगेगा।

९. अपना अनुभव करते-करते शरीर आपको अपनी फीडबैक बताएगा, बस उसे जानकर आनंद लें, उसमें उलझे नहीं।

१०. ध्यान में जितना आप गहराई में उतरते जाएँगे, उतनी ही ज्यादा से ज्यादा सच्चाई आपके सामने आते जाएगी।

११. ध्यान में शरीर की पीड़ा, दबाव, दुखाव महसूस हो तो खुद से यह सवाल जरूर पूछें कि 'क्या यह सही खबर है या माया के लेप की वजह से ऐसा लग रहा है?' बहुत गरम पानी में डाला हुआ हाथ जब कम गरम पानी में डाला जाता है तो वह पानी ठंढा लगता है, गरम

नहीं लगता। जिस तरह हाथ हमें झूठी खबर देता है, उसी तरह माया में घूमकर आया हुआ शरीर यदि ध्यान में यह खबर दे रहा है कि 'यहाँ दर्द हो रहा है... वहाँ दबाव महसूस हो रहा है... पसीना आ रहा है...' तो खुद को याद दिलाएँ, 'यह खबर सही नहीं है, सिर्फ आभास है। ऐसा लग रहा है कि दर्द है लेकिन है नहीं।'

१२. अपनी एवं शरीर की खबर भी सुनें। सत्य को फिर-फिर से जाग्रत होने दें। स्पष्ट रूप से देखें कि 'मैं कौन?', 'शरीर कौन?', 'दोनों में क्या फर्क है?' इन सवालों को जानना ही ध्यान का दान है। कुछ क्षण इसी अनुभव में रहें।

१३. यह सब तब तक जानते रहें, जब तक कि बजर नहीं बजता। बजर बजते ही धीरे-धीरे आँखें खोलें और इसी अनुभव को महसूस करते रहें।

सही उद्देश्य और सही भावना के साथ ध्यान करने से कम समय में ज्यादा परिणाम आते हैं। मगर बिना समझ प्राप्त किए ध्यान में ज्यादा समय बैठने के बाद भी परिणाम नहीं आता इसलिए हर बार ध्यान करने से पहले खुद को शब्दों में सत्य बताएँ, फिर बैठें। सही समझ के साथ ध्यान करेंगे तो ध्यान का दान मिलेगा, ध्यान की दौलत मिलेगी। ध्यान की वह दौलत जो ध्यान की बदौलत है, ध्यान की वजह से है। यह दौलत न ही नींद में मिलती है, न ही ऑफिस में, न तनख्वाह के साथ मिलती है, न तारीफ के साथ, न नए कपड़ों के साथ, न त्योहारों के साथ, न बाजार में और न ही स्कूल में। यह ध्यान की दौलत, ध्यान की बदौलत मिलती है।

मुद्दा 85

मैं कौन हूँ? हूँ, खुली आँखों से ध्यान : यह ध्यान खुली आँखों से भी किया जा सकता है। यदि आप पूरी तरह से जाग चुके हैं तो। वैसे आपने आँखें बंद करके सोना तो सीख लिया है लेकिन अब आँखें बंद करके जागना सीखना बाकी है। आपने आँखें बंद करके सपने देखना तो सीख लिया लेकिन अभी आपका आँखें खोलकर सपने का सत्य जानना बाकी है।

ध्यान में आँखें बंद करके स्वअनुभव को जाना जा सकता है। अगर आपको

ध्यान की समझ नहीं है तो साँस की कोई भी विधि लेकर कार्य करते रहें। यदि ध्यान की समझ है तो एक सवाल के साथ भी ध्यान की शुरुआत की जा सकती है।

१. ध्यान में बैठने से पहले नियोजित समय का बजर लगाएँ। उसके बाद ध्यान के लिए चुने हुए आसन और मुद्रा में आँखें बंद करके बैठें। ध्यान के दौरान आँखें बंद होने से अंदर का खालीपन प्रकट होने में मदद मिलती है।

२. ध्यान की शुरुआत में पूर्व तैयारी के रूप में स्वयं से कहें, 'अब मैं 'मैं कौन हूँ? 'हूँ' ध्यान करने जा रहा/रही हूँ। मैं चाहता/चाहती हूँ कि मैं इस ध्यान का पूरा लाभ ले पाऊँ। मुझे विश्वास है कि मेरे आस-पास की सभी वस्तुएँ, वातावरण और लोग इसमें मेरी पूरी सहायता करेंगे। अतः सभी के सहयोग के लिए उनका बहुत-बहुत धन्यवाद।' अब धन्यवाद के भाव में ध्यान की शुरुआत करें।

३. अपनी आँख बंद रखते हुए ध्यान आरंभ करें। खुद से यह सवाल पूछें कि 'वह कौन था जो आज तक जीता आया है?' 'Who was that?' कुछ देर तक स्वयं से यह सवाल पूछते रहें।

   यह सवाल पूछते ही आपको समझ में आएगा कि बचपन से लेकर आज तक आप खुद को क्या मानकर जी रहे थे। जो जी रहा था, वह कौन था? 'Who was that?'

४. यह सवाल पूछते ही आपके अंदर से अलग-अलग जवाब आने शुरू होंगे। इन जवाबों को देखते जाएँ, सुनते जाएँ, समझते जाएँ।

५. 'Who was that?, वह कौन था?' खुद से यह सवाल पूछने पर आपको अपनी हर एक मान्यता सामने दिखाई देगी।

नोट : इस मुद्दे (85) से लेकर आगे के मुद्दों में ध्यान की कुछ महत्वपूर्ण विधियाँ दी जा रही हैं, इनका संपूर्ण लाभ लें। इन विधियों को आप अपनी आवाज में रेकॉर्ड करके ध्यान कर सकते हैं। इस पुस्तक के साथ दी जा रही डी.वी.डी. में भी कुछ ध्यान दिए गए हैं, आप उनका भी लाभ ले सकते हैं। दी जा रही इन ध्यान विधियों को एक-एक करके पढ़ें, समझें और फिर करें।

'आप कौन थे?' प्रेम... आनंद... मौन... या खुद को अलग माननेवाला अहंकार। इसका जवाब मिलने के बाद आपको 'मैं कौन हूँ?' का अहसास होगा।

६. गहराई से ध्यान करते रहें।

७. फिर खुद से अगला सवाल पूछें, 'Who am I now? इस वक्त मैं कौन हूँ?' यह अपने अनुभव से जानें। अपने होने के एहसास को जानकर जानें।

८. ध्यान में 'मैं इस वक्त कौन हूँ?' का जवाब अनुभव को महसूस करते हुए ही दिया जा सकता है। अपने जिंदा होने के एहसास पर बने रहें।

९. 'Who are you now? इस वक्त आप कौन हैं?' स्वयं यह सवाल पूछते रहें और अहंकार से पार... स्वअनुभव पर पहुँच जाएँ। अनुभव को जानते हुए खुद को कहें, 'I am this यह मैं हूँ।' आपका यह इशारा असल में अनुभव की तरफ है।

१०. अब कुछ देर इसी अनुभव में बने रहें।

११. 'I am this' के अनुभव को जानते हुए धीरे-धीरे अपनी आँखें खोलें।

जैसे हूँकार में 'अ' जुड़ने से वह अहंकार हो जाता है, वैसे ही छोटे से बदलाव से इंसान भी बदल जाता है और स्वयं को भूल जाता है। एक पद मिल गया... लॉटरी लग गई... किसी ने थोड़ी सी तारीफ कर दी... हाथ से कोई अच्छा रचनात्मक निर्माण हुआ... तो इंसान स्वयं को भूल जाता है। इसलिए उसे बार-बार स्वयं को याद दिलाने की आवश्यकता पड़ती है। आपके द्वारा कुछ अच्छी बातें होनी, किसी कृपा से कम नहीं है। कोई युक्ति आपकी बुद्धि से गुजर रही है तो उसमें आपका अहंकार नहीं बढ़ना चाहिए। क्योंकि हर विचार का एक ही मकसद है- आपको स्वाभिमान से स्वभान (स्व जो जानने) तक ले जाना। यदि वह नहीं हो रहा है तो उस विचार का निम्न फायदा ही लिया जा रहा है।

मान लीजिए आपकी कोई प्रिय वस्तु है, जो गलती से टूट गई। उसके टूटने से आपको कितनी तकलीफ हुई, उससे पता चलता है कि आप उस चीज के साथ कितने चिपके हुए थे। उसमें 'मेरा' का भाव कितना ज्यादा था। किसी और का

मोबाइल गुम हो गया तो आप उससे कहते हैं कि 'सही जगह पर क्यों नहीं रखते हो' लेकिन अपना मोबाइल खो जाए तो एक अलग ही कहानी शुरू हो जाती है। 'मेरा' शब्द जुड़ते ही चीजें बदल जाती हैं। यह जाग्रति के लिए है कि मेरा, मुझे, मैं का इस्तेमाल कहाँ किया जा रहा है। अहंकार, जो स्वयं को अलग मानकर जी रहा है, उसे तोड़ने के लिए आप सत्य श्रवण करते हैं तो पता चलता है कि गलती कहाँ हो रही थी।

फिर आप आँख खोलकर जब दुनिया में प्रवेश करेंगे तो आपको स्वाभिमान महसूस होगा। मगर याद रहें, आपको स्वाभिमान में भी अटकना नहीं है। जब आप सही समझ और ज्ञान पाकर इससे भी आगे बढ़ते हैं तब आप स्वभान में स्थापित होते हैं।

मुद्दा 86

शरीर और सेल्फ के वियोग को समझने का तरीका : यह वियोग ध्यान द्वारा संभव है। यह ध्यान करने से पहले इसकी समझ प्राप्त कर लें।

नींद के वक्त हमारी आँखें बंद रहती हैं। गहरी नींद में जाकर हम कुछ घंटों के लिए अपने शरीर से आज़ादी पा जाते हैं। लेकिन बेहोशी में पाई गई आज़ादी जीवन में परिवर्तन नहीं लाती। नींद में शरीर की जेल से सात-आठ घंटे की छूट मिल जाती है ताकि इंसान उस जेल से बाहर आने का आनंद महसूस कर पाए। मगर सुबह उठते ही वह स्वयं को शरीर मान लेता है। शरीर से जुड़ते ही वह भूल जाता है कि उसने आज़ादी का आनंद लिया है और वह आज़ाद हो सकता है। जिसे यह पता है, वह किसी भी क्षण आज़ाद हो सकता है। उसका जीवन साहस, निडरता के साथ चल सकता है।

जिस इंसान को यह पता ही नहीं कि वह आज़ाद हो सकता है, वह डर और तनाव में जीवन जीता है। इसलिए यदि होश (जाग्रत अवस्था) में थोड़ा समय हम आज़ाद हो सकें तो सत्य की तसवीर का हर एक कोना हमारे सामने प्रकट होता जाएगा।

जब भी आप ध्यान करते हैं तो सत्य की एक तसवीर बनती है। नींद में भी आप आज़ाद होते हैं, वहाँ कोई तसवीर नहीं बनती। यदि बनती भी है तो वह माया की, सपनों की तसवीर होती है। सत्य की तसवीर सिर्फ ध्यान में ही बनती है। जिसका यदि एक छोटा सा हिस्सा भी बन गया तो पूरी तसवीर प्रकट होने की उम्मीद

की जा सकती है। जिसके फलस्वरूप कार्य करते-करते एक दिन ऐसा आएगा, जब पूरी तसवीर आपको स्पष्ट रूप से दिखाई देगी, जो रंगीन और चमकीली होगी। जिसके सहारे जब आप अपना जीवन व्यतीत करेंगे तो उस जीवन में साहस, प्रेम, आनंद, मौन, हास्य और सेवा होगी।

ध्यान में बैठे साधक को पता होता है कि वह इस वक्त जिस तसवीर को देख रहा है, उस तसवीर का सत्य उजागर हो रहा है। 'मैं शरीर नहीं हूँ' यह दृढ़ता बढ़ रही है। उसे इस बात का पक्का यकीन होता है कि 'जो भी हो रहा है मेरे शरीर के साथ हो रहा है, मेरे साथ नहीं।' फिर उसे इस बात की युक्ति सूझने लगती है कि इस बात को बाजार में भी कैसे याद रखा जाए... भीड़ में भी अकेला कैसे रहा जाए...।

यदि आपके मन में ऐसी शुभेच्छा जागी है कि अब माया के साथ नहीं बल्कि सत्य के साथ जीना है, फिर ही आप ध्यान की गहराइयों में जा पाएँगे। जब आपके सामने सत्य की तसवीर स्पष्ट हो जाती है, उस पर जमी धूल हट जाती है, तब तोलू मन का प्रभाव समाप्त होता है। वरना तुलना-तोलना करनेवाला तोलू मन प्रतिपल कह रहा होता है, 'तुम जेल में हो... तुम चोर हो... सामनेवाले धोखेबाज हैं... लोग मुझे बुरा समझते हैं... लोग खुद बुरे हैं' इत्यादि।

जब तक सत्य की समझ प्राप्त नहीं होती तब तक तोलू मन लगातार शिकायत करता रहेगा, इल्जाम लगाएगा। मगर सत्य की तसवीर बनते ही सब कुछ बदल जाएगा, आप आज़ाद हो जाएँगे। सत्य की तसवीर बनने के लिए उत्तम योग होना चाहिए और उत्तम योग के लिए उत्तम वियोग होना चाहिए।

उत्तम वियोग तब होगा जब आपका सेल्फ, शरीर से हटकर अपने आप पर लौटेगा। फिर उसे समझ प्राप्त होगी, वह अपने अंदर उठती हुई हर भावना को जानने लगेगा। यदि उसके भीतर क्रोध की भावना जगेगी तो सेल्फ स्पष्टता से जान पाएगा कि 'क्रोध मुझे नहीं आ रहा है बल्कि क्रोध शरीर में उठा है।' इस तरह शरीर के साथ 'उत्तम वियोग' होते ही विकार की भावना कमजोर पड़ जाती है। हर भावना के साथ जब यह प्रयोग होगा तब आपको उत्तम वियोग का पता चलेगा कि शरीर के साथ योग कैसे करना चाहिए... शरीर के साथ जुड़ें तो कैसे जुड़ें...? ज्ञान के पहले भी इंसान शरीर से जुड़ा था मगर वह उत्तम योग नहीं, निम्न योग था। उत्तम योग के लिए पहले उत्तम वियोग आवश्यक है। ध्यान द्वारा ही उत्तम वियोग संभव है।

मुद्दा 87

वियोग ध्यान की विधि : आइए वियोग ध्यान की विधि जानें।

१. ध्यान में बैठने के लिए नियोजित समय का बजर लगाएँ। उसके बाद चुने हुए आसन और मुद्रा में, आँखें बंद करके बैठ जाएँ।
२. ध्यान की शुरुआत करने से पहले पूर्व तैयारी कर लें।
३. बंद आँखों से जाग्रत अवस्था में आपका ध्यान चलता रहे।
४. इस वक्त आप अपने आप पर जाकर उत्तम वियोग कर रहे हैं ताकि जब शरीर से जुड़ें तो वह उत्तम योग कहलाए। उत्तम योग से शरीर को चलाने की कला आ जाती है। उत्तम वियोग का उत्तम तरीका है 'साधना' यानी समर्पण साधना। समर्पण साधना के बाद ही अहंकार का समर्पण होता है। तब ध्यान होगा, गुरु का ज्ञान होगा, चरित्र उत्तम होगा, सही सवाल पूछने की कला आएगी, प्रार्थना, उच्चतम चुनाव तथा वर्तमान का बोध होगा।
५. वियोग ध्यान चलता रहे और सत्य की तसवीर बनती रहे।
६. अब आप अपनी दृढ़ता बढ़ाने के लिए स्वयं से पूछें कि 'मैं कौन हूँ अगर मैं शरीर नहीं हूँ तो मैं किन चीजों से मुक्त हूँ? मैं किन बातों से आज़ाद हूँ?' इन सवालों पर मनन करते रहें। इस तरह आज़ादी पाएँ और आनंद मनाएँ।
७. अब धीरे-धीरे अपनी आँखें खोलें।

मुद्दा 88

जाग्रति ध्यान : स्वयं को जाग्रत करने के लिए, आइए जाग्रति ध्यान करें।

१. ध्यान में बैठने से पहले नियोजित समय का बजर लगाएँ। उसके बाद ध्यान के लिए चुने हुए आसन और मुद्रा में, आँखें बंद करते हुए बैठें।
२. ध्यान की शुरुआत करने से पहले पूर्व तैयारी कर लें।
३. आँखें बंद करके आप जाग्रति ध्यान कर रहे हैं।

४. ध्यान में अपने आपसे सवाल पूछें, 'क्या मेरा मित्र, मेरा शरीर मुझे ध्यान में सहयोग करता है?'

इसका जवाब यदि 'ना' आए तो आपको दुःखी होने की आवश्यकता नहीं है। पूर्व तैयारी और प्रार्थना के जरिए अपने शरीर को अपना सहयोगी मित्र बनाया जा सकता है। आपका शरीर मन की हर अवस्था में आपको सहयोग कर सकता है। ध्यान के दौरान चाहे शरीर नीचे बैठा है, कुर्सी पर बैठा है, खाली पेट बैठा है या भरे पेट बैठा है, हर अवस्था में वह आपको सहयोग ही करेगा। मगर जहाँ पर यह समझ नहीं है कि ध्यान में क्यों बैठना चाहिए? वहाँ कोई छोटी सी भी दिक्कत बाधा बन सकती है। ऐसे में यदि आप खाली पेट ध्यान कर रहे हैं तो भी बाधा होगी, भरे पेट भी बाधा होगी, नीचे बैठकर भी आपको बाधा महसूस होगी और ऊपर बैठकर भी बाधा होगी।

५. जाग्रति ध्यान में सजग होकर जानने की कोशिश करें कि 'हर अवस्था में मेरा शरीर मुझे ध्यान में बैठने के लिए सहयोग दे रहा है या नहीं?' कुछ देर तक मनन चलता रहे।

६. ध्यान में आगे खुद से यह सवाल पूछें कि 'मेरे शरीर में ऐसी कौन सी वृत्तियाँ हैं, जो मेरे लक्ष्य प्राप्ति में बाधा हैं? मैंने अपने शरीर को असली प्रेम दिया है या उसे केवल आसक्ति और मोह दिया है?' आपके शरीर में अगर वृत्तियाँ हैं, अनुशासन नहीं है, शरीर को असली प्रेम देकर केवल मोह दिया गया है, आसक्ति दी गई है तो यह शरीर आपका मित्र नहीं दुश्मन ही बनेगा। सेल्फ शरीर को असली प्रेम ही देना चाहेगा।

७. ध्यान में आगे अपने आपसे यह सवाल पूछें, 'सेल्फ किन शरीरों के साथ जुड़ना चाहेगा?'

इस सवाल पर कुछ क्षण मनन करें और जानें कि सेल्फ उन शरीरों के साथ जुड़ना चाहेगा, जो वृत्तिरहित हैं, तेजप्रेम से भरे हैं, जिनमें सत्य की प्यास जगी है। उन सारे आत्मसाक्षात्कारी लोगों के साथ जुड़ना चाहेगा, जिनमें खुद को याद रखना सहज है। अगर ऐसे शरीर नहीं मिले तो तैयार किए जाते हैं। गुरु का रोल यही है कि आपको बार-बार समझाकर, उसी पथ पर चलाकर, वृत्तिरहित शरीर बनाना,

जहाँ सेल्फ जाग्रत हो सके। कार्य कितना भी कठिन लगे लेकिन यह निरंतरता से चलता रहता है। यह संसार की लीला का एक हिस्सा है।

८. इसी समझ के साथ ध्यान में बैठे रहें। विचारों के पीछे बिना भागे सिर्फ उपस्थित रहें। आपका ध्यान तेजस्थान (हृदयस्थान) पर रहे। मन अगर बार-बार तेजस्थान से बुद्धि में जा रहा है तो उसे याद दिलाएँ कि 'बुद्धि में नहीं तेजस्थान यानी हृदय पर जाना है।'

९. फिर भी अगर मन बार-बार भाग रहा है तो उससे यह सवाल पूछें, 'आप कौन हैं? कौन ध्यान कर रहा है?' यह सवाल पूछते ही बाहर के विचार कट जाते हैं और स्वअनुभव के विचार शुरू हो जाते हैं, मौन छा जाता है।

१०. ध्यान में जाग्रति आती रहे। सवालों पर मनन चलता रहे। इस ध्यान को कुछ समय चलने दें, फिर ही आँखें खोलें।

आँखें खोलने के साथ माया आप पर फिर से हावी न हो इसलिए जब भी ध्यान करें तो ध्यान से उठने से पहले खुद को यह समझ याद दिलाएँ कि 'ध्यान में जो अवस्था प्राप्त हुई है, आँखें खोलते ही वह अवस्था उबलते दूध में पानी के छींटे पड़ते ही दूध का उफान जैसे खत्म हो जाता है, वैसे खत्म न हो जाए।' ध्यान के दौरान मिली समझ लुप्त न हो जाए इसलिए सजगता के साथ दिनभर के कार्य करेंगे।

दिनभर के कामों में अगर आप मिली हुई समझ को भूल जाते हैं तो स्वयं को फिर से सत्य की याद दिलाएँ कि 'ईश्वर इस शरीर के साथ किसलिए जुड़ा और कैसे पृथ्वी पर उसकी लीला चल रही है।' यह याद आते ही चलते-फिरते भी आप ध्यान कर पाएँगे।

मुद्दा 89

विचारों का वास्तविक स्रोत : विचारों के वास्तविक स्रोत को उस तक पहुँचकर ही जाना जा सकता है। आइए, इसे एक उदाहरण से समझें।

जब जलती हुई टॉर्च का प्रकाश किसी वस्तु पर पड़ता है, तब वह प्रकाशित हो उठती है। मगर जब वही प्रकाश किसी वस्तु से टकराकर वापस टॉर्च के ऊपर आ जाए, तब टॉर्च खुद अपने ही प्रकाश में प्रकाशित हो जाती है। टॉर्च का प्रकाश जिस वस्तु से टकराकर वापस टॉर्च पर आता है, उस वस्तु को निमित्त कहा जाता

है। ध्यान में यही होता है, जब शरीर की इंद्रियाँ मंद गति से कार्य करती हैं या शांत होती हैं, तब चेतना अपने आप पर आसानी से लौटती है... चैतन्य अपने आपको जानने लगता है। वहाँ जाननेवाला जाना जाता है। इसी बात को जानने व इस पर दृढ़ता प्राप्त करने के लिए आपको अलग-अलग विधियों के माध्यम से रोज ध्यान में बैठना है। यही दृढ़ता आपके पृथ्वी पर आने के असली लक्ष्य प्राप्त करने में सहयोगी बनती है। आइए, अब विचारों के स्रोत को जानने के लिए प्रतीक्षा ध्यान करें।

१. ध्यान में बैठने से पहले नियोजित समय का बजर लगाएँ। उसके बाद ध्यान के लिए चुने हुए आसन और मुद्रा में, आँखें बंद करते हुए बैठें।

२. ध्यान की शुरुआत करने से पहले पूर्व तैयारी कर लें।

३. ध्यान के दौरान आँखें बंद होने से अंदर का खालीपन प्रकट होने में मदद मिलती है।

४. ध्यान के दौरान मन को सूचित करें कि 'इस वक्त मैं ध्यान में खाली होने के लिए बैठा/बैठी हूँ। अब मुझे यह देखना है कि मुझे अगला विचार कहाँ से आता है?' इस सवाल के बाद हो सकता है कि कुछ विचार आए या कुछ देर के लिए कोई भी विचार न आए। दोनों तरह की अवस्था में स्थिर रहकर ध्यान को जारी रखें।

५. ध्यान में खुद से पूछें, 'अगला विचार कहाँ से आएगा?' यह सवाल पूछकर प्रतीक्षा करें कि अगला विचार कहाँ से आता है। शरीर सीधा रखते हुए, तनावरहित रहकर आपको यह प्रतीक्षा करनी है कि अगला विचार कहाँ से आता है? चारों तरफ से आ रही आवाजों को सुन लें, जानें कि विचार कहाँ से आता है? क्या अगला विचार किसी आवाज की वजह से आ रहा है.... किसी वस्तु से आ रहा है...।

६. इस तरह प्रतीक्षा में बैठने से विचार बंद हो जाते हैं। कोई विचार आया भी तो फिर से यही देखना है कि अब अगला विचार कहाँ से आएगा?

७. आगे ध्यान में अपने आपसे यह सवाल पूछें कि 'हमारी जो साँसें चल रही हैं, उनसे तो विचार नहीं आ रहे हैं?' अंदर-बाहर, आती-जाती साँस को देखकर यह जानें कि विचार कहाँ से आ रहा है? आपको

महसूस होगा कि साँसें चल रही हैं मगर इससे कोई विचार नहीं आया। सिर्फ जानते रहें कि विचार कहाँ से आ रहे हैं?

८. आगे ध्यान में देखें कि शरीर में कहीं दर्द, पीड़ा है तो क्या वहाँ से विचार आ रहा है? पूरे शरीर में देखें, जहाँ दर्द है वहाँ रुककर देखें और जानें कि क्या अगला विचार वहाँ से आ रहा है? शरीर में यदि गरमाहट या खुजलाहट है तो देखें कि क्या विचार वहाँ से आ रहा है? शरीर को हवा का स्पर्श हुआ या आँखों पर दबाव महसूस हुआ तो जानें कि क्या यहाँ से विचार आएगा?

यदि कोई विचार आ जाए तो उसे देख लें। फिर स्वयं पर लौटें और पूछें कि 'अगला विचार कहाँ से आ रहा है?'

९. आगे ध्यान में खुद से सवाल पूछें कि 'अगला विचार क्या किसी सुगंध से आ रहा है, जो इस वक्त नाक पर है? या किसी स्वाद से आ रहा है, जो इस वक्त जुबान पर है?' कुछ देर प्रतीक्षा करते हुए देखें कि अगला विचार कहाँ से आ रहा है? विचारों का स्रोत कहाँ है?

१०. ध्यान में आगे धीरे से आँखें खोलकर अपने आस-पास रखी हुई वस्तुओं को देखें। हर वस्तु को देखते हुए खुद से सवाल पूछें कि 'क्या इस वस्तु से विचार आ रहा है?' उस वस्तु को देखते हुए प्रतीक्षा करें, क्या यह वस्तु विचार देगी?

चारों तरफ सभी वस्तुओं को देखें। एक वस्तु को देखकर फिर दूसरी वस्तु पर जाएँ। आँखें खुली रखते हुए प्रतीक्षा करें। हर वस्तु को देखते हुए जानें कि क्या अगला विचार इस वस्तु से आएगा? क्या यह वस्तु स्रोत है? बेशर्त प्रतीक्षा करते हुए हर वस्तु को देखें। कोई विचार आया तो फिर से देखें कि अब अगला विचार कहाँ से आएगा? उसकी प्रतीक्षा करने के लिए तैयार रहें। फर्श, छत, दाएँ-बाएँ, आगे-पीछे, ऊपर-नीचे, कमरे की चारों तरफ हर चीज को देख लें।

यदि इन वस्तुओं द्वारा विचार नहीं आ रहा है तो आँखें बंद करके 'कुछ नहीं' में देखें और जानें कि क्या विचार वहाँ से आ रहा है? आँखें बंद करके प्रतीक्षा करते रहें।

११. घर पर यह ध्यान करते समय चलते-फिरते हर एक वस्तु को देखते हुए जानें कि 'क्या यह वस्तु मुझे अगला विचार देगी?' ऐसा करते हुए पहली बार आप तटस्थ होकर चीजों को देख पाएँगे। भूतकाल में न उलझते हुए देख पाएँगे, बेशर्त प्रतीक्षा कर पाएँगे। विचार आए या न आए, इस तरह की कोई शर्त न रखें। अगला विचार कहाँ से आता है, यह जानने के लिए आप सिर्फ बेशर्त प्रतीक्षा में बैठें।

इसी प्रतीक्षा में सत्य प्रकट होगा। आप सिर्फ बेशर्त प्रतीक्षा में रहें और उसका आनंद लें। प्रतीक्षा में साँस रुक जाए तो साँस अवश्य लें। साँस चलती रहे, प्रतीक्षा चलती रहे।

१२. यदि लगे कि आप बोर हो रहे हैं तो खुद से पूछें कि 'उसका स्रोत क्या है? यह विचार कहाँ से आया है, यह जान लें। फिर अगला विचार कहाँ से आता है, उसकी प्रतीक्षा करें।

१३. यदि आप विचारों में खो गए, भूल गए तो फिर से खुद को याद दिलाएँ कि 'अगला विचार कहाँ से आएगा? क्या मंदिर के घंटे की आवाज से, चलती हुई साँस से, जुबान पर रखे स्वाद से, नाक पर टकरानेवाली सुगंध से, शरीर पर उठनेवाले दर्द, दबाव, पसीने, हवा के स्पर्श से, दृश्य से, वस्तुओं से या कुछ नहीं से?' बेशर्त प्रतीक्षा करें, कुछ आए या न आए, कोई शर्त न रखें। प्रतीक्षा का आनंद लें। इस प्रतीक्षा में बहुत कुछ हो रहा है, इसी विश्वास के साथ धीरे-धीरे आँखें खोलें।

मुद्दा 90

निर्विचार अवस्था : विचारों के पार जाने के लिए आइए निर्विचार ध्यान करने की विधि सीखें।

१. ध्यान में बैठने से पहले नियोजित समय का बजर लगाएँ। उसके बाद ध्यान के लिए चुने हुए आसन और मुद्रा में, आँखें बंद करते हुए बैठें।

२. ध्यान की शुरुआत करने से पहले पूर्व तैयारी कर लें।

३. ध्यान के दौरान आँखें बंद होने से अंदर का खालीपन प्रकट होने में

मदद मिलती है।

४. ध्यान के दौरान मन को सूचित करें कि 'इस वक्त मैं ध्यान में खाली होने के लिए बैठा/बैठी हूँ।

५. इस वक्त आप अपनी मूल अवस्था में बैठे हैं, जहाँ ध्यान की यह समझ प्रखर है कि आप शरीर नहीं हैं। आप शरीर नहीं हैं तो जो है, वह क्या है? वह अवस्था कैसी है? उस अवस्था में कौनसे आयाम दिखाई देते हैं? निर्विचार आयाम, जहाँ पता चलता है कि विचार आपको नहीं आ रहे हैं। विचार उस यंत्र में आ रहे हैं, जिसके सामने आप बैठे हैं। यह समझ रखते हुए ध्यान की गहराइयों में जाएँगे।

६. ध्यान में आगे बंद आँखों से अपनी मूल अवस्था, अपने होने की अवस्था को जानेंगे। ध्यान की यही खूबसूरती है। दिनभर सारे कार्य करते हुए हम अपनी ही अवस्था को भूल जाते हैं। हम ऑफिस में कर्मचारी, घर पर भाई-बहन, पति-पत्नी, बच्चों के सामने माँ-बाप, बाहर पड़ोसी और बाजार में ग्राहक बन जाते हैं। मौन में प्रवेश करते ही हमारी मूल अवस्था प्रकट होती है। जो लोग ध्यान में यानी अपने अंदर के मौन कक्ष में नहीं जाते, वे किस बात से महरूम रह जाते हैं, यह उन्हें पता नहीं होता।

७. ध्यान में आगे अपने विचारों को देखते हुए खुद को कहें कि 'मैं निर्विचार अवस्था हूँ। शरीर में जो विचार चल रहे हैं, वे मेरे सामने हैं। उनकी वजह से मुझे अपना अनुभव हो रहा है। अपने होने का अनुभव, अपने जिंदा होने का एहसास हो रहा है।'

८. इस समझ के बाद शरीर में उठनेवाले विचारों को देखें कि 'क्या ये सचमुच चल रहे हैं या मुझे ऐसा लग रहा है?' जैसे दो पेड़ों के बीच में कोई आकृति तैयार होती है तो क्या वह आकृति सचमुच होती है या हमें उसका आभास होता है? इस समझ के साथ ध्यान में बैठें और जो विचार आए उन्हें साक्षी भाव से जानते रहें। ध्यान में यदि आपको ऑफिस के विचार आए तो कहें, 'मुझे लग रहा है कि ऑफिस के विचार चल रहे हैं... मैं ये विचार नहीं हूँ बल्कि मैं इन्हें जाननेवाला हूँ।'

९. ध्यान में आगे खुद से कहें कि 'इस वक्त मुझे फलाँ इंसान के विचार आ रहे हैं, जो विचार हकीकत में नहीं हैं। वह विचार लग रहा है, महसूस हो रहा है, उस इंसान का चेहरा भी दिखाई दे रहा है लेकिन वास्तविक वह विचार नहीं है, सिर्फ लग रहा है।' आप निर्विचार अवस्था हैं। आपकी मूल अवस्था (बॉटम लाइन) यही है कि आप पहले से ही निर्विचार हैं।

१०. निर्विचार अवस्था में बैठे रहें और आनेवाले हर विचार पर खुद को याद दिलाएँ कि विचार आ रहे हैं, ऐसा लग रहा है मगर विचार है ही नहीं। आपको लग रहा है कि भूतकाल या भविष्यकाल के विचार चल रहे हैं मगर ऐसा नहीं है। सच्चाई यह है कि वह विचार है ही नहीं, आप पहले से ही निर्विचार अवस्था हैं।

लोग निर्विचार होने के लिए साधनाएँ करते हैं, अलग-अलग विधियों का सहारा लेते हैं। जबकि आप पहले से ही निर्विचार अवस्था हैं। ऐसा लगता है कि यह विचार आया है तो भले ही लगे लेकिन दृढ़ता के कारण अब वह आपको उलझाए नहीं। आप खुद को कहें, 'यह लग रहा है, है नहीं।'

जैसे अंधेरे में टँगा हुआ कोट किसी इंसान के होने का आभास देता है, किसी चोर के होने का आभास देता है लेकिन ऐसा होता नहीं है।

११. ध्यान में आगे विचार आएगा 'अरे! कोई विचार ही नहीं आ रहा' तो कहें कि 'लगता है कि यह विचार आया है कि कोई विचार ही नहीं आया लेकिन ऐसा है नहीं।'

१२. आगे विचार आए कि 'कितना मजा आ रहा है।' तब आप कहें, 'ऐसा लगता है कि मजा आ रहा है का विचार आया, मगर यह है नहीं।' इस समझ के साथ इन विचारों को विलीन होने दें।

१३. विचार आए कि 'मुझे समझ में नहीं आ रहा' तो खुद से कहें, 'मुझे लगा कि यह विचार आया कि मुझे नहीं समझ में आ रहा मगर वह विचार था ही नहीं।' अपनी अवस्था का आनंद लें। रेगिस्तान में पानी दिखता है मगर होता नहीं है। यह समझ में आ गया तो भाग-दौड़

खत्म हो जाती है। उसी तरह जो विचार चल रहे हैं, वे हैं ही नहीं, यह जब समझ में आ जाता है तब उन विचारों को लेकर चलनेवाली परेशानी समाप्त हो जाती है।

१४. विचार आया कि कितना अच्छा ध्यान है तो खुद को कहेंगे, 'मुझे लगा कि यह विचार आया कि कितना अच्छा ध्यान है, जो है नहीं।

१५. बोरडम की भावना आए तो खुद से कहें 'मुझे लग रहा है बोर हो रहा है, जो है नहीं', 'लग रहा है नींद आ रही है, है नहीं।'

१६. निर्विचार ध्यान चलने दें। शरीर में कोई दर्द हो तो खुद को बताएँ कि 'इस दर्द का दुःख अगर महसूस होता है तो वह असल में है नहीं।'

१७. यदि कोई सवाल उठे कि 'यह करने से क्या लाभ?' तो खुद को याद दिलाएँ कि 'मुझे लगा कि यह सवाल उठा, हकीकत में कोई सवाल नहीं है', हर सवाल से मुक्त हों। आप ही जवाब हैं... निर्विचार अवस्था ही जवाब है।

१८. अंदर कोई गाना चले, कोई कल्पना उठे तो खुद को याद दिलाएँ कि 'मुझे लगा यह गाना चला, ऐसी कल्पना उठी लेकिन है नहीं। मैं पहले से ही निर्विचार अवस्था हूँ।

इस ध्यान को कुछ समय चलने दें, फिर ही आँखें खोलें।

इस ध्यान के जरिए आपने निर्विचार अवस्था में रहना सीखा। जब भी मन में विचारों का तूफान उठे तो उससे यह ध्यान जरूर करवाएँ। ध्यान की पुस्तक का अंत अवश्य यहाँ तक है परंतु ध्यान की आपकी यात्रा निरंतर जारी है। अपनी इस यात्रा का अंत न होने दें बल्कि इसे जितना हो सके आगे बढ़ाएँ। ध्यान की यह शुभयात्रा आपके लिए सदैव शुभ सिद्ध होगी। इसी शुभेच्छा के साथ इस पुस्तक की समाप्ति करते हैं। यह अपूर्व मौन की पूर्व तैयारी है।

धन्यवाद!

परिशिष्ट

तेजज्ञान फाउण्डेशन – परिचय

तेजज्ञान फाउण्डेशन आत्मविकास से आत्मसाक्षात्कार प्राप्त करने का एक रास्ता है। इसके लिए सरश्री द्वारा एक अनूठी बोध पद्धति (System for Wisdom) का सृजन हुआ है। इस पद्धति को अन्तर्राष्ट्रीय मानक ISO 9001:2015 के आवश्यकताओं एवं निर्देशों के अनुरूप ढालकर सरल, व्यावहारिक एवं प्रभावी बनाया गया है।

इस संस्था की बोध पद्धति के विभिन्न पहलुओं (शिक्षण, निरीक्षण व गुणवत्ता) को स्वतंत्र गुणवत्ता परीक्षकों (Quality Auditors) द्वारा क्रमबद्ध तरीके से जाँचा गया। जिसके बाद इन पहलुओं को ISO 9001:2015 के अनुरूप पाकर, इस बोध पद्धति को प्रमाणित किया गया है।

फाउण्डेशन का लक्ष्य आपको नकारात्मक विचार से सकारात्मक विचार की ओर बढ़ाना है। सकारात्मक विचार से शुभ विचार यानी हॅपी थॉट्स (विधायक आनंदपूर्ण विचार) और शुभ विचार से निर्विचार की ओर बढ़ा जा सकता है। निर्विचार से ही आत्मसाक्षात्कार संभव है। शुभ विचार (Happy Thoughts) यानी यह विचार कि 'मैं हर विचार से मुक्त हो जाऊँ।' शुभ इच्छा यानी यह इच्छा कि 'मैं हर इच्छा से मुक्त हो जाऊँ।'

ज्ञान का अर्थ है सामान्य ज्ञान लेकिन तेजज्ञान यानी वह ज्ञान जो ज्ञान व

अज्ञान के परे है। कई लोग सामान्य ज्ञान की जानकारी को ही ज्ञान समझ लेते हैं लेकिन असली ज्ञान और जानकारी में बहुत अंतर है। आज लोग सामान्य ज्ञान के जवाबों को ज्यादा महत्त्व देते हैं। उदाहरण के तौर पर- कर्म और भाग्य, योग और प्राणायाम, स्वर्ग और नर्क इत्यादि। आज के युग में सामान्य ज्ञान प्रदान करनेवाले लोग और शिक्षक कई मिल जाएँगे मगर इस ज्ञान को पाकर जीवन में कोई बड़ा परिवर्तन नहीं होता। यह ज्ञान या तो केवल बुद्धि विलास है या फिर अध्यात्म के नाम पर बुद्धि का व्यायाम है।

सभी समस्याओं का समाधान है तेजज्ञान। भय से मुक्ति, चिंतारहित व क्रोध से आज़ाद जीवन है तेजज्ञान। शारीरिक, मानसिक, सामाजिक, आर्थिक और आध्यात्मिक उन्नति के लिए है तेजज्ञान। तेजज्ञान आपके अंदर है, आएँ और इसे पाएँ।

यदि आप ऐसा ज्ञान चाहते हैं, जो सामान्य ज्ञान के परे हो, जो हर समस्या का समाधान हो, जो सभी मान्यताओं से आपको मुक्त करे, जो आपको ईश्वर का साक्षात्कार कराए, जो आपको सत्य पर स्थापित करे तो समय आ गया है तेजज्ञान को जानने का। समय आ गया है शब्दोंवाले सामान्य ज्ञान से उठकर तेजज्ञान का अनुभव करने का।

अब तक अध्यात्म के अनेक मार्ग बताए गए हैं। जैसे जप, तप, मंत्र, तंत्र, कर्म, भाग्य, ध्यान, ज्ञान, योग और भक्ति आदि। इन मार्गों के अंत में जो समझ, जो बोध प्राप्त होता है, वह एक ही है। सत्य के हर खोजी को अंत में एक ही समझ मिलती है और इस समझ को सुनकर भी प्राप्त किया जा सकता है। उसी समझ को सुनना यानी तेजज्ञान प्राप्त करना है। तेजज्ञान के श्रवण से सत्य का साक्षात्कार होता है, ईश्वर का अनुभव होता है। यही तेजज्ञान सरश्री महाआसमानी शिविर में प्रदान करते हैं।

महाआसमानी परम ज्ञान शिविर परिचय और लाभ (निवासी)

क्या आपको उच्चतम आनंद पाने की इच्छा है? ऐसा आनंद, जो किसी कारण पर निर्भर नहीं है, जिसमें समय के साथ केवल बढ़ोतरी ही होती है। क्या आप इसी जीवन में प्रेम, विश्वास, शांति, समृद्धि और परमसंतुष्टि पाना चाहते हैं? क्या आप

शारीरिक, मानसिक, सामाजिक, आर्थिक और आध्यात्मिक इन सभी स्तरों पर सफलता हासिल करना चाहते हैं? क्या आप 'मैं कौन हूँ' इस सवाल का जवाब अनुभव से जानना चाहते हैं।

यदि आपके अंदर इन सवालों के जवाब जानने की और 'अंतिम सत्य' प्राप्त करने की प्यास जगी है तो तेजज्ञान फाउण्डेशन द्वारा आयोजित 'महाआसमानी शिविर' में आपका स्वागत है। यह शिविर पूर्णतः सरश्री की शिक्षाओं पर आधारित है। सरश्री आज के युग के आध्यात्मिक गुरु और 'तेजज्ञान फाउण्डेशन' के संस्थापक हैं, जो अत्यंत सरलता से आज की लोकभाषा में आध्यात्मिक समझ प्रदान करते हैं।

महाआसमानी शिविर का उद्देश्य :

इस शिविर का उद्देश्य है, 'विश्व का हर इंसान 'मैं कौन हूँ' इस सवाल का जवाब जानकर सर्वोच्च आनंद में स्थापित हो जाए।' उसे ऐसा ज्ञान मिले, जिससे वह हर पल वर्तमान में जीने की कला प्राप्त करे। भूतकाल का बोझ और भविष्य की चिंता इन दोनों से वह मुक्त हो जाए। हर इंसान के जीवन में स्थायी खुशी, सही समझ और समस्याओं को विलीन करने की कला आ जाए। मनुष्य जीवन का उद्देश्य पूर्ण हो।

'मैं कौन हूँ? मैं यहाँ क्यों हूँ? मोक्ष का अर्थ क्या है? क्या इसी जन्म में मोक्ष प्राप्ति संभव है?' यदि ये सवाल आपके अंदर हैं तो महाआसमानी शिविर इसका जवाब है।

महाआसमानी शिविर के मुख्य लाभ :

इस शिविर के लाभ तो अनगिनत हैं मगर कुछ मुख्य लाभ इस प्रकार हैं...

* जीवन में दमदार लक्ष्य प्राप्त होता है।
* 'मैं कौन हूँ' यह अनुभव से जानना (सेल्फ रियलाइजेशन) होता है।
* मन के सभी विकार विलीन होते हैं।
* भय, चिंता, क्रोध, बोरडम, मोह, तनाव जैसी कई नकारात्मक बातों से मुक्ति मिलती है।
* प्रेम, आनंद, मौन, समृद्धि, संतुष्टि, विश्वास जैसे कई दिव्य गुणों से युक्ति होती है।
* सीधा, सरल और शक्तिशाली जीवन प्राप्त होता है।
* हर समस्या का समाधान प्राप्त करने की कला मिलती है।
* 'हर पल वर्तमान में जीना' यह आपका स्वभाव बन जाता है।
* आपके अंदर छिपी सभी संभावनाएँ खुल जाती हैं।
* इसी जीवन में मोक्ष (मुक्ति) प्राप्त होता है।

महाआसमानी शिविर में भाग कैसे लें?

इस शिविर में भाग लेने के लिए आपको कुछ खास माँगें पूरी करनी होती हैं। जैसे -

१) आपकी उम्र कम से कम अठारह साल या उससे ऊपर होनी चाहिए।

२) आपको सत्य स्थापना शिविर (फाउण्डेशन ट्रुथ रिट्रीट) में भाग लेना होगा, जहाँ आप सीखेंगे- वर्तमान के हर पल को कैसे जीया जाए और निर्विचार दशा में कैसे प्रवेश पाएँ।

३) आपको कुछ प्राथमिक प्रवचनों में उपस्थित होना है, जहाँ आप बुनियादी समझ आत्मसात कर, महाआसमानी शिविर के लिए तैयार होते हैं।

यह शिविर साल में पाँच या छह बार आयोजित होता है, जिसका लाभ हज़ारों खोजी उठाते हैं। इस शिविर की तैयारी आगे दिए गए स्थानों पर कराई जाती है। पुणे, मुंबई, दिल्ली, सांगली, सातारा, जलगाँव, अहमदाबाद, कोल्हापुर, नासिक, अहमदनगर, औरंगाबाद, सूरत, बरोडा, नागपुर, भोपाल, रायपुर, चेन्नई, वर्धा, अमरावती, चंद्रपुर, यवतमाल, रत्नागिरी, लातूर, बीड, नांदेड, परभणी, पनवेल, ठाणे, सोलापुर, पंढरपुर, अकोला, बुलढाणा, धुले, भुसावल, बैंगलोर, बेलगाम, धारवाड, भुवनेश्वर, कोलकत्ता, राँची, लखनऊ, कानपुर, चंदीगढ़, जयपुर, पणजी, म्हापसा, इंदौर, इटारसी, हरदा, विदिशा, बुरहानपुर।

आप महाआसमानी की तैयारी फाउण्डेशन में उपलब्ध सरश्री द्वारा रचित पुस्तकों, सी.डी. और कैसेट्स सुनकर कर सकते हैं। इसके अलावा आप टी.वी., रेडियो और यू ट्यूब पर सरश्री के प्रवचनों का लाभ भी ले सकते हैं मगर याद रहे, ये पुस्तकें, कैसेट, टी.वी., रेडियो और यू ट्यूब के प्रवचन शिविर का परिचय मात्र है, तेजज्ञान नहीं। आप महाआसमानी शिविर में भाग लेकर ही तेजज्ञान का आनंद ले सकते हैं। आगामी महाआसमानी शिविर में अपना स्थान आरक्षित करने के लिए संपर्क करें :**09921008060/75, 9011013208**

महाआसमानी शिविर स्थान

महाआसमानी महानिवासी शिविर 'मनन आश्रम' पर आयोजित किया जाता है। यह आश्रम पुणे शहर के बाहरी क्षेत्र में पहाड़ों और निसर्ग के असीम सौंदर्य के बीच बसा हुआ है। इस आश्रम में पुरुषों और महिलाओं के लिए अलग-अलग, कुल मिलाकर 700 से 800 लोगों के रहने की व्यवस्था है। यह आश्रम पुणे शहर से 17 किलो मीटर की दूरी पर है। हवाई अड्डा, हाइवे और रेल्वे से पुणे आसानी से आ-जा सकते हैं।

मनन आश्रम : मनन आश्रम, पुणे, सर्वे नं. ४३, सनस नगर, नांदोशी गाँव, किरकटवाडी फाटा, तहसील - हवेली, जिला : पुणे - ४११०२४. फोन : 09921008060

अब एक क्लिक पर ही शिविर का रजिस्ट्रेशन !

तेजज्ञान फाउण्डेशन की इन शिविरों के लिए
अब आप ऑनलाईन रजिस्ट्रेशन भी कर सकते हैं-

* महाआसमानी महानिवासी शिविर (पाँच दिवसीय निवासी शिविर)
* मैजिक ऑफ अवेकनिंग (केवल अंग्रेजी भाषा जाननेवालों के लिए तीन दिवसीय निवासी शिविर)
* मिनी महाआसमानी (निवासी) शिविर, युवाओं के लिए

रजिस्ट्रेशन के लिए आज ही लॉग इन करें

www.tejgyan.org

सरश्री द्वारा रचित श्रेष्ठ पुस्तकें

स्वास्थ्य के लिए विचार नियम
मनः शक्ति द्वारा तंदुरुस्ती कैसे पाएँ

Total Pages - 224
Price - 150/-

क्या आप दौलतमंद हैं? जवाब देने से पहले थोड़ी देर के लिए रुक जाएँ क्योंकि वही इंसान दौलतमंद होता है, जिसके पास 'संपूर्ण स्वास्थ्य' की दौलत होती है। क्या आपको लगता है कि आपका स्वास्थ्य और बेहतर हो सकता है? क्या आप स्वास्थ्य की चरम सीमा छूना चाहते हैं? यदि आपका जवाब 'हाँ' है तो यह पुस्तक आपकी डॉक्टर बनेगी।

'स्वास्थ्य के लिए विचार नियम' कोई साधारण पुस्तक नहीं है। इस पुस्तक में दिए गए सूत्र साफ, सरल और बेहद शक्तिशाली हैं। वे संपूर्ण स्वास्थ्य दिलाने में, हर बीमारी और वेदना से मुक्त कराने में आपकी शत-प्रतिशत मदद करेंगे। इस पुस्तक में पढ़ें–

* स्वास्थ्य प्राप्ति के लिए विचार नियम अनुसार विचारों में कौन से और कैसे परिवर्तन लाने चाहिए?
* दर्द और बीमारी का मानसिक स्तर पर होनेवाला असर कैसे कम करें?
* नकारात्मक भावनाओं से मुक्त होकर स्वास्थ्य कैसे पाएँ?
* स्वास्थ्य के लिए कैसे पाएँ 'पॉवर ऑफ फोकस'?
* रोज़मर्रा की ज़िंदगी में कौन से स्वास्थ्य टिप्स अपनाए जाएँ?
* शरीर के हर अंग से क्षमा मांगकर परम स्वास्थ्य की ओर कैसे बढ़ें?
* स्वीकार, स्वसंवाद और धन्यवाद से हर बीमारी से मुक्ति कैसे पाएँ?

अगर आप स्वास्थ्य की दौलत पाकर अमीर बनना चाहते हैं तो यह दवा पीना (पुस्तक पढ़ना) शुरू करें।

R_x कम से कम दो बार।

विकास नियम

आत्मविकास द्वारा संतुष्टि पाने का राज़

Pages - 176
Price - 100/-

विकास नियम हमारे चारों ओर काम कर रहा है। फिर चाहे वह शरीर का विकास हो, बुद्धि का विकास हो, शहर या देश का विकास हो। यह नियम तो एक बुनियादी नियम है; यह पूर्णता की चाहत है। आइए, इस पुस्तक द्वारा विकास नियम को अपना आदर्श बना दें और विकास की नई ऊँचाइयों को छू लें। विकास नियम हर इंसान और वस्तु में छिपी संभावनाओं को प्रकट करने का नियम है। यह आपकी संपूर्ण संतुष्टि की चाहत को पूरा करता है। इस नियम के जरिए जान लें जो अब आपके सामने है। ✱ विकास नियम का महा मंत्र क्या है? ✱ विकास की शुरुआत कैसे और कहाँ से करें? ✱ विकास का विकल्प कैसे चुनें? ✱ विकास पर सदा अपनी नजर कैसे टिकाए रखें? ✱ आत्मविकास के स्वामी कैसे बनें? ✱ इंसान की अंतिम विकास अवस्था क्या है? ✱ स्वयं को और अपने मन की जमाई सोच को कैसे जानें?

विकास नियम के पन्नों में छिपे हैं, ऐसे कई सवालों के सरल जवाब, जिन्हें पढ़ना शुरू करें आज से, याद से...।

प्रेम नियम

प्लास्टिक प्रेम से मुक्ति

Pages - 196
Price - 100/-

आज के युग में जहाँ, जितनी रफ्तार से प्रेम आता है, उससे भी अधिक तेजी से चला भी जाता है इसलिए ज़रुरत है सच्चे प्रेम को पहचानने की और प्रेम नियम के ज्ञान की। सच्चा प्रेम वही होता है, जो केवल रिश्तों का रिश्तों से नहीं बल्कि मानव का मानव से, मानवता से होता है, प्रकृति से होता है, जीवन से जीवन बनकर होता है और विकारों से खाली होकर होता है।

इस पुस्तक को पढ़कर आप स्वयं में सच्चे प्रेम को महसूस करेंगे। फिर आपको किसी से प्रेम माँगने के लिए मिन्नतें करने की ज़रुरत नहीं पड़ेगी क्योंकि प्रेम नियम आपको आत्मनिर्भर बनाएगा।

सुनहरा नियम

रिश्तों में नई सुगंध

Pages - 216
Price - 140/-

एक साथ मिल-जुलकर रहने और प्यार का दूसरा नाम है परिवार पर सच यह भी है कि दुनिया में ऐसा कोई कुटुंब नहीं, जहाँ पर कभी न कभी तकरार न होती हो। सवाल यह है कि परिवार में सभी सदस्य एक-दूसरे के शुभचिंतक होते हैं लेकिन फिर भी उनके बीच झगड़े क्यों होते हैं? हर कोई चाहता है कि परिवार में सुख-शांति हो, फिर भी ऐसा नहीं होता। आखिर इसका कारण क्या है? इसी विषय पर मनन और व्यावहारिक ज्ञान से गुंथी है सरश्री की नई पुस्तक 'सुनहरा नियम'। तेजज्ञान ग्लोबल फाउंडेशन द्वारा अत्यंत सरल और सहज हिंदी में प्रकाशित यह पुस्तक परिवार को प्रेम, आनंद और मौन के धागे से बाँधने का सही रास्ता दिखाती है।

रहस्य नियम

प्रेम, आनंद, ध्यान, समृद्धि और परमेश्वर प्राप्ति का मार्ग

Pages - 184
Price - 100/-

आपकी उत्तम मार्गदर्शिका

क्या आप ऐसी पुस्तक की तलाश में हैं जो जीवन के हर क्षेत्र जैसे शारीरिक, मानसिक, आर्थिक, सामाजिक और आध्यात्मिक विकास में आपका पथ प्रदर्शन करे? यदि 'हाँ' तो बधाई हो – आपकी तलाश रहस्य नियम पर आकर समाप्त होती है। इस पुस्तक में आप जानेंगे –
✱ सृष्टि का महा नियम, जो कभी नहीं बदलता ✱ समस्याओं को सुलझाने के उत्तम तरीके
✱ प्रेम और समृद्धि प्राप्त करने का सही तरीका ✱ भूत और भविष्य से मुक्ति का सही मार्ग
✱ ध्यान की डिक्शनरी ✱ आपके असली अस्तित्व की झलक

उपरोक्त हर मुद्दा पाँच रहस्यों के साथ आपके सामने आता जाएगा। इस पुस्तक में दिया गया जीवन का हर रहस्य जैसे-जैसे खुलता जाएगा, वैसे-वैसे आपका जीवन बेहतरीन बनता जाएगा।

ध्यान और धन

ध्यान का धन और धन का ज्ञान
Pages - 144
Price - 140/-

ईश्वर ने हमें प्रेम, साहस, ध्यान और सेहत की दौलत दी है। इंसान अगर प्रेम, ध्यान, समय और साहस की दौलत प्राप्त न कर केवल पैसा कमाना, अपना लक्ष्य मान ले तो अंत में उसे पछताना पड़ता है। इसलिए जीवन में संतुलन रखना अनिर्वाय है। यह पुस्तक इसी संतुलन पर हमें मार्गदर्शन देती है। 'धन' और 'ध्यान' की सच्ची समझ हर इंसान को प्राप्त करनी चाहिए।

जीवन की दो अतियों में एक तरफ है 'ध्यान' और दूसरी तरफ है 'धन'। ध्यान हमें परमात्मा तक पहुँचाता है जबकि धन (लोभ) हमें परमात्मा से दूर कर सकता है। परंतु ऐसा होने से बचा जा सकता है। कैसे? यह युक्ति इस पुस्तक द्वारा समझें। धन का यदि सही इस्तेमाल किया जाए, उसे परमात्मा प्राप्ति के लिए निमित्त बनाया जाए तो यही धन साधन बन जाता है। इस तरह धन और ध्यान दोनों हमें स्वअनुभव प्राप्ति में सहयोग कर सकते हैं।

ध्यान की दौलत द्वारा आप अपने जीवन में संपूर्णता ला सकते हैं। यह संपूर्णता संपूर्ण ध्यान सीखकर प्राप्त करें। संपूर्ण ध्यान विधि भी इसी पुस्तक का एक अंग है। इस ज्ञान द्वारा दो अतियों के बीच में संतुलन साधकर ध्यान को धन और धन को ध्यान की दौलत बनाएँ।

पुस्तकें प्राप्त करने के लिए नीचे दिए गए पते पर मनीऑर्डर द्वारा पुस्तक का मूल्य भेज सकते हैं। पुस्तकें रजिस्टर्ड, कुरियर अथवा वी.पी.पी. द्वारा भेजी जाती हैं।
पुस्तकों के लिए नीचे दिए गए पते पर संपर्क करें।
WOW Publishings Pvt. Ltd.
* रजिस्टर्ड ऑफिस - इ- ४, वैभव नगर, तपोवन मंदिर के नज़दीक, पिंपरी, पुणे - ४११०१७
* पोस्ट बॉक्स नं. ३६, पिंपरी कॉलोनी पोस्ट ऑफिस, पिंपरी, पुणे - ४११०१७ फोन नं.: 09011013210 / 9623457873
आप ऑन-लाइन शॉपिंग द्वारा भी पुस्तकों का ऑर्डर दे सकते हैं।
लॉग इन करें - www.gethappythoughts.org
३०० रुपयों से अधिक पुस्तकें मँगवाने पर १०% की छूट और फ्री शिपिंग।

www.youtube.com/tejgyan
पर भी सरश्री के प्रवचनों का लाभ ले सकते हैं।

For online shopping visit us - www.tejgyan.org
www.gethappythoughts.org

हर रविवार सुबह १०.०५ से १०.१५ रेडियो विविध भारती, एफ. एम. पुणे पर 'तेजविकास मंत्र'
नोट : उपरोक्त कार्यक्रमों के समय बदल सकते हैं इसलिए समय पुष्टि करें।

तेजज्ञान इंटरनेट रेडियो

२४ घंटे और ३६५ दिन सरश्री के प्रवचन और भजनों का लाभ लें, तेजज्ञान इंटरनेट रेडियो द्वारा। देखें लिंक http://www.tejgyan.org/internetradio.aspx

e-books
•The Source •Complete Meditation •Ultimate Purpose of Success •Enlightenment •Inner Magic •Celebrating Relationships •Essence of Devotion •Master of Siddhartha •Self Encounter, and many more.

Also available in Hindi at www. gethappythoughts.org

e-mail
mail@tejgyan.com

website
www.tejgyan.org, www.gethappythoughts.org

Free apps
U R Meditation & Tejgyan Internet Radio on all platforms like Android, iPhone, iPad and Amazon

e-magazines
'Yogya Aarogya' & 'Drushtilakshya'
emagazines available on www.magzter.com

तेजज्ञान फाउण्डेशन – मुख्य शाखाएँ

पुणे (रजिस्टर्ड ऑफिस)

विक्रांत कॉम्प्लेक्स, तपोवन मंदिर के नज़दीक, पिंपरी, पुणे-४११ ०१७.
फोन : 020-27411240, 27412576

मनन आश्रम

सर्वे नं. ४३, सनस नगर, नांदोशी गाँव, किरकटवाडी फाटा, तहसील - हवेली,
जिला- पुणे - ४११ ०२४. फोन : 09921008060

- विश्व शांति प्रार्थना -

पृथ्वी पर सफेद रोशनी (दिव्य शक्ति) आ रही है।
पृथ्वी से सुनहरी रोशनी (चेतना) उभर रही है।
विश्व से सारी नकारात्मकता दूर हो रही है।
सभी प्रेम, आनंद और शांति के लिए
खुल रहे हैं, खिल रहे हैं।'

यह 'सामूहिक अव्यक्तिगत प्रार्थना' तेजज्ञान फाउण्डेशन के सदस्य पिछले कई सालों से निरंतरता से कर रहे हैं। खुश लोग यह प्रार्थना कर सकते हैं और बीमार, दुःखी लोग उस वक्त एक जगह बैठकर इस प्रार्थना को ग्रहण कर स्वास्थ्य लाभ पा सकते हैं।

यदि इस वक्त आप परेशान या बीमार हैं तो रोज ९:०९ सुबह या रात को केवल ग्रहणशील होकर इस भाव से बैठें कि 'स्वास्थ्य और शांति की सफेद रोशनी जो इस वक्त कई प्रार्थना में बैठे लोगों द्वारा नीचे पृथ्वी पर उतर रही है, वह मुझमें भी अपना कार्य कर रही है। मैं स्वस्थ और शांत हो रहा हूँ।' कुछ देर इस भाव में रहकर आप सबको धन्यवाद देकर उठें।

www.ingramcontent.com/pod-product-compliance
Lightning Source LLC
LaVergne TN
LVHW040147080526
838202LV00042B/3054
* 9 7 8 8 1 8 4 1 5 3 2 4 8 *